O incolor Tsukuru Tazaki
e seus anos de peregrinação

Haruki Murakami

O incolor Tsukuru Tazaki e seus anos de peregrinação

TRADUÇÃO DO JAPONÊS
Eunice Suenaga

9ª reimpressão

Copyright © 2013 by Haruki Murakami

Grafia atualizada segundo o Acordo Ortográfico da Língua Portuguesa de 1990, que entrou em vigor no Brasil em 2009.

Título original
Shikisai o motanai Tazaki Tsukuru to, kare no junrei no toshi

Capa
Retina_78

Revisão
Juliana Souza
Cristhiane Ruiz
Ana Kronemberger

Proibida a venda em Portugal

CIP-Brasil. Catalogação na fonte
Sindicato Nacional dos Editores de Livros, RJ

M944d
 Murakami, Haruki
   O incolor Tsukuru Tazaki e seus anos de peregrinação / Haruki Murakami; tradução Eunice Suenaga. – 1ª ed. – Rio de Janeiro : Objetiva, 2014.

   Tradução de: *Shikisai o motanai Tazaki Tsukuru to, kare no junrei no toshi*
   ISBN 978-85-7962-337-0

   1. Ficção janponesa. I. Suenaga, Eunice. II. Título.

14-14779
CDD: 895.63
CDU: 821.521-3

Todos os direitos desta edição reservados à
EDITORA SCHWARCZ S.A.
Praça Floriano, 19, sala 3001 — Cinelândia
20031-050 — Rio de Janeiro — RJ
Telefone: (21) 3993-7510
www.companhiadasletras.com.br
www.blogdacompanhia.com.br
facebook.com/alfaguara.br
instagram.com/editora_alfaguara
twitter.com/alfaguara_br

O incolor Tsukuru Tazaki e seus anos de peregrinação

1

De julho do segundo ano da faculdade até janeiro do ano seguinte, Tsukuru Tazaki viveu pensando praticamente só em morrer. Nesse meio-tempo ele completou vinte anos, mas o marco não significou nada em especial para ele. Naquela época, acabar com a própria vida lhe parecia a coisa mais natural e lógica a ser feita. Até hoje ele não sabe bem por que não deu o passo derradeiro. Afinal, naquele momento, atravessar a soleira que separa a vida e a morte era mais fácil do que engolir um ovo cru.

Talvez Tsukuru não tenha tentado se suicidar de fato porque seu sentimento em relação à morte era tão puro e intenso que não conseguia conceber na mente uma imagem concreta de uma forma de morrer que estivesse à altura. Uma imagem concreta nesse caso era uma questão secundária. Se nessa hora tivesse uma porta a seu alcance que o levasse à morte, ele certamente a teria aberto sem hesitar. Sem precisar pensar muito, como se fosse uma continuação do cotidiano. Mas, feliz ou infelizmente, ele não conseguiu encontrar tal porta em nenhum lugar próximo.

Deveria ter morrido naquele momento, Tsukuru Tazaki costuma pensar. Assim, este mundo que existe aqui e agora não existiria mais. Isso lhe parece fascinante. O fato de não existir o mundo do agora, o fato de não ser mais real o que aqui é considerado realidade. O fato de que, assim como ele não existiria mais neste mundo, este mundo também não existiria mais para ele.

Mas, ao mesmo tempo, Tsukuru não compreendeu de verdade por que nessa época precisou chegar tão perto da morte, até o extremo. Havia sim uma razão concreta, mas por que o fascínio pela morte era tão intenso, a ponto de envolvê-lo por cerca de seis meses? Envolver: sim, essa é a palavra apropriada. Como o personagem bíblico que foi engolido por uma enorme baleia e sobreviveu na barriga dela, Tsukuru caiu no estômago da morte e passou dias sem ver o tempo passar, dentro de um vazio escuro e estagnado.

Ele viveu esse período como um sonâmbulo, ou como um defunto que ainda não se deu conta de que está morto. Acordava quando o sol se erguia, escovava os dentes, vestia a roupa que encontrava por perto, pegava o trem para ir à faculdade e anotava as aulas. Como uma pessoa apanhada por um vento forte que se agarra num poste de luz, ele apenas agia seguindo o cronograma à sua frente. Não falava com ninguém a não ser que fosse necessário e, quando voltava para o apartamento onde morava sozinho, ele se sentava no chão, encostava-se à parede e pensava sobre a morte ou a ausência da vida. À sua frente um abismo escuro abria a boca grande que dava diretamente ao centro da Terra. Lá se via o vazio que revolteava na forma de duras nuvens e se ouvia um profundo silêncio que comprimia os tímpanos.

Quando não pensava na morte, ele não pensava em absolutamente nada. Não era tão difícil não pensar em nada. Não lia jornal, não ouvia música, nem sequer sentia desejo sexual. Os acontecimentos do mundo exterior não lhe significavam nada. Quando se cansava de ficar confinado no apartamento, saía e caminhava sem rumo na vizinhança. Ou ia à estação, sentava-se num banco e por várias horas observava os trens partirem e chegarem.

Tomava banho todas as manhãs, lavava a cabeça cuidadosamente e lavava as roupas duas vezes por semana. O asseio era um dos pilares a que ele se agarrava. Lavar roupa, tomar banho e escovar os dentes. Ele quase não ligava para a alimentação. Almoçava no refeitório da faculdade, e fora isso quase não comia direito. Quando sentia fome comprava maçãs ou verduras no supermercado perto de casa e as mordiscava. Ou comia pão de forma puro e tomava leite direto da caixa. Quando chegava a hora de dormir, tomava só um pequeno copo de uísque, como se fosse remédio. Felizmente ele não era resistente a bebidas alcoólicas, e uma pequena dose de uísque o conduzia facilmente ao mundo do sono. Nessa época ele nunca sonhava. Mesmo que tivesse sonhos, mal eles surgiam, já deslizavam pelo declive escorregadio da consciência, rumo ao domínio do vazio.

O motivo que levou Tsukuru Tazaki a ser atraído de modo tão intenso pela morte estava claro. Ele foi informado certo dia pelos quatro amigos íntimos de longa data: nós não queremos mais nos encontrar nem falar com você. De modo categórico, sem margem para concessão, abruptamente. E ele não recebeu nenhuma explicação de por que estava recebendo uma intimação tão dura. Ele também não se atreveu a perguntar.

Os quatro foram seus grandes amigos da época do ensino médio, mas Tsukuru já havia deixado a cidade natal e estudava em uma faculdade de Tóquio. Por isso, mesmo sendo expulso desse grupo, não haveria nenhuma consequência negativa em seu cotidiano. Não havia risco de deparar com eles na rua e se ver em uma situação embaraçosa. Mas isso era sob o ponto de vista lógico. Justamente pela longa distância que separava Tsukuru dos quatro, a sua dor, pelo contrário, intensificou-se e se tornou mais premente. A alienação e a solidão se transformaram em um cabo de centenas de quilômetros, e um enorme guindaste o puxava impetuosamente. E, por meio desse fio tenso, ele recebia dia e noite mensagens praticamente indecifráveis. Como o vento intenso que sopra entre as árvores, esse ruído ferroava seus ouvidos de modo entrecortado, em intensidades diferentes.

Os cinco foram da mesma classe em um colégio público de ensino médio do subúrbio da cidade de Nagoia. Eram três meninos e duas meninas. Eles se tornaram amigos depois de participarem de uma atividade voluntária no verão do primeiro ano, e, mesmo ficando em classes diferentes nos outros anos, o grupo se manteve igualmente ligado. A atividade voluntária foi uma tarefa de Estudos Sociais das férias de verão do colégio, mas, mesmo depois de terminado o período obrigatório, o grupo continuou as atividades de modo espontâneo, por iniciativa própria.

Além da atividade voluntária, os cinco se reuniam nos dias de folga para fazer caminhadas, jogar tênis, nadar na península de Chita ou estudar juntos para o vestibular na casa de um deles. Ou (na maioria das vezes), sem escolher um local específico, ficavam conversando muito próximos uns dos outros, por horas a fio. Não tinham nenhum tema definido, mas o assunto nunca esgotava.

Os cinco se tornaram amigos por acaso. Havia algumas opções para a atividade voluntária das férias, e uma delas era ajudar uma escola alternativa que reunia alunos do primeiro ciclo do ensino fundamental que não conseguiam acompanhar as aulas convencionais da escola (na maioria, crianças que se recusavam a frequentar as aulas). Era uma iniciativa organizada por uma igreja católica e, dentre os trinta e cinco alunos da classe deles, somente os cinco optaram por esse programa. Logo no início, eles participaram do acampamento de verão realizado próximo de Nagoia durante três dias e ficaram muito amigos das crianças.

No intervalo entre as atividades do acampamento, eles encontravam tempo para conversar de modo franco, e passaram a entender a visão e o temperamento uns dos outros. Falavam de suas esperanças e revelavam os problemas que enfrentavam. Quando o acampamento de verão chegou ao fim, cada um dos cinco pensou, "Agora estou no lugar certo, em conexão com companheiros certos. Eu preciso desses quatro, e ao mesmo tempo eles precisam de mim" — tiveram enfim essa mesma sensação de harmonia. Parecia uma feliz fusão química obtida *por acaso*. Mesmo reunindo os mesmos materiais e por mais cuidadosos que fossem os preparativos, provavelmente o resultado jamais seria reproduzido da mesma maneira.

Eles continuaram frequentando a escola alternativa nos finais de semana, mais ou menos duas vezes por mês, para ensinar as matérias escolares e ler livros às crianças, bem como praticar esportes com elas. Além disso, cuidavam do jardim, pintavam o prédio da escola e reparavam os equipamentos de recreação infantil. Eles continuaram com essas atividades durante dois anos e meio, até concluírem o ensino médio.

Só que a combinação de três meninos e duas meninas talvez implicasse, desde o início, alguns elementos de tensão. Por exemplo, se eles formassem dois casais, um acabaria sobrando. Essa possibilidade provavelmente pairava sempre sobre a cabeça deles como uma pequena e dura nuvem no topo de uma montanha. Mas na realidade isso não ocorreu, e não havia nenhum indício de que pudesse ocorrer.

Talvez por uma coincidência, os cinco eram de famílias de classe média alta do subúrbio de uma grande cidade. Os seus pais faziam parte da chamada geração baby boom, e o pai de cada um deles realizava trabalho especializado ou era funcionário de uma grande empresa. Não poupavam dinheiro na educação dos filhos. Os seus lares eram harmoniosos, pelo menos à primeira vista. Nenhum dos pais era separado, e a mãe geralmente passava o dia em casa. Como o colégio preparava os alunos para o vestibular, em geral suas notas eram altas. Em se tratando de condições de vida, os cinco tinham muito mais pontos em comum do que diferenças.

Além disso, fora Tsukuru Tazaki, os outros quatro tinham um pequeno ponto em comum, acidental: o sobrenome continha o nome de uma cor. O dos dois rapazes era Akamatsu — ou "pinheiro vermelho" — e Ômi — "mar azul". O das garotas Shirane — "raiz branca" — e Kurono — "campo preto". Somente Tazaki não se encaixava nessa coincidência. Por isso, Tsukuru se sentiu um pouquinho excluído desde o início. Naturalmente, ter ou não o ideograma de cor no nome não tem nada a ver com o caráter. Isso ele sabia muito bem. Mas ele lamentava o fato e, para sua surpresa, sentia até uma mágoa considerável. Como se fosse algo natural, os quatro logo passaram a se chamar pelo nome de cor: "Vermelho", "Azul", "Branca" e "Preta". Somente ele permaneceu, "Tsukuru". Como seria legal se eu também tivesse um sobrenome colorido, várias vezes Tsukuru pensou, sério. Assim, tudo seria perfeito.

Vermelho era, de longe, o aluno mais brilhante. Não parecia estudar com especial afinco, mas tirava as melhores notas em todas as matérias. Entretanto, não ficava com nariz empinado por causa disso. Pelo contrário, era atencioso com as pessoas à sua volta e tentava sempre ser discreto, como se tivesse vergonha de sua mente brilhante. Só que, como é comum em pessoas de baixa estatura (ele nunca atingiu mais do que um metro e sessenta), uma vez que tomava uma decisão, tendia a não ceder facilmente, mesmo nos pequenos detalhes. Frequentemente se zangava seriamente com regulamentos sem sentido ou com professores pouco capacitados. Odiava ser derrotado, e quando perdia uma partida de tênis ficava aborrecido. Não que fosse um mau perdedor, mas era visível que passava a falar menos. Os outros quatro achavam graça da sua irritação e costumavam caçoar dele. Até que o próprio Vermelho começava a rir também. Seu pai era professor da faculdade de economia da Universidade de Nagoia.

Azul era atacante do time de rúgbi do colégio e tinha um físico impecável. No terceiro ano já era capitão do time. Tinha ombros largos, peito forte, testa ampla, boca grande e nariz robusto. Era um jogador impetuoso e sempre estava com algum tipo de machucado no corpo. Não tinha muita inclinação para os estudos que exigiam concentração, mas era alegre e muito popular. Falava em um tom de voz sonoro olhando bem firme nos olhos das pessoas. Era tão bom de garfo que causava espanto, e comia de tudo com muito gosto. Raramente falava mal de alguém e logo memorizava o nome e o rosto das pessoas. Ouvia com atenção o que os outros diziam, e era bom em harmonizar o ambiente. Tsukuru lembra até hoje como ele formava uma roda com os jogadores da sua equipe antes de uma partida e os incitava com palavras encorajadoras.

Ele gritava: "Escutem bem, hoje nós vamos ganhar. O que importa para nós é *como vamos ganhar*, e *de quanto vamos ganhar*. A opção de perder não existe para nós. Escutem bem, *a opção de perder não existe!*"

"Não existe!", os jogadores gritavam e se espalhavam pelo campo.

Mas o time de rúgbi do colégio não era especialmente forte. Azul era um jogador habilidoso, e tinha talento esportivo, mas o nível da equipe era mediano. Muitas vezes era facilmente derrotada por um poderoso time de um colégio particular que reunia jogadores bons de todo o país, oferecendo-lhes bolsas de estudo. Mas, uma vez que o jogo acabava, Azul não se importava muito com o resultado. "O importante é a vontade de ganhar", ele costumava dizer. "Na vida real, nós não podemos continuar ganhando sempre. Ora ganhamos, ora perdemos."

— Ou o jogo é adiado por causa de chuva — disse Preta, que era irônica.

Azul balançou a cabeça tristemente. — Isso só acontece com beisebol ou tênis. No rúgbi o jogo não é adiado por causa de chuva.

— Vocês jogam mesmo na chuva? — perguntou Branca, admirada. Ela não tinha interesse nem conhecimento em praticamente nenhum tipo de esporte.

— É isso mesmo — disse Vermelho com ar sério: — Por mais que chova, o jogo de rúgbi nunca é interrompido. Por isso muitos jogadores morrem afogados todos os anos.

— Que terrível! — disse Branca.

— Como você é boba! É claro que ele está brincando — disse Preta, espantada.

— A gente mudou de assunto — disse Azul. — O que eu queria dizer é que ser um bom perdedor também faz parte do espírito esportivo.

— E você treina pra isso todos os dias — disse Preta.

Branca tinha um belo rosto, que lembrava o de uma boneca japonesa antiga; era alta e magra e tinha corpo de modelo. Seus cabelos eram longos, brilhantes e muito negros. Muitas pessoas que cruzavam com ela na rua viravam-se automaticamente para vê-la. Mas ela dava a impressão de não saber muito bem o que fazer com a própria beleza. Era muito séria e não gostava de chamar a atenção das pessoas em nada. Tocava piano de modo habilidoso e belo, mas jamais mostrava seu talento na frente de desconhecidos. Entretanto, parecia bastante feliz quando dava aulas de piano pacientemente às crianças na escola alternativa. Nunca antes, em nenhum lugar, Tsukuru tinha visto Branca tão alegre e descontraída. Algumas crianças talvez não tenham inclinação para o estudo convencional, mas possuem talento natural para música, ela disse, e é uma pena que esse dom permaneça na obscuridade. Mas na escola alternativa só havia um piano vertical, que era quase uma antiguidade. Por isso os cinco se empenharam em arrecadar doações para comprar um piano novo. Nas férias de verão todos eles fizeram trabalhos temporários. Visitaram empresas de instrumentos musicais para pedir colaboração. Depois de muito esforço, conseguiram finalmente adquirir um piano de cauda. Foi na primavera do terceiro ano do ensino médio. Esse trabalho voluntário persistente chamou atenção, virando inclusive matéria de jornal.

Branca normalmente falava pouco, mas adorava animais. Quando o assunto era cães e gatos, passava a falar com entusiasmo, mudando completamente sua fisionomia. Dizia que seu sonho era ser veterinária, mas Tsukuru não conseguia de jeito nenhum imaginá-la abrindo a barriga de um labrador com um bisturi afiado, ou enfiando a mão no ânus de um cavalo. Na faculdade, ela naturalmente teria de passar por essas práticas. Seu pai tinha uma clínica de ginecologia e obstetrícia na cidade de Nagoia.

Quanto a Preta, ela não se destacava pela beleza, mas tinha uma fisionomia expressiva e charmosa. Era alta e gordinha e, já aos dezesseis anos, tinha seios grandes. Era bastante independente, tinha caráter forte, falava rápido e pensava quase na mesma velocidade da fala. Tirava excelentes notas nas matérias de humanas, mas as de matemática e física eram lamentáveis. Seu pai tinha um escritório de contabilidade em Nagoia, mas ela provavelmente não seria capaz de ajudá-lo. Tsukuru muitas vezes a auxiliava nas lições de casa de matemática. Preta costumava ser muito irônica, mas tinha um senso de humor franco e peculiar, e conversar com ela era divertido e estimulante. Era uma leitora ávida e sempre estava com algum livro debaixo do braço.

Branca e Preta estudaram na mesma classe também no segundo ciclo do ensino fundamental, e antes mesmo de os cinco formarem o grupo elas já se conheciam muito bem. As duas compunham uma cena encantadora: uma com talento artístico mas tímida e excepcionalmente linda, e a outra, comediante, sagaz e irônica. Uma combinação única e atraente.

Somente Tsukuru Tazaki não possuía nenhuma peculiaridade ou individualidade marcantes naquele grupo. Suas notas eram um pouco acima da média. Não tinha especial interesse pelos estudos, mas sempre prestava muita atenção nas aulas e nunca deixava de fazer os exercícios e as revisões mínimas para seguir adiante. Desde pequeno, por alguma razão, mantinha esse hábito, que para ele era como o de sempre lavar as mãos antes das refeições e escovar os dentes depois. Por isso, apesar de nunca ter tirado notas que chamassem atenção, alcançava a nota mínima para passar em todas as matérias. Desde que não causasse problemas, seus pais também não pegavam no pé dele em relação a notas escolares nem o obrigavam a frequentar cursinhos ou a ter professores particulares.

Não é que não gostasse de esporte, mas não o praticava regularmente, fazendo parte de alguma equipe do colégio; uma vez ou outra jogava tênis, uma vez ou outra esquiava, e uma vez ou outra nadava na piscina com os familiares ou amigos. E só. Seu rosto era bem proporcionado, as pessoas também comentavam isso de vez em quando, mas, resumindo, isso significava apenas que ele *não possuía nenhuma falha particular*. Muitas vezes ele mesmo sentia um terrível tédio quando via seu rosto no espelho. Não tinha interesse profundo por artes, nem tampouco possuía hobbies ou habilidades especiais. Era do tipo que falava pouco, ficava logo enrubescido, não era muito sociável e se sentia desconfortável na presença de pessoas que não conhecia direito.

Se fosse preciso apontar algo que o diferenciasse, seria possível dizer que sua família era a mais próspera entre as cinco, e sua tia por parte de mãe era uma atriz das antigas que, apesar de discreta, tinha o nome razoavelmente conhecido pelo público em geral. Mas Tsukuru em si não era dotado de nenhuma característica de que pudesse se orgulhar ou que pudesse exibir. Pelo menos era assim que ele próprio se via. Era mediano em tudo. Ou sua cor era tênue.

Tsukuru só tinha uma característica que talvez pudesse ser chamada de hobby: ele gostava acima de tudo de observar estações de trem. Ele não sabe dizer ao certo por quê, mas, desde que se conhece por gente, sempre teve esse fascínio. Sejam estações gigantescas de trem-bala, pequenas estações de linha de via única do interior ou terminais voltados somente ao transporte de carga, bastava que fossem estações ferroviárias. Tudo o que dizia respeito a alguma estação o atraía fortemente.

Quando pequeno, era fascinado por ferromodelismo como outras crianças, mas não se interessava por locomotivas ou vagões de trem sofisticados, nem por trilhos que se estendiam cruzando-se de forma complexa, nem por dioramas criativos, mas sim por modelos de estações simples, colocados como acessórios. Ele gostava de ver os trens passando por essas estações, ou diminuírem a velocidade aos poucos até pararem na plataforma. Imaginava os passageiros indo e vindo, ouvia os anúncios das estações e os apitos dos trens de partida, e visualizava os movimentos dinâmicos dos funcionários. A realidade e a imaginação se misturavam na sua cabeça e ele chegava a tremer de tanta excitação. Mas não conseguia explicar de modo racional a pessoas ao seu redor por que sentia tanta atração por estações ferroviárias. Mesmo que conseguisse, provavelmente acabaria sendo considerado uma criança diferente. O próprio Tsukuru pensava às vezes que talvez possuísse uma parte *que não fosse normal*.

    Apesar de não ter nenhuma peculiaridade ou características marcantes, e apesar da tendência de sempre almejar o nível mediano, ele tinha (ou *parecia* ter) algo um pouco diferente das pessoas ao redor, que não pode ser considerado muito normal. A autoconsciência que encerrava esse tipo de contradição lhe causou transtorno e confusão em vários momentos da vida, desde a infância até hoje, aos trinta e seis anos. Ora de modo sutil, ora de modo relativamente profundo e forte.

Às vezes Tsukuru não entendia por que ele fora aceito naquele grupo de amigos. Será que eles precisam de mim no *verdadeiro sentido* da palavra? Os outros quatro não iriam se divertir mais, de forma mais descontraída, sem mim? Por alguma razão eles apenas não perceberam isso ainda, não seria isso? Não seria questão de tempo até eles se darem conta disso? Quanto mais pensava, mais confuso Tsukuru Tazaki ficava. Buscar o próprio valor se assemelhava a medir uma matéria sem unidade. O ponteiro da balança nunca parava num número específico.

    Mas os outros quatro pareciam não estar nem um pouco preocupados com isso. Aos olhos de Tsukuru, eles pareciam realmente se divertir quando os cinco se reuniam e realizavam as atividades juntos. Tinha de ser todos os cinco juntos. Não podia sobrar nem faltar ninguém, assim como um pentágono é formado por cinco lados de igual comprimento. O rosto deles demonstrava isso com clareza.

Naturalmente Tsukuru Tazaki se sentia feliz e orgulhoso de ser uma peça indispensável daquele pentágono. Ele gostava dos outros quatro de coração e amava mais que tudo a unidade que existia entre eles. Assim como uma árvore jovem suga os nutrientes do solo, Tsukuru absorvia desse grupo o sustento necessário da adolescência, digerindo-o como um importante alimento para o crescimento, ou reservando-o e acumulando-o no seu interior como fonte de energia numa emergência. Apesar disso, ele sempre manteve no fundo do coração um temor de que poderia se perder ou ser excluído daquele círculo íntimo e acabar sozinho, abandonado. Quando se separava dos outros e ficava só, frequentemente essa preocupação mostrava as caras como uma rocha sombria e funesta que desponta na superfície do mar na vazante.

*

— Então você gosta de estações desde pequeno? — Sara Kimoto perguntou. Parecia impressionada.

Tsukuru assentiu cautelosamente. Ele não queria que ela o considerasse um daqueles nerds obcecados que com frequência encontrava nas faculdades de engenharia e no trabalho. Mas, afinal, talvez ele fosse mesmo um deles. — É, desde pequeno eu gosto de estações, não sei por quê — admitiu.

— Parece uma vida bastante consistente — ela disse. Dava a impressão de achar aquilo engraçado, mas ele não notou nenhum tom negativo em sua voz.

— Mas não consigo explicar direito por que estações.

Sara sorriu. — Deve ser o que chamam de vocação.
— Pode ser — disse Tsukuru.

Por que será que acabamos chegando a esse assunto, Tsukuru pensou. *Aquilo* tinha acontecido fazia tanto tempo e, se fosse possível, gostaria de apagar completamente da memória. Mas, por alguma razão, Sara quis saber dos acontecimentos da época do ensino médio. Que tipo de aluno era, e o que fazia. Quando percebeu, pelo fluxo natural da conversa, ele estava contando sobre esse grupo íntimo de cinco. Sobre os quatro coloridos e o incolor Tsukuru Tazaki.

Os dois estavam em um pequeno bar afastado da estação de Ebisu. Haviam planejado jantar em um pequeno restaurante japonês que Sara conhecia, mas, como ela disse que almoçara tarde e estava sem apetite, cancelaram a reserva e resolveram petiscar queijos ou castanhas e tomar um drinque em algum outro lugar. Tsukuru também não sentia muita fome, e não se opôs. Ele sempre fora de comer pouco.

Sara era dois anos mais velha que Tsukuru e trabalhava em uma grande agência de viagens, onde cuidava dos pacotes de viagens internacionais. Naturalmente, ia muito ao exterior. Tsukuru era empregado de uma companhia ferroviária, no setor responsável por projetos e gestão de estações na região oeste de Kanto (uma profissão ideal). Não tinham relações diretas, mas ambos eram profissionais da área de transportes. Foram apresentados na festa de inauguração da nova casa do chefe de Tsukuru, onde trocaram endereços de e-mail. Agora, já estavam no quarto encontro. No encontro anterior, depois de jantarem, foram ao apartamento dele e fizeram sexo. Até aí havia sido uma sequência bem natural de eventos. E o encontro de hoje acontecia uma semana depois. Era uma fase delicada. Se continuar assim, a relação dos dois provavelmente irá ficar mais séria. Ele está com trinta e seis anos, e ela, com trinta e oito. Naturalmente, não era mais um namoro de adolescentes.

Desde o primeiro encontro, Tsukuru inexplicavelmente gostou dos traços do rosto dela. Ela não era bonita no sentido convencional da palavra. As maçãs sobressalentes do rosto a faziam parecer obstinada, e o nariz era fino e um pouco arrebitado. Mas havia *certa* vivacidade nos seus traços que chamou sua atenção. Os olhos dela normalmente eram pequenos, mas quando tentavam ver algo se arregalavam de súbito. E surgia um par de pupilas negras e curiosas que nunca se intimidavam.

Tsukuru não tem total consciência disso, mas há em seu corpo uma parte extremamente sensível, em algum lugar nas suas costas. É uma parte macia e sutil que as suas mãos não alcançam, e normalmente fica encoberta por algo e não pode ser vista facilmente. Mas, quando menos se espera, ela fica exposta por alguma razão e, se o dedo de alguém a pressiona, algo no seu interior começa a funcionar, e uma substância especial é secretada dentro dele. Ela se mistura com o sangue e é transportada para todas as partes do corpo. A sensação de estímulo que é gerada nesse momento é física, mas ao mesmo tempo mental.

Quando encontrou Sara pela primeira vez, ele teve a sensação de que esse botão das costas fora pressionado firmemente por um dedo anônimo que se estendia de algum lugar. No dia em que se conheceram, os dois conversaram por um bom tempo, mas ele não se lembra direito do que falaram. Só se lembra da sensação nas costas que o deixou surpreso, e de um consequente estímulo curioso provocado na sua mente e no seu corpo, inexplicável em palavras. Uma parte se afrouxava, e outra parte era comprimida. Foi essa a sensação. Afinal, o que isso significa? Tsukuru Tazaki continuou pensando no seu significado por alguns dias. Mas, por natureza, ele não era bom em pensar sobre coisas que não têm forma. Tsukuru, então, escreveu um e-mail convidando-a para jantar fora. Para descobrir o significado dessa sensação e desse estímulo.

*

Assim como gostou da aparência da Sara, ele teve boa impressão das roupas que ela usava. Possuíam poucos adornos, e o corte era natural e bonito. E se ajustavam bem ao corpo dela, parecendo confortáveis. Davam a impressão de serem simples, mas até ele percebia facilmente que ela devia ter gastado um valor considerável por elas e um bom tempo para escolher cada uma. Os acessórios e a maquiagem também eram elegantes e discretos, combinando com as roupas. Tsukuru mesmo não era do tipo que ligava muito para roupas, mas desde pequeno gostava de ver mulheres que se vestiam bem. Assim como de apreciar belas músicas.

As duas irmãs mais velhas dele também gostavam de roupas e, quando eram mais novas, antes de sair para um encontro elas pegavam o pequeno Tsukuru e perguntavam a opinião dele sobre os trajes. Por alguma razão, levavam aquilo bem a sério. O que você acha dessa roupa? Essa combinação está boa? Toda vez ele era sincero, como se fosse um adulto. Na maioria das vezes elas acatavam a opinião do irmão menor, o que o deixava satisfeito. Sem perceber, ele havia adquirido esse tipo de hábito.

Enquanto bebericava silenciosamente seu *highball* com pouco uísque, Tsukuru imaginava o momento em que tiraria o vestido de Sara. Desabotoaria o gancho e abaixaria delicadamente o zíper. Só haviam transado uma vez, mas o sexo com ela fora agradável e pleno. Vestida ou despida, ela parecia ser cinco anos mais nova do que realmente era. A pele era branca e os seios não eram grandes, mas tinham um formato arredondado e bonito. Foi formidável acariciar com calma a pele dela, e, depois de gozar, ele foi tomado por uma sensação de paz enquanto a abraçava. Mas claro que isso não bastava. Ele sabia. Era um relacionamento entre duas pessoas. Se recebesse algo, teria de oferecer algo em troca.

*

— Como foi a *sua* época no colégio? — perguntou Tsukuru Tazaki.

Sara balançou a cabeça. — Não quero falar sobre isso. É um assunto bem chato. Posso te contar um dia, mas agora eu quero saber de você. O que aconteceu com esse grupo de cinco amigos?

Tsukuru apanhou um punhado de nozes e comeu algumas.

— Entre nós, havia alguns acordos implícitos que não eram expressos em palavras. Um deles dizia: "Na medida do possível, vamos agir os cinco juntos. Vamos procurar evitar, por exemplo, que apenas duas pessoas façam algo juntas." Caso contrário, o grupo poderia se desfazer aos poucos. Nós tínhamos que formar uma unidade centrípeta. Como posso dizer, a gente procurava manter algo como uma comunidade que se harmoniza de forma ordenada.

— Uma comunidade que se harmoniza de forma ordenada? — O tom pareceu de pura surpresa.

Tsukuru enrubesceu um pouco. — A gente estava no colégio, e pensava em muitas coisas esquisitas.

Fixando o olhar em Tsukuru, Sara inclinou um pouco a cabeça. — Não acho esquisito. Mas qual era o objetivo dessa comunidade?

— O objetivo em si do grupo, como disse, era ajudar a escola das crianças com problemas de aprendizado e de motivação para estudar. Esse foi o ponto de partida, e claro que esse significado continuou sendo importante para nós mesmo depois. Mas, com o passar do tempo, talvez o próprio fato de formarmos uma comunidade tenha se tornado um dos objetivos.

— Um dos objetivos era a própria existência e a continuidade dela.

— Provavelmente.

Sara estreitou os olhos firmemente: — Como o universo.

— Não sei muito do universo — disse Tsukuru.
— Mas, para nós, naquele momento, isso pareceu uma coisa muito importante. Proteger com cuidado a química especial que tinha surgido entre nós. Como não deixar um fósforo se apagar no meio da ventania.

— Química?

— Um campo de força que pareceu surgir por acaso. E que nunca poderá ser reproduzido.

— Como o Big Bang?

— Não sei muito de Big Bang também — disse Tsukuru.

Sara tomou um gole de mojito e examinou o formato da folha de hortelã sob diversos ângulos. Disse:

— Como eu sempre frequentei colégio particular só para meninas, pra ser franca não entendo muito bem desses grupos mistos das escolas públicas. Não consigo imaginar direito como seria. Para que essa comunidade pudesse continuar *de forma ordenada*, vocês se esforçaram para manter o máximo de abstinência possível. Foi isso?

— Não sei ao certo se a palavra abstinência é adequada. Tenho a impressão de que não era algo tão exagerado. Mas, de fato, acho que a gente cuidava e se esforçava para não introduzir uma relação de homem e mulher nela.

— Mas isso nunca foi expresso em palavras — disse Sara.

Tsukuru assentiu: — Não foi verbalizado. Nem tinha um manual, ou regras de algum tipo.

— E você? Estando o tempo todo com a Branca e a Preta, não se sentiu atraído por elas? Pela sua descrição, parece que as duas eram bem atraentes.

— As duas garotas eram de fato atraentes. Cada uma do seu jeito. Estaria mentindo se dissesse que não me sentia atraído. Mas eu procurava não pensar nelas, na medida do possível.

— *Na medida do possível?*
— Na medida do possível — disse Tsukuru. Ele teve a impressão de que o rosto enrubescera levemente outra vez. — Quando não tinha outra opção, pensava nas duas como uma só.

— Nas duas como uma só?

Tsukuru parou um instante e procurou palavras adequadas. — Não consigo explicar direito. Como posso dizer? Era uma espécie de existência imaginária. Como se elas fossem um ser conceitual, sem forma.

— É? — disse Sara, parecendo impressionada. Refletiu sobre isso por um momento. Tentou falar alguma coisa, mas pensou melhor e se calou. Depois de um tempo, abriu a boca:

— Depois de terminar o colégio, você entrou numa faculdade de Tóquio e saiu de Nagoia. É isso?

— É — disse Tsukuru. — Desde então, não saí mais de Tóquio.

— O que aconteceu com os outros quatro?

— Todos eles entraram em faculdades de Nagoia. Vermelho entrou na faculdade de economia da Universidade de Nagoia. No mesmo lugar onde o pai dele é professor. Preta entrou em uma universidade feminina particular, famosa pelo departamento de letras-inglês. Azul foi admitido, por recomendação, na faculdade de administração de uma universidade particular, conhecida por ter um time forte de rúgbi. Branca no final desistiu de ser veterinária, convencida por pessoas próximas, e acabou entrando no curso de piano de uma faculdade de música. Todos puderam continuar morando na casa dos pais para frequentar os cursos. Só eu entrei em um instituto tecnológico de Tóquio.

— Por que você decidiu vir para Tóquio?

— Por um motivo muito simples. Nesse instituto tinha um professor considerado autoridade máxima no projeto de estações. A construção de estações é algo especial, com um processo diferente do de outros prédios, e, por isso, mesmo estudando arquitetura e engenharia civil em uma faculdade de engenharia comum, isso não será muito útil na prática. É preciso estudar de modo específico, com um especialista.

— Objetivos limitados tornam a vida mais fácil — disse Sara.

Tsukuru concordou.

Ela disse: — E será que os outros quatro permaneceram em Nagoia porque não queriam dissolver essa bela comunidade?

— No terceiro ano, nós cinco discutimos sobre as carreiras. Os quatro disseram que pretendiam permanecer em Nagoia e cursar uma faculdade local. Não chegaram a dizer claramente, mas era evidente que tinham tomado essa decisão porque não queriam desfazer o grupo.

Pelas notas do Vermelho, ele provavelmente teria entrado facilmente na Universidade de Tóquio, e os pais dele e os professores o aconselharam fortemente a fazer isso. Azul também, pelo seu talento esportivo, provavelmente conseguiria recomendação para entrar em uma universidade de renome. Pela personalidade da Preta, ela se daria melhor na vida mais refinada e livre da cidade grande, onde encontraria estímulo intelectual, e em condições normais teria naturalmente frequentado uma universidade particular de Tóquio. Nagoia, claro, não deixa de ser uma grande cidade, mas, em termos culturais, é provinciana se comparada a Tóquio. Mas, mesmo assim, eles optaram por continuar em Nagoia, rebaixando o nível das respectivas faculdades que frequentariam. Só Branca que, com ou sem grupo, provavelmente não teria deixado a cidade de qualquer forma. Ela não era do tipo que tomaria a iniciativa de se aventurar em busca de estímulo.

— Quando eles me perguntavam o que eu ia fazer — disse Tsukuru —, eu respondia que ainda não havia resolvido. Mas, na verdade, nessa época eu já tinha resolvido cursar uma faculdade de Tóquio. Se fosse possível, eu também queria ficar em Nagoia, entrar em uma faculdade local razoável, estudar com moderação e continuar saindo com o grupo. Em vários sentidos seria mais fácil assim, e minha família também queria que eu fizesse isso, ou seja: concluir a faculdade e assumir a empresa de meu pai. Era o que esperavam de mim, de maneira implícita. Mas eu sabia que, se não fosse para Tóquio naquele momento, eu me arrependeria mais tarde. Eu queria estudar com esse professor de qualquer jeito.

— Entendo — disse Sara. — Quando você resolveu vir para Tóquio, o que será que os outros sentiram?

— Não tenho como saber o que eles *realmente* pensaram. Mas acho que devem ter ficado decepcionados. Com a minha saída, aquela sensação de unidade inicial se perderia.

— A química também desapareceria.

— Ou a sua natureza iria mudar. Em maior ou menor grau, claro.

Mas, quando souberam que a decisão de Tsukuru era definitiva, eles não tentaram fazê-lo mudar de ideia. Pelo contrário, até o incentivaram. De trem-bala, é mais ou menos uma hora e meia até Tóquio. Você vai poder voltar rapidamente a qualquer hora. E não é garantido que você conseguirá passar na faculdade que quer, disseram meio que brincando. De fato, para passar no vestibular, Tsukuru teve de estudar seriamente, mais do que antes — ou melhor, praticamente como nunca antes na vida.

— E, depois de concluir o ensino médio, o que aconteceu com esse grupo de cinco? — perguntou Sara.

— No começo a relação foi muito bem. No feriado prolongado de primavera e de outono, nas férias de verão e de ano-novo, quando não tinha aula, eu logo voltava para Nagoia e procurava passar o maior tempo possível com eles. Continuamos nos dando bem e sendo íntimos como antes.

Quando Tsukuru voltava à cidade, os cinco se reuniam e sempre tinham muito assunto sobre o qual conversar. Depois que Tsukuru fora para Tóquio, os quatro continuaram saindo juntos. Mas quando ele retornava, o grupo voltava a ser de cinco como antes (naturalmente, quando alguém tinha algum compromisso eles formavam grupos de três ou quatro). Os quatro que permaneceram na cidade aceitavam Tsukuru sem resistência, como se o tempo não tivesse sido interrompido. Pelo menos Tsukuru não tinha a sensação de que o ar estava um pouco diferente ou que havia surgido uma lacuna invisível. Isso o deixava feliz. Por isso não se importou muito com o fato de não ter nenhum amigo em Tóquio.

Sara estreitou os olhos e o fitou: — Você não fez nenhum amigo em Tóquio?

— Não consegui fazer amigos direito. Por alguma razão — disse Tsukuru. — Pra começar, eu não sou do tipo sociável. Mas não ficava confinado no apartamento, não é isso. Era a primeira vez na vida que eu estava morando sozinho, e era livre para fazer qualquer coisa. Eu levava uma vida divertida à minha maneira. Em Tóquio, os trilhos se estendem como uma malha, há inúmeras estações, e conseguia passar o tempo só visitando elas. Fui a várias, estudava a estrutura delas, fazia desenhos simples e anotava os pontos especiais que eu percebia.

— Parece bem divertido — disse Sara.

Mas a vida na faculdade não era muito divertida. Nos períodos iniciais, havia poucas matérias relacionadas à área especializada, e a maioria das aulas era medíocre e enfadonha. Mesmo assim, como Tsukuru tinha entrado com muito sacrifício na faculdade, frequentava quase todas as aulas. Estudou com afinco alemão e francês. Fez laboratório de conversação em inglês. Foi então que descobriu pela primeira vez que tinha inclinação para aprender línguas. Mas ao redor de Tsukuru não havia ninguém que despertasse seu interesse. Comparados com os quatro coloridos e estimulantes que conhecera na época do ensino médio, todos lhe pareceram sem vigor, monótonos e sem nenhuma peculiaridade. Não encontrou ninguém que ele desejasse conhecer melhor ou com quem desejasse conversar mais. Por isso passou grande parte do tempo sozinho em Tóquio. Graças a isso passou a ler mais livros do que antes.

— Você não se sentia sozinho? — Sara perguntou.

— Sentia que estava só. Mas não sentia muita solidão. Ou melhor, para mim parecia naquele momento que esse era o estado normal.

Ele ainda era jovem e não sabia muito do funcionamento deste mundo. Além disso, no novo local chamado Tóquio, muitas coisas eram diferentes do ambiente em que vivera até então. Essa diferença era maior do que ele havia previsto. O tamanho da cidade era excessivo, e sua diversidade, incomparavelmente maior. Havia excesso de opção para tudo, as pessoas falavam de modo esquisito e o tempo corria rápido demais. Por isso não conseguiu se equilibrar direito com o mundo ao redor. Mas o importante é que ele tinha um lugar para onde voltar. Pegando o trem-bala na estação de Tóquio, em mais ou menos uma hora e meia estaria no *lugar íntimo que se harmoniza de forma ordenada*. Ali o tempo corria calmamente e os amigos para quem podia abrir o coração o aguardavam.

Sara perguntou: — E *agora*, como você está? Está em equilíbrio com o mundo ao redor?

— Trabalho na mesma empresa há catorze anos. Não estou insatisfeito com ela, e gosto do meu trabalho.

Eu me dou bem com os colegas. Namorei algumas garotas até agora. Nenhum relacionamento deu certo, mas foi por causa de vários motivos. Não foi só por minha culpa.

— E está só, mas não sente muita solidão.

Ainda era cedo, e não havia outros fregueses além dos dois. A música de um jazz trio tocava suavemente ao fundo.

— Talvez — Tsukuru disse depois de hesitar um pouco.

— Mas você não tem mais um lugar pra onde voltar? Um lugar que, para você, é íntimo e que se harmoniza de forma ordenada?

Ele pensou a respeito, apesar de não haver necessidade. — Não existe mais — disse em voz tranquila.

Ele soube que esse lugar havia desaparecido completamente nas férias de verão do segundo ano da faculdade.

2

Essa mudança drástica aconteceu nas férias de verão do segundo ano da faculdade. Depois daquele verão, a vida de Tsukuru Tazaki se tornou algo completamente diferente de antes. Como um cume íngreme de pedra que altera as características da flora antes e depois dele.

Como sempre fizera, logo que começaram as férias da faculdade, ele juntou os pertences (não eram muitos) e pegou o trem-bala. Chegando à casa de seus pais em Nagoia, descansou um pouco e logo telefonou para a casa de cada um dos quatro. Mas não conseguiu falar com ninguém. Todos haviam saído. Eles devem ter saído juntos, pensou. Deixou recado com os familiares, saiu para passear sozinho e, para passar o tempo, entrou no cinema do centro da cidade e assistiu a um filme que nem fazia questão de ver. Voltou para casa, jantou com a família e telefonou novamente para os quatro. Ninguém tinha voltado ainda.

No dia seguinte, antes do almoço, telefonou novamente para eles, mas não os encontrou, como no dia anterior. Deixou recado outra vez. Quando voltar, poderia pedir para me ligar? Está bem, vou dar o recado, os familiares responderam. Mas o coração de Tsukuru ficou preso a algo que estava contido na voz deles. No dia anterior ele não notara, mas a voz deles estava sutilmente diferente do normal. Sentiu que eles estavam evitando, por alguma razão, conversar amigavelmente com ele. Parecia que queriam desligar o telefone o quanto antes. Em especial a voz da irmã mais velha de Branca soou muito mais seca do que o habitual. Tsukuru se dava bem com essa irmã dois anos mais velha (não chamava tanto a atenção quanto a irmã, mas era bonita) e, quando ligava para Branca e sempre que tinha oportunidade, trocava gracejos com ela. Ou pelo menos se cumprimentavam amigavelmente. Mas dessa vez a irmã desligou o telefone de modo muito apressado. Depois de ligar para os quatro, Tsukuru sentiu como se tivesse sido contaminado por uma bactéria especial, causadora de uma doença perigosa.

Talvez tenha acontecido algo, Tsukuru pensou. Enquanto ele estava em Tóquio devia ter acontecido *algo* ali, e eles passaram a manter distância dele. Um acontecimento inadequado e indesejado. Mas, por mais que pensasse, não fazia ideia do que seria, do que *poderia ser*.

No estômago restava a sensação de ter ingerido um pedaço de alguma coisa estranha, que ele não conseguia vomitar nem digerir. Nesse dia não saiu de casa nenhuma vez, e aguardou as ligações. Tentou fazer algo, mas não conseguia se concentrar. Havia falado várias vezes aos familiares dos quatro que estava de volta a Nagoia. Se fosse antes, logo o telefone tocaria e ele poderia ouvir uma voz animada na linha. Mas, por mais que esperasse, vinha apenas um duro silêncio.

À tarde, Tsukuru pensou em ligar mais uma vez para eles. Mas pensou melhor e desistiu. Talvez *na verdade* eles estivessem em casa. Como não queriam atender a ligação, talvez fingissem que não estavam. Talvez tivessem pedido aos familiares: "Se Tsukuru Tazaki ligar, fale que não estou." Por isso ele sentia o estranho desconforto na voz de quem atendia a ligação.

Por quê?

Não fazia ideia. A última vez que todos do grupo haviam se reunido foi no feriado prolongado de maio. Quando Tsukuru estava voltando para Tóquio de trem-

-bala, os quatro fizeram questão de ir até a estação se despedir dele. Eles acenaram exageradamente para a janela do vagão. Como se estivessem se despedindo de um soldado rumo a um campo de batalha em uma região bastante remota.

Voltando para Tóquio, Tsukuru enviou algumas cartas a Azul. Como Branca tinha dificuldades em usar o computador, normalmente eles trocavam cartas. Azul era o encarregado de recebê-las. As cartas enviadas para ele eram repassadas para os outros. Assim, ele não perderia tempo escrevendo cartas de conteúdo parecido para os quatro, individualmente. Ele escrevia principalmente sobre sua vida em Tóquio. O que via, o que experimentava, o que sentia. Tudo o que vejo, tudo o que faço, sempre penso como seria divertido se todos estivessem aqui. E ele realmente sentia isso. Fora isso, ele não escrevia muita coisa.

Os quatro enviaram algumas cartas escritas em conjunto para Tsukuru, e elas nunca tinham nenhum assunto negativo. Apenas relatavam detalhadamente o que estavam fazendo em Nagoia. Pareciam estar se divertindo bastante com a vida estudantil na cidade onde haviam nascido e crescido: Azul comprou um Honda Accord usado (com uma mancha que parece xixi de cachorro no banco traseiro) e com ele fomos passear no lago Biwa. É um carro que comporta cinco pessoas tranquilamente (contanto que ninguém engorde muito). É uma pena que você não esteja aqui. Estamos ansiosos para reencontrá-lo no verão — assim finalizava a carta. Aos olhos de Tsukuru, essas palavras pareciam sinceras.

Naquela noite ele não conseguiu dormir direito. Estava exaltado e muitos pensamentos iam e voltavam. Mas todos eles não passavam de um mesmo pensamento, sob formas diferentes. Como quem perdeu o senso de direção, Tsukuru andava em círculos. Quando se dava conta, estava no mesmo ponto de antes. Até que seu pensamento empacou, e não conseguia nem ir nem voltar, como um parafuso com a cabeça amassada.

Ele ficou acordado na cama até quatro da madrugada. Depois dormiu um pouco e despertou após as seis. Não estava disposto a tomar o café da manhã. Bebeu um copo de suco de laranja, e mesmo assim sentiu um leve enjoo. A família ficou preocupada com a súbita perda de apetite de Tsukuru, mas ele explicou que não era nada. É só o meu estômago que está um pouco cansado.

Naquele dia Tsukuru também ficou o tempo todo em casa. Permaneceu deitado na frente do telefone lendo um livro. Ou esforçando-se para ler. Depois do almoço telefonou outra vez para a casa dos quatro. Não estava com muita vontade, mas não podia ficar só esperando uma ligação, carregando esse sentimento confuso.

O resultado foi o mesmo. Quem atendeu a ligação informou a Tsukuru, ora em tom seco, ora de modo compadecido, ora em tom excessivamente neutro, que eles não estavam em casa. Tsukuru agradeceu de modo breve, mas polido, e desligou sem deixar recado. Assim como ele não suportava que essa situação continuasse, provavelmente eles também não suportariam continuar fingindo que não estavam em casa todos os dias. Pelo menos os familiares que atendiam a ligação não iriam aguentar. Tsukuru contava com isso. Se ele continuasse ligando, cedo ou tarde teria alguma resposta.

Como ele esperava, depois das oito da noite Azul ligou.

— Desculpe, mas não queremos mais que você ligue para nós — disse Azul. Não houve nenhum tipo de introdução. Nem "Oi", nem "Tudo bem?", nem "Quanto tempo!". O "Desculpe" inicial foi a única palavra diplomática que ele proferiu.

Tsukuru inspirou o ar uma vez, repetiu mentalmente as palavras que ele dissera e pensou rápido. Tentou interpretar o sentimento contido na voz dele. Mas a frase não passava de um comunicado formal. Sem margem para sentimentos.

— Se vocês não querem mais que eu ligue, claro que não vou ligar — Tsukuru respondeu. Suas palavras saíram quase que automaticamente. Ele achava que tinha falado com a voz calma e bastante normal, mas ela soou aos seus ouvidos não como se fosse sua, mas de alguém desconhecido. De alguém que morasse em alguma cidade distante, que ele nunca encontrou (e que provavelmente nunca irá encontrar).

— Faça isso — disse Azul.

— Não pretendo fazer o que vocês não querem que eu faça — falou Tsukuru.

Azul emitiu um som que não deu para distinguir se era um suspiro ou um gemido de consentimento.

— Eu só quero saber o que aconteceu. Se possível, quero saber o motivo — disse Tsukuru.

— Isso é uma coisa que eu não posso te falar — disse Azul.

— Então quem pode?

Houve um momento de silêncio do outro lado da linha. Um silêncio que parecia uma espessa parede de pedra. Ouviu-se uma leve respiração. Tsukuru esperou, lembrando-se do nariz achatado e carnudo de Azul.

— Se você pensar a respeito, acho que saberá o motivo — finalmente Azul disse.

Tsukuru ficou sem palavras por um instante. O que ele está dizendo? *Pensar a respeito? Em que mais* eu poderia pensar? Se eu pensar mais a fundo em algo, não vou mais saber nem quem eu sou.

— É uma pena que isso tenha acontecido — disse Azul.

— É a opinião de todos?

— É. Todos estão lamentando.

— Mas... o que aconteceu, afinal? — perguntou Tsukuru.

— Pergunte a você mesmo — disse Azul. Sentiu-se um leve tremor de tristeza e ira na sua voz. Mas só por um instante. Azul desligou antes que Tsukuru pudesse pensar em algo para dizer.

*

— Foi só isso o que ele falou? — perguntou Sara.

— Foi um diálogo curto, mínimo. Não tenho como reproduzi-lo de modo mais claro que isso — disse Tsukuru.

Os dois estavam sentados frente a frente na mesinha do bar.

— Depois disso, você teve oportunidade de falar com ele, ou com algum dos outros três? — perguntou Sara.

Tsukuru balançou a cabeça. — Não, desde então não falei mais com ninguém.

Sara estreitou os olhos e fitou o rosto de Tsukuru, como quem verifica uma paisagem que fisicamente não tem lógica. — Com absolutamente ninguém?

— Não encontrei nem falei com ninguém.

Sara disse: — Você não queria saber por que teve que ser expulso desse grupo de uma hora para a outra?

— Como poderei dizer... Para mim, naquele momento, nada mais tinha importância. Fecharam a porta bem no meu nariz e não me deixaram mais entrar. Nem me explicaram o motivo. Mas, pensei que se era isso que todos queriam, não tinha jeito.

— Não entendo direito — disse Sara, como se realmente não compreendesse. — Poderia ter sido um mal-entendido. Afinal, você não fazia a menor ideia do motivo. Não sentiu que seria uma pena ter perdido amigos importantes talvez por causa de um engano bobo? Não ter corrigido um mal-entendido que talvez pudesse ter sido resolvido com pouco esforço?

O copo de mojito estava vazio. Ela fez um sinal ao barman e pediu a carta de vinhos. Depois de considerar muito escolheu uma taça de Cabernet Sauvignon de Napa Valley. O *highball* de Tsukuru ainda estava pela metade. O gelo havia derretido, gotas haviam se formado ao redor do copo e o porta-copos de papel estava molhado e intumescido.

Tsukuru disse: — Foi a primeira vez na vida que fui rejeitado categoricamente por alguém. Ainda mais por grandes amigos em quem confiava mais que qualquer outra pessoa, com quem estava familiarizado como se fossem parte do meu corpo. Antes de pensar em tentar descobrir a causa, em corrigir o mal-entendido, o choque que levei foi muito forte. A ponto de eu não conseguir me reerguer direito. Senti que algo dentro de mim havia se rompido.

A taça de vinho chegou à mesa e o pratinho de castanhas foi trocado por um novo. Quando o barman se foi, Sara abriu a boca:

— Nunca passei por esse tipo de situação, mas consigo imaginar até certo ponto o quão *duro* deve ter sido para você. Claro que entendo que você não conseguiu se recuperar logo. Mas depois de certo tempo, depois que o choque inicial tivesse passado, você não poderia ter tomado uma atitude? Afinal, você não poderia deixar as coisas como estavam, nessa situação sem lógica. Você não podia ter se conformado com isso.

Tsukuru balançou levemente a cabeça. — No dia seguinte, de manhã, inventei uma desculpa qualquer para a minha família, peguei o trem-bala e voltei a Tóquio. De qualquer forma, não queria permanecer nem um dia a mais em Nagoia. Não conseguia pensar em mais nada.

— Se eu fosse você, teria permanecido na cidade e tentaria descobrir o motivo até me convencer — disse Sara.

— Não fui forte a esse ponto — disse Tsukuru.

— Você não queria saber a verdade?

Observando as próprias mãos sobre a mesa, Tsukuru escolheu cuidadosamente as palavras: — Acho que eu tinha medo de investigar o motivo, de enfrentar os fatos que seriam trazidos à tona. Seja qual fosse a verdade, não achava que ela fosse me trazer consolo. Não sei por quê, mas eu tinha uma espécie de certeza disso.

— Você ainda tem essa certeza?

— Não sei — disse Tsukuru. — Mas naquela hora eu tinha.

— Por isso voltou a Tóquio, se trancafiou sozinho no quarto, fechou os olhos e tapou os ouvidos.

— Mais ou menos isso.

Sara estendeu a mão e a pousou sobre as de Tsukuru. — Pobre Tsukuru Tazaki — disse. A sensação de maciez que a mão dela passava foi sendo transmitida aos poucos a todo o corpo dele. Depois de um tempo ela retirou a mão e levou a taça de vinho aos lábios.

— Desde então, voltei somente o mínimo necessário de vezes a Nagoia — disse Tsukuru. — Mesmo quando ia até lá por algum motivo, procurava não sair de casa e, quando terminava o que tinha de fazer, logo voltava a Tóquio. Minha mãe e minhas irmãs ficaram preocupadas e insistiram em saber o que tinha acontecido, mas não lhes dei nenhuma explicação. Não podia contar o que tinha acontecido.

— Onde os quatro estão agora, e o que estão fazendo? Você sabe?

— Não, não sei de nada. Ninguém me falou e, pra ser sincero, nem tive interesse em saber.

Ela girou o vinho em sua taça e observou por um tempo a oscilação produzida, como quem lê a sorte de alguém. E disse:

— Para mim, isso parece muito estranho. Ou seja, o acontecimento dessa época causou um grande choque em você, e em certo sentido até reescreveu sua vida. É isso, não é?

Tsukuru assentiu de leve. — Depois desse acontecimento, acho que me tornei uma pessoa um pouco diferente, em vários sentidos.

— Em que sentido, por exemplo?

— Por exemplo, talvez tenha aumentado o número de vezes em que eu sinto que sou uma pessoa insignificante, sem importância para os outros. Ou para mim mesmo.

Sara fitou os olhos dele por um momento. E falou, com a voz séria: — Eu não acho que você seja uma pessoa sem importância, ou insignificante.

— Obrigado — Tsukuru disse. E pressionou levemente a têmpora com a ponta do dedo. — Mas isso é um problema de dentro da minha cabeça.

— Ainda não entendo — disse Sara. — Na sua cabeça, ou no seu coração, ou em ambos, ainda resta a ferida daquela época. Provavelmente de modo bem marcante. Mesmo assim, nesses quinze ou dezesseis anos você não procurou descobrir por que teve de passar por isso, o motivo disso.

— Não é que eu não queira saber a verdade. Mas agora sinto que é melhor esquecer completamente esse acontecimento. Foi há muito tempo e já o mergulhei em um lugar bem profundo.

Sara fechou os lábios finos uma vez, e disse em seguida: — Isso deve ser perigoso.
— Perigoso? — Tsukuru disse. — Como?
— Mesmo que você tenha escondido bem a memória, mesmo que a tenha mergulhado em um lugar bem profundo, você não pode apagar a história que causou tudo isso — disse Sara, fitando diretamente os olhos dele. — É bom você se lembrar disso. A história não pode ser apagada nem refeita. Isso equivale a matar a sua própria existência.
— Por que chegamos a esse assunto? — Tsukuru perguntou meio que a si mesmo, tentando soar alegre. — Até agora eu nunca tinha contado isso a ninguém, e nem pretendia contar.
Sara abriu um leve sorriso. — Será que não é porque você precisava contar a alguém? Mais do que você imagina?

Naquele verão, depois de voltar de Nagoia, o que dominou Tsukuru foi a curiosa sensação de que a composição do seu corpo estava mudando completamente. A cor das coisas que estava acostumado a ver até então estava diferente, como se elas estivessem cobertas com um filtro especial. Ouvia sons que nunca tinha ouvido antes, e não conseguia detectar os sons que havia escutado até então. Quando tentava mexer o corpo, percebia que os movimentos estavam bastante desajeitados. Parecia que a natureza da gravidade ao seu redor estava mudando.
Durante os cinco meses seguintes, Tsukuru viveu à beira da morte. Construiu um pequeno lugar para ficar na ponta do abismo escuro e sem fundo, e viveu completamente sozinho ali. Era um lugar perigoso, já na borda, e, se virasse o corpo uma vez enquanto dormia, corria risco de cair nas profundezas do vazio. Mas ele

não sentia medo. Como é fácil cair, foi a única coisa que pensou.

Até onde a vista alcançava, só se viam terras desérticas e rochosas. Não havia nem uma gota d'água, nem um pedaço de capim. Não havia cor nem algo que parecesse luz. Não havia Sol nem Lua nem estrelas. Provavelmente não havia nem direção. Só um crepúsculo misterioso e uma treva sem fim se intercalavam de tempos em tempos. Uma fronteira remota, nos limites da consciência. Mas ao mesmo tempo era um lugar com estranha abundância. No crepúsculo, pássaros com bico afiado como faca vinham e arrancavam sem piedade a carne de Tsukuru. Mas quando a treva cobria a superfície da terra e os pássaros iam embora, aquele lugar preenchia silenciosamente o vazio aberto no corpo dele com um material substituto.

Seja qual fosse o material que era depositado, Tsukuru não conseguia compreender sua natureza, aceitá-lo nem recusá-lo. Seu corpo era simplesmente preenchido com um enxame de trevas, que depositava abundantes ovos de trevas. Quando aquilo ia embora e o crepúsculo voltava, os pássaros retornavam e bicavam agressivamente a carne do corpo dele.

Nessas horas, ele era ele mesmo, mas ao mesmo tempo não era. Era Tsukuru Tazaki, mas não era Tsukuru Tazaki. Quando sentia uma dor insuportável, ele se afastava do seu corpo. E, de um lugar um pouco afastado, indolor, observava o corpo de Tsukuru Tazaki, que suportava essa dor. Isso não era algo impossível de fazer quando ele se concentrava fortemente.

Mesmo agora ele revivia essa sensação por alguma razão. Afastar-se de si mesmo. Observar a própria dor como se ela fosse de outra pessoa.

*

Depois que saíram do bar, Tsukuru convidou Sara para jantar. Não quer comer algo simples por aí? Talvez uma pizza. Ainda estou sem apetite, Sara disse. Então vamos para a minha casa?, Tsukuru propôs.

— Desculpe, mas hoje não estou muito a fim — ela disse sem jeito, mas firme.

— É por que eu falei desse assunto chato? — Tsukuru perguntou.

Ela deu um leve suspiro. — Não é isso. Eu só quero pensar um pouco. Sobre várias coisas. Por isso, agora eu preferia voltar pra casa.

— Tudo bem — disse Tsukuru. — Foi bom ter encontrado e conversado com você outra vez. Seria melhor se a gente tivesse falado de um assunto mais divertido.

Ela permaneceu com os lábios cerrados por um momento. E disse, decidida: — Você me convida para sair de novo? É claro que só se você quiser.

— Claro que vou te convidar. Se você não se incomodar.

— Não, não me incomodo nem um pouco.

— Que bom — disse Tsukuru. — Eu mando um e-mail.

Os dois se despediram na entrada da estação do metrô. Ela subiu a escada rolante para pegar a linha Yamanote, ele desceu para a linha Hibiya, e cada um voltou para sua casa. Absortos cada qual em seus próprios pensamentos.

Tsukuru naturalmente não sabe em que Sara pensava. E ele não podia contar a ela no que pensava naquele momento. Aconteça o que acontecer, algumas coisas não podem sair de dentro de mim. Era mais ou menos nisso que Tsukuru Tazaki pensava no trem de volta para casa.

3

No meio ano em que vagou à beira da morte, Tsukuru perdeu sete quilos. Como não se alimentava direito, é normal que isso tenha acontecido. Desde pequeno ele tinha um rosto mais rechonchudo, mas passou a ser bastante esbelto. Não bastou apertar o cinto; ele teve de comprar calças de tamanho menor. Quando tirava a roupa, dava para ver sua costela saliente como uma gaiola de pássaro barata. Sua postura piorava e os ombros caíam para a frente. As pernas magras, finas e longas pareciam patas de uma ave aquática. Estou com corpo de velho, ele pensou quando, depois de muito tempo, ficou nu diante do espelho de corpo inteiro. Ou de uma pessoa prestes a morrer.

Mesmo que eu pareça estar prestes a morrer, não há muito o que eu possa fazer, ele tentou se convencer diante do espelho. Em certo sentido, eu estava *mesmo* à beira da morte. Afinal, como uma casca velha de inseto grudada no galho de uma árvore, prestes a ser atirada para algum lugar se soprasse um vento mais forte, eu estava vivendo agarrando-me a este mundo a muito custo. Mas esse fato — de parecer uma pessoa realmente à beira da morte — tocou forte o coração de Tsukuru. Ele permaneceu mirando sem se cansar o próprio corpo nu refletido no espelho. Como quem não consegue tirar os olhos de um noticiário de TV, que exibe a situação trágica de uma região longínqua assolada por um gigantesco terremoto ou uma terrível enchente.

Talvez eu tenha morrido *de verdade*, Tsukuru pensou nesse momento, como se fosse atingido por algo.

No verão passado, quando sua existência foi negada pelos quatro, o menino chamado Tsukuru Tazaki na verdade deu o seu último suspiro. Apenas sua aparência exterior foi mantida — a muito custo —, mas ela sofreu uma grande transformação nesse meio ano. Sua constituição física e seu rosto mudaram completamente, e o modo como ele enxergava o mundo também mudou. Ele passou a sentir o vento soprar, ouvir a água correr, ver a luz que penetra entre as nuvens e a cor das flores de cada estação, de forma diferente da de antes. Ou parecia que tudo fora completamente reconstruído. Quem está aqui agora, quem está refletido no espelho, parece à primeira vista Tsukuru Tazaki, mas na verdade não é. Não passa de um recipiente com conteúdo renovado que está sendo chamado de Tsukuru Tazaki por conveniência. Ele continuava sendo chamado assim porque por enquanto não tinha outro nome.

Nessa noite Tsukuru teve um sonho curioso. Ele era atormentado por terríveis sentimentos de ciúme e inveja. Fazia tempo que não tinha um sonho tão real.

Para falar a verdade, até então Tsukuru não conseguia compreender o sentimento de ciúme ou inveja como algo real. Naturalmente ele compreendia racionalmente, de modo geral, no que eles consistiam. No caso da inveja, uma sensação que se tem quando alguém possui — ou poderia possuir com facilidade — um talento, dom ou posição que o outro não consegue de jeito nenhum. No do ciúme, uma sensação que se tem ao descobrir que a mulher por quem se está loucamente apaixonado está nos braços de outro homem. Inveja, cobiça, humilhação, frustração reprimida, ira.

Mas, na verdade, nenhuma vez na vida Tsukuru havia experimentado essas sensações. Nunca desejara seriamente um talento ou dom que não possuía, nem se apaixonara perdidamente por ninguém. Nunca se interessara nem tivera inveja de alguém. Isso não significava, naturalmente, que não sentisse insatisfação de si mesmo. Não significava que não lhe faltava nada. Se alguém lhe pedisse, ele podia fazer uma lista de tudo isso. Talvez a lista não ficasse muito grande, mas não caberia em apenas duas ou três linhas. Mas essas insatisfações ou carências se completavam dentro dele. Não era algo a ser buscado deslocando-se para algum outro lugar. Pelo menos tinha sido assim até agora.

Entretanto, nesse sonho, ele desejava intensamente uma mulher, acima de tudo. Não estava claro quem era. Ela era apenas uma *existência*. E ela conseguia se dividir em corpo e alma. Ela possuía esse dom especial. Posso lhe entregar um dos dois, ela dizia a Tsukuru. O corpo ou a alma. Mas você não terá os dois. Por isso quero que você escolha um dos dois agora. O outro vou dar a alguém, ela dizia. Mas Tsukuru a desejava *por inteiro*. Não conseguia ceder a metade para outro homem. Para ele, seria insuportável. Então não quero nenhum dos dois, ele queria dizer, mas não conseguia. Ele não conseguia ir nem voltar.

Tsukuru sentiu nesse momento uma violenta dor, como se mãos enormes estivessem torcendo fortemente todo o seu corpo. Os músculos se romperam e os ossos gritaram de agonia. Ele sentia também uma terrível sede, que parecia secar todas as suas células. A ira fez seu corpo tremer. Ira por ter de entregar a metade dela para outro. Essa ira se tornou um líquido denso, espremido da medula do seu corpo. Os pulmões se tornaram um par de foles enlouquecidos e o coração acelerou como um motor levado ao limite, enviando o sangue escuro e agitado até as extremidades do corpo.

Ele despertou com o corpo todo tremendo. Demorou um tempo para perceber que fora tudo um sonho.

Arrancou o pijama encharcado de suor e enxugou o corpo com uma toalha. Por mais que se esfregasse, a sensação pegajosa não saía. Então ele compreendeu, ou teve uma intuição. Então é isso o que chamam de ciúme. Alguém tentando arrancar das suas mãos o corpo ou a alma da mulher amada, ou talvez ambos.

O ciúme — pelo que Tsukuru entendeu no sonho — era o cárcere mais desesperador do mundo. Isso porque era o cárcere onde o próprio prisioneiro prendia a si mesmo. Ninguém o forçava a entrar nele. Ele próprio entrou, se trancou por dentro e jogou a chave fora. E pior, ninguém neste mundo sabia que ele estava confinado ali. Naturalmente bastava ele próprio decidir se libertar para poder sair. Afinal, o cárcere estava dentro do seu coração. Mas ele não consegue tomar essa decisão. Seu coração está duro como uma parede de pedra. Essa era a essência do ciúme.

Tsukuru pegou um suco de laranja da geladeira e tomou alguns copos. A garganta estava sedenta. Depois se sentou à mesa e, observando pela janela a vista que clareava aos poucos, tentou acalmar o coração e o corpo, abalados pelas fortes ondas de emoção. Afinal, o que significa esse sonho? Será uma premonição? Ou uma mensagem simbólica? Estaria tentando me mostrar algo? Ou será que o verdadeiro eu, que eu mesmo desconhecia, está se debatendo para sair da casca?, Tsukuru pensou. Talvez uma criatura horrorosa tenha saído do ovo, e esteja tentando desesperadamente sentir o ar fresco.

Refletindo depois, ele se deu conta de que foi exatamente nesse momento que Tsukuru Tazaki deixou de ansiar seriamente pela morte. Ele mirou o corpo nu refletido no espelho e reconheceu que havia alguém que não era ele. Nessa noite, experimentou pela primeira vez na vida o sentimento — ou assim lhe pareceu — de ciúme no sonho. Quando amanheceu, ele já havia deixado para trás os dias de trevas dos últimos cinco meses, em que vivera lado a lado com o vazio da morte.

Provavelmente nesse momento a abrasadora emoção nua e crua que atravessou seu interior na forma de sonho anulou e neutralizou a ânsia pela morte que o dominara até então, assim como o forte vento do oeste sopra e varre a espessa nuvem do céu. Assim Tsukuru presumiu.

Só restou um sentimento sereno, parecido com resignação. Era um sentimento isento de cor e neutro como uma calmaria. Ele estava sentado sozinho em uma casa grande, antiga e vazia, ouvindo atentamente o som oco do enorme e velho relógio de parede que marcava a passagem do tempo. De boca cerrada, sem desviar os olhos, apenas observava o ponteiro avançar. Envolvendo a emoção com várias camadas de algo parecido com uma fina membrana, mantendo o coração vazio, ele envelhecia a cada hora.

Aos poucos Tsukuru Tazaki começou a se alimentar melhor. Comprava ingredientes frescos, fazia pratos simples e comia. Mesmo assim custava a recuperar o peso perdido. Parecia que o estômago havia se contraído em cerca de meio ano. Quando comia além do limite, vomitava. Então começou a nadar na piscina da faculdade de manhã cedo. Como havia perdido os músculos, ficava sem fôlego até para subir escadas, e achou que precisava recuperar pelo menos um pouco do estado de antes. Comprou uma sunga e óculos novos de natação, e nadava entre mil e mil e quinhentos metros de crawl todos os dias. Depois ia à sala de musculação e, calado usava os equipamentos para se exercitar.

Depois de alguns meses se alimentando melhor e praticando exercícios regulares, a vida de Tsukuru Tazaki praticamente retomou o ritmo saudável de antes. Recuperou os músculos necessários (em lugares muito diferentes de antes), a coluna vertebral ficou ereta e o rosto também recuperou a cor. Voltou a ter, depois de muito tempo, uma ereção quando acordava de manhã.

    Justamente nessa época, sua mãe foi a Tóquio, sozinha, o que era raro acontecer. Ela devia ter ficado preocupada com o comportamento de Tsukuru nos últimos tempos, e ele nem sequer voltara para casa nas férias de ano-novo. Foi então até lá ver como ele estava. Ficou pasma ao notar quanto a aparência do filho havia mudado nos últimos meses. Mas ao ouvir que era "só uma mudança natural peculiar da idade, e as únicas coisas de que preciso são algumas roupas que combinem com o novo corpo", ela aceitou docilmente essa explicação. Convenceu-se de que era um processo de desenvolvimento natural dos meninos. Ela só tivera irmãs e, uma vez casada, sempre soube cuidar melhor de suas filhas. Não sabia nada do desenvolvimento dos meninos. Por isso, animada, foi com o filho a uma loja de departamentos e comprou alguns conjuntos de roupas novas para ele. Ela gostava da marca Brooks Brothers e de camisas polo. As roupas velhas foram doadas ou jogadas fora.

    Sua fisionomia também mudou. Olhando-se no espelho, ele não via mais aquele rosto rechonchudo de menino, até bem proporcionado, mas bastante medíocre e sem foco. Quem o mirava de volta era um homem jovem, de faces retas, como se tivessem sido aplainadas. Nos olhos havia uma luz nova. Era uma luz que ele mesmo desconhecia. Uma luz solitária e sem rumo, da qual era exigida que fosse autossuficiente em um espaço restrito. A barba engrossou de repente, e passou a ter de fazê-la toda manhã. Resolveu deixar o cabelo crescer mais.

    Tsukuru não gostou em especial da nova aparência que conquistara. Mas, se não o agradava, tampouco lhe causava aversão. Ela não passava de uma máscara provisória e conveniente. Por ora ele achava oportuno não ter o mesmo rosto de antes.

  De qualquer forma, o menino que se chamava Tsukuru Tazaki morrera. Ele deu o último suspiro no meio da escuridão deserta, como se tivesse se esvaído, e foi enterrado em uma pequena clareira na floresta, furtivamente, antes do amanhecer, quando as pessoas ainda dormiam o sono pesado. Sem nenhuma lápide. Quem está respirando de pé aqui e agora é o novo Tsukuru Tazaki, com sua substância interior completamente renovada. Mas por enquanto ninguém, além dele, sabia disso. Ele tampouco pretendia contar a alguém.

  Tsukuru Tazaki continuou visitando as estações aqui e acolá para desenhá-las e assistia a todas as aulas da faculdade. Tomava banho e lavava o cabelo de manhã e escovava os dentes após as refeições. Toda manhã arrumava a cama e ele mesmo passava as camisas. Na medida do possível procurava não deixar tempo livre para si. À noite lia por cerca de duas horas, geralmente livros de história ou biografias. Era um hábito adquirido na infância. O hábito fazia sua vida prosseguir. Mas ele já não acreditava em comunidades perfeitas, nem sentia na pele o calor da química entre as pessoas.

  Todo dia ele ficava de pé por um tempo diante do espelho do banheiro mirando o rosto. E aos poucos foi familiarizando seu coração com a nova existência (alterada). Como quem adquire uma nova língua e decora sua gramática.

Até que Tsukuru fez um novo amigo. Isso aconteceu em junho, quase um ano depois de os quatro amigos de Nagoia terem se afastado dele. Era um estudante da mesma faculdade, dois anos mais novo. Ele o conheceu na piscina da faculdade.

4

Ele o conheceu na piscina da faculdade.

Assim como Tsukuru, ele nadava de manhã cedo todo dia, sozinho. Os dois passaram a se reconhecer e a trocar breves palavras naturalmente. Depois de trocarem de roupa no vestiário após a natação, às vezes tomavam juntos um café da manhã simples no refeitório. Ele havia entrado na faculdade dois anos depois de Tsukuru Tazaki, e era do departamento de física. Apesar de fazerem parte do mesmo instituto tecnológico, os estudantes dos departamentos de física e de engenharia civil praticamente pertenciam a planetas diferentes.

— O que você faz no departamento de engenharia civil? — o outro estudante perguntou a Tsukuru.

— Faço estações.

— Estações?

— Estações de trem. Não estações de TV ou algo assim.

— Mas por que estações de trem?

— Porque elas são necessárias para o mundo — disse Tsukuru com tranquilidade.

— Que engraçado — disse o outro, como se realmente achasse graça. — Até agora nunca tinha pensado na importância das estações.

— Mas você também usa as estações. Seria um problema pegar trens se elas não existissem.

— Claro que uso as estações, e naturalmente seria um problema se elas não existissem... Mas é que... nunca tinha imaginado que no mundo houvesse pessoas entusiasmadas com a construção de estações.

— No mundo há pessoas que compõem um quarteto de cordas, que plantam alfaces e tomates. É necessário ter também quem construa estações — Tsukuru disse. — No meu caso, não chego a ser *entusiasmado* com a construção delas. Só tenho interesse por uma coisa bem limitada.

— Isso pode soar ofensivo, mas acho que encontrar uma única coisa limitada para se interessar na vida já é uma grande conquista, não é?

Tsukuru pensou que o outro estava debochando, e olhou atentamente o rosto bonito do estudante mais novo. Mas parecia que ele estava sendo sincero. A expressão dele era límpida e franca.

— Você gosta de construir coisas, né? Como o seu próprio nome diz.*

— Desde criança gosto de construir coisas que tenham forma — Tsukuru Tazaki admitiu.

— Eu sou o contrário. Por alguma razão, por natureza, não sou bom em construir coisas. Desde a época do ensino primário não conseguia fazer bem nem os trabalhos simples de artesanato. Não consigo montar direito nem um kit de plastimodelismo. Gosto de pensar nas coisas de modo abstrato e, por mais que pense, não me canso, mas não consigo construir com as mãos coisas que possuam alguma forma. Gosto de cozinhar, mas, na culinária, logo que as coisas são feitas elas vão perdendo a forma... Mas é muito desconfortante uma pessoa que não é boa em construir coisas entrar em um instituto tecnológico.

— Você quer estudar o que aqui, se especializar em quê?

Ele pensou meio sério. — Não sei. Ao contrário de você, não tem nada que eu queira fazer de forma de-

---

* Em japonês, *tsukuru* significa construir, fabricar. (N. T.)

terminada. De qualquer modo, quero pensar nas coisas o mais fundo possível. Quero continuar simplesmente pensando, de modo livre e puro. É isso. Mas, considerando melhor, pensar puramente talvez seja como construir um vácuo.

— O mundo deve precisar de algumas pessoas que construam um vácuo.

Quando Tsukuru disse isso, o outro riu alegremente. — Se todas as pessoas do mundo começarem a construir vácuos, em vez de cultivar alfaces e tomates, acho que teremos um pequeno problema.

— Ideias são como barba. Os homens não têm nenhuma até o dia em que começam a crescer. Acho que alguém disse algo assim — Tsukuru falou —, mas não lembro quem.

— Voltaire — disse o estudante mais novo. E riu passando a mão no queixo. O sorriso dele era alegre e inocente. — Talvez a frase não esteja correta. Eu ainda praticamente não tenho barba, mas desde pequeno gosto de pensar.

De fato o rosto dele era liso e macio, sem sinal de barba. Ele tinha sobrancelhas finas e escuras e o contorno das orelhas era bem delineado, como uma concha bonita.

— Será que Voltaire não se referia a reflexões, em vez de a ideias? — disse Tsukuru.

O outro inclinou levemente a cabeça. — O que gera a reflexão é a dor. Não é a idade, muito menos a barba.

Ele se chamava Haida. Fumiaki Haida. Aqui também tem mais uma pessoa colorida, Tsukuru pensou, quando ficou sabendo do nome dele — que literalmente queria dizer "campo cinzento". Mr. Gray. Claro, apesar de ser uma cor bastante discreta.

*

Nenhum dos dois podia ser considerado sociável, mas, à medida que se encontravam e conversavam, passaram a simpatizar naturalmente um com o outro e a abrir seus corações. Encontravam-se toda manhã no mesmo horário e nadavam juntos. Percorriam longas distâncias de crawl, mas Haida era um pouco mais ligeiro. Como frequentava a escola de natação desde criança, dominava uma forma bonita de nadar sem fazer esforço desnecessário. A omoplata se movimentava de modo suave bem rente à superfície da água, como se fosse a asa de uma borboleta. Mas Tsukuru conseguiu acompanhar a velocidade de Haida depois que este corrigiu pequenos detalhes da forma dele nadar, e depois de passar a se dedicar mais aos exercícios de musculação. No começo, os dois só falavam de técnicas de natação. Depois, aos poucos, passaram a falar de temas mais variados.

  Haida era um jovem de estatura baixa e bonito. Tinha um rosto pequeno e estreito, como uma escultura da Grécia Antiga. A beleza do rosto dele era mais do tipo clássico, intelectual e modesto. Sua elegância era percebida de forma natural, depois que a pessoa o via algumas vezes. Não era um rapaz bonito, que se destacasse de modo ostensivo.

  Tinha cabelo curto, levemente crespo, e sempre usava casualmente o mesmo tipo de calça chino e camisa clara. Mas por mais que fossem roupas simples e comuns, ele sabia vesti-las bem. Gostava de ler livros mais que de qualquer outra coisa e, assim como Tsukuru, não costumava ler romances. Ele gostava de livros de filosofia e dos clássicos gregos e latinos. Gostava também de peças teatrais, e seus favoritos eram as tragédias gregas e Shakespeare. Entendia bem também de teatros Nô e Bunraku. Era da província de Akita, no norte do Japão, tinha pele branca e dedos compridos. Não tinha resistência para bebida alcoólica (como Tsukuru) e era capaz de distinguir as músicas de Mendelssohn e de Schumann (diferentemente de Tsukuru). Era muito tímido e, em locais onde se reuniam três pessoas ou mais, preferia ser tratado como se não estivesse ali. Na sua nuca havia uma cicatriz velha e profunda, de cerca de quatro centímetros de comprimento, que parecia ter sido provocada por uma faca e conferia um toque misterioso à sua aura pacífica.

Haida havia se mudado de Akita para Tóquio na primavera daquele ano e morava em um dormitório para estudantes perto do campus, mas ainda não tinha feito amigos próximos. Quando descobriram que tinham assuntos em comum, os dois começaram a ficar várias horas juntos, até que ele passou a frequentar o apartamento onde Tsukuru morava.

— Como é que, sendo estudante, você consegue morar em um apartamento tão luxuoso como esse? — disse Haida na primeira visita, impressionado.

— Meu pai tem uma imobiliária em Nagoia e possui alguns imóveis em Tóquio também — Tsukuru explicou. — Ele me deixou morar em um dos apartamentos vagos. Antes de mim, minha irmã logo acima de mim morava aqui. Depois que se formou ela saiu e eu entrei. Ele está no nome da empresa de meu pai.

— Sua família é rica, então.

— Não sei. Pra ser sincero não faço a menor ideia se minha família é rica ou não. Acho que nem meu pai sabe. Se não juntar em um único lugar o contador, o advogado, o consultor fiscal e o consultor de investimentos, ele não sabe direito a situação real do negócio. Mas, pelo menos no momento, acho que não estamos passando por grandes dificuldades. Por isso posso morar aqui. Felizmente.

— Mas você não tem interesse em negócios desse tipo?

— Não. Para ter esse tipo de negócio é preciso movimentar uma grande soma de dinheiro da direita para a esquerda, ou da esquerda para a direita, ou seja, é preciso estar sempre movimentando alguma coisa. Não tenho inclinação para coisas agitadas assim. Tenho um temperamento diferente do meu pai. Mesmo que não dê dinheiro, me sinto mais confortável me dedicando à construção de estações.

— Um interesse limitado — disse Haida. E sorriu.

*

No final, Tsukuru Tazaki jamais se mudou desse apartamento de um quarto em Jiyûgaoka. Mesmo depois de se formar e começar a trabalhar em uma companhia ferroviária cuja matriz fica em Shinjuku, continuou morando no mesmo lugar. O pai faleceu quando ele completou trinta anos, e o apartamento passou a ser oficialmente dele. Parece que o pai já tinha a intenção de lhe doar o imóvel que, sem ele saber, já estava em seu nome. O marido de sua irmã primogênita assumiu os negócios do pai, e Tsukuru continuou a fazer projetos de estações em Tóquio, sem se envolver em negócios da família. Como antes, quase nunca voltava a Nagoia.

Quando voltou à cidade natal para o funeral do pai, Tsukuru pensou: talvez os quatro do grupo apareçam para dar condolências se souberem do ocorrido. Se eles vierem realmente, como irei cumprimentá-los? Mas ninguém apareceu. Ao mesmo tempo em que Tsukuru ficou aliviado, sentiu um certo vazio. *Aquilo* tinha acabado de verdade, ele teve de reconhecer. Jamais iria voltar a ser como era. De qualquer forma, naquela época todos os cinco já estavam com trinta anos. Não estavam mais na idade de sonhar com uma comunidade que se harmoniza de forma ordenada.

*

Tsukuru viu em alguma revista ou algum jornal a estatística de que cerca de metade das pessoas do mundo não está satisfeita com o próprio nome. Mas ele próprio pertencia à metade que tinha sorte. Pelo menos, não se lembrava de ter sentido insatisfação com o nome que recebera. Melhor dizendo, ele tinha dificuldades em se imaginar com outro nome, ou imaginar a vida que levaria com outro nome.

Seu primeiro nome, Tsukuru, era composto de um único ideograma chinês *kanji*, mas, exceto em documentos oficiais, ele grafava Tsukuru em *hiragana*, escrita silábica japonesa. Seus amigos também achavam que Tsukuru escrevia-se em *hiragana*. Somente sua mãe e as duas irmãs o chamavam de Saku ou Pequeno Saku.* No dia a dia era mais fácil chamá-lo assim.

Foi seu pai quem escolhera esse nome. Desde muito antes de o filho nascer, parece que ele havia decidido que o primeiro filho homem se chamaria Tsukuru. Por alguma razão desconhecida. Afinal, seu pai foi uma pessoa que durante muitos anos levou uma vida bem longe da construção de coisas. Talvez ele tivesse recebido uma espécie de revelação em algum momento. Talvez um raio invisível acompanhado de um trovão silencioso tenha cravado bem nítido o nome Tsukuru em sua mente. Entretanto, nenhuma vez seu pai falou do porque desse nome. Nem a Tsukuru, nem talvez a ninguém.

Mas parece que seu pai ficara muito indeciso entre dois ideogramas para Tsukuru: 創 e 作.** Mesmo que tenham a mesma leitura, a impressão causada por cada um era bem diferente. Sua mãe preferiu o primeiro, mas,

---

* O *kanji* de Tsukuru (作), que significa construir, fabricar, em japonês, pode ser lido como *saku*. (N. T.)

** Os dois ideogramas significam construir, fabricar, embora o primeiro tenha uma conotação de criatividade, originalidade. (N. T.)

depois de considerar as opções durante vários dias, seu pai escolheu o segundo, com sentido mais prosaico.

Depois do funeral do pai, sua mãe se lembrou da discussão daquela época, e contou: "Com um ideograma como 創 no nome, o fardo da vida dele deve ficar um pouco mais pesado, seu pai me disse. Mesmo que a leitura seja a mesma, ele deverá se sentir mais leve com o ideograma 作. Pelo menos em relação ao seu nome, seu pai pensou seriamente. Talvez porque você tenha sido nosso primeiro filho homem."

Tsukuru quase não tem recordação de ter tido uma relação próxima com o pai, mas não tinha como discordar da opinião dele. A forma mais simples de Tsukuru Tazaki seria bem mais adequada para o seu nome. Afinal, ele praticamente não possuía nenhum elemento original ou criativo. Mas Tsukuru não tinha como julgar se graças a esse nome o "fardo da vida" ficara realmente mais leve. Talvez, graças ao nome, o tipo do fardo mudara um pouco. Mas e quanto ao peso?

De qualquer forma, foi assim que ele adquiriu uma personalidade individual chamada Tsukuru Tazaki. Antes disso ele não era nada, não passava de um caos sem nome antes da alvorada. Era um pedaço de carne rosa que respirava com dificuldade e chorava no escuro, pesando um pouco menos de três quilos. Primeiro ele recebeu o nome. Depois passou a ter consciência e memória, e em seguida formou o ego. Tudo começara a partir do nome.

Seu pai se chamava Toshio Tazaki. Um nome realmente adequado a ele, de um homem que ganha muitos pontos e obtém lucros.* Foi um menino pobre que se sobressaiu, arriscou-se no setor imobiliário e obteve extraordinário sucesso beneficiado pelo crescimento eco-

---

* O nome Toshio é formado por dois ideogramas, 利 e 男. O primeiro significa lucro, vantagem, vitória etc. O segundo significa homem. (N. T.)

nômico do Japão, e morreu aos sessenta e quatro anos, de câncer de pulmão. Mas isso foi depois. Na época em que Tsukuru conheceu Haida, seu pai ainda era vivo e saudável, fumava cerca de cinquenta cigarros sem filtro por dia e comprava e vendia imóveis residenciais de luxo de modo enérgico e agressivo. A bolha imobiliária já havia estourado, mas ele desenvolvia negócios diversificados para garantir o lucro prevendo até certo ponto esse risco, e por isso ainda não havia sofrido grandes prejuízos. A mancha funesta do pulmão também não tinha sido descoberta.

— Meu pai é professor do departamento de filosofia da universidade pública de Akita — disse Haida. — Assim como eu, ele gosta de desenvolver mentalmente temas abstratos. Está sempre ouvindo música clássica e consegue se concentrar em livros que quase ninguém lê e entendê-los. Não tem nenhum dom para ganhar dinheiro, e a maior parte do que ganha se transforma em livros e discos. Quase não pensa na família ou em guardar dinheiro. A cabeça dele está sempre em algum lugar distante da realidade. Consegui vir estudar em Tóquio porque entrei em uma faculdade que não é muito cara, e moro em um dormitório para estudantes onde não tenho muitos gastos.

— O que será que vale mais a pena, financeiramente falando: ir para o departamento de física ou de filosofia? — perguntou Tsukuru.

— Os dois não têm muita diferença, pois nenhum dá dinheiro. É claro que as coisas mudam se você ganhar o Prêmio Nobel — disse Haida, abrindo o sorriso encantador de sempre.

Haida não tinha irmãos. Desde pequeno tinha poucos amigos e gostava de cães e música clássica. O dormitório estudantil onde morava não tinha clima para ouvir música direito (naturalmente não se podia criar cães também), e ele levava alguns CDs para o apartamento de Tsukuru para ouvi-los. A maioria era retirada da biblioteca da faculdade. Às vezes ele trazia discos de vinil velhos que eram dele mesmo. No apartamento havia um aparelho de som razoável, mas junto com ele a irmã mais velha de Tsukuru havia deixado apenas alguns discos de Barry Manilow e Pet Shop Boys, e por isso Tsukuru quase nunca usava o aparelho.

Haida gostava de ouvir principalmente músicas instrumentais, de câmara e vocais. Não gostava muito daquelas em que a orquestra ressoa de modo estrondoso. Tsukuru não tinha especial interesse por música clássica (ou por nenhuma outra música), mas gostava de ouvi-las junto com Haida.

Quando estavam ouvindo um disco de piano, Tsukuru se deu conta de que já tinha ouvido algumas vezes uma das músicas. Não sabia o nome. Nem o compositor. Mas era uma música triste e serena. Introdução impressionante em ritmo lento e tom simples. Variação tranquila. Tsukuru levantou os olhos da página do livro que lia e perguntou a Haida o nome da música.

— É *Le mal du pays*, de Franz Liszt. Faz parte da suíte "Primeiro ano — Suíça", de *Anos de peregrinação*.

— Le mal du...?

— *Le mal du pays*. É francês. Em geral a expressão é usada no sentido de saudade da terra natal, melancolia, mas a definição mais precisa seria: "Tristeza sem causa, evocada no coração das pessoas pela paisagem rural." É uma expressão difícil de ser traduzida corretamente.

— Uma menina que conheço costumava tocar essa música. Ela era minha colega de classe no ensino médio.

— Sempre gostei dessa música, apesar de não ser muito conhecida — disse Haida. — Essa sua amiga tocava piano bem?

— Não entendo muito de música, e por isso não tenho como julgar se ela era boa ou não. Mas toda vez que eu ouvia essa música, achava bonita. Como posso explicar? Está repleta de uma tristeza serena, mas não chega a ser sentimental.

— Se você sentia isso, ela devia tocar bem — disse Haida. — Parece uma música tecnicamente simples, mas sua interpretação não é fácil. Se tocar simplesmente seguindo a partitura, não terá graça nenhuma. Mas se tocar com muita intensidade, se torna vulgar. A natureza da música muda completamente só com o modo de usar o pedal.

— Como se chama o pianista?

— Lazar Berman. É um pianista russo, e toca Liszt como quem desenha um cenário imaginário e delicado. As músicas para piano de Liszt às vezes são consideradas engenhosas, mas superficiais. Naturalmente algumas são assim elaboradas, mas, ouvindo todas elas com atenção, percebe-se que no seu interior está contida uma profundidade própria. Mas muitas vezes ela está escondida de modo habilidoso por trás de toda a ornamentação. Podemos dizer isso em especial dessa coleção *Anos de peregrinação*. Não são muitos os pianistas atuais que conseguem tocar Liszt de modo correto e belo. Na minha opinião, dentre os relativamente novos, temos esse Berman e, dentre os antigos, Claudio Arrau.

Quando o assunto era música, Haida se tornava sempre eloquente. Ele continuou discursando sobre as características da interpretação de Liszt por Berman, mas Tsukuru quase não ouviu. A imagem de Branca tocando aquela música apareceu na sua mente de modo surpreendentemente vívido, em três dimensões. Como se aqueles belos instantes estivessem voltando à tona, contra a corrente, desafiando a pressão legítima do tempo.

O piano de cauda Yamaha na sala da casa dela. Sempre afinado corretamente, refletindo a personalidade metódica de Branca. A superfície reluzente e límpida sem nenhuma impressão digital. A luz da tarde que adentra a janela. A sombra do cipreste do jardim. A cortina de renda que balança ao vento. As xícaras de chá sobre a mesa. Os cabelos negros e presos atrás de forma meticulosa, e o olhar compenetrado sobre a partitura. Os dez dedos longos e bonitos no teclado. As duas pernas que pisam os pedais eram precisas e ocultavam uma força de Branca que não se podia imaginar no dia a dia. As panturrilhas eram lisas e brancas como cerâmica envernizada. Quando alguém pedia para tocar uma música, ela costumava tocar essa. *Le mal du pays*. Tristeza sem causa, evocada no coração das pessoas pelo cenário rural. Saudades da terra natal, ou melancolia.

Enquanto ouvia a música atentamente, com os olhos cerrados, sentiu um sufoco desconsolado no fundo do peito. Como se tivesse inspirado um pequeno e duro pedaço de nuvem sem perceber. Mesmo depois que a música acabou e começou a outra do disco, Tsukuru permaneceu calado, mantendo seu coração simplesmente imerso no cenário que aflorava na mente. Haida olhava de vez em quando o rosto de Tsukuru nesse estado.

— Se você não se importar, gostaria de deixar esses discos aqui. Já que não posso ouvi-los no meu quarto do dormitório mesmo — disse Haida, guardando os discos na capa.

Esse álbum de três discos continua no apartamento de Tsukuru até hoje. Ao lado de Barry Manilow e Pet Shop Boys.

Haida era um bom cozinheiro. E em sinal de gratidão por deixá-lo ouvir as músicas, ele costumava fazer compras e cozinhar no apartamento. A irmã mais velha havia deixado um conjunto de panelas, utensílios de cozinha e louças. Tsukuru simplesmente os herdou assim como muitos outros móveis e o aparelho de telefone, que de vez em quando tocava com uma ligação dos antigos namorados dela ("Desculpe, mas minha irmã não mora mais aqui"). Os dois jantavam juntos duas ou três vezes por semana. Ouviam música, falavam de diversos assuntos e comiam a refeição preparada por Haida. A maioria era de pratos fáceis de preparar, mas nos finais de semana ele às vezes se arriscava a fazer receitas mais elaboradas, gastando um bom tempo. Eram sempre deliciosas. Parecia que Haida tinha um dom natural para a culinária. Podia ser uma omelete simples, sopa de missô, molho branco ou paella; ele preparava tudo com habilidade e requinte.

— É uma pena você continuar no departamento de física. Você deveria abrir um restaurante — disse Tsukuru, meio que brincando.

Haida riu. — Não seria má ideia. Mas eu não gosto de ficar preso em um lugar só. Quero viver de modo livre, indo para onde quiser, quando quiser e pensar quanto quiser.

— Mas isso não é fácil.

— Não é fácil. Você tem razão. Mas eu já decidi. Quero ser livre para sempre. Gosto de cozinhar, mas não quero ficar preso na cozinha por causa do trabalho. Se fizer isso, vou passar a odiar alguém.

— Alguém?

— "O cozinheiro odeia o garçom, e ambos odeiam o freguês" — disse Haida. É uma frase da peça *A cozinha*, de Arnold Wesker. A pessoa privada de liberdade sempre passa a odiar alguém. Não concorda? Não quero levar esse tipo de vida.

— Estar sempre em um ambiente livre e pensar livremente com a própria cabeça: é isso o que você quer?

— Exatamente.

— Mas, a meu ver, pensar livremente e por conta própria não parece algo fácil.

— Pensar livremente, em última análise, é se afastar do próprio corpo. É sair da jaula limitada chamada corpo carnal, soltar-se da corrente e fazer a lógica alçar voo de forma pura. É oferecer vida natural à lógica. É isso que está no cerne da liberdade, quando se trata de pensar.

— Parece bem difícil.

Haida balançou a cabeça. — Não, dependendo de como você encara, não é muito difícil. Muitas pessoas fazem sem perceber, de acordo com o momento, e graças a isso conseguem se manter sãs. Elas só não percebem que estão fazendo isso.

Tsukuru refletiu por um tempo sobre o que o amigo dissera. Ele gostava de discutir assuntos abstratos e especulativos como esse com Haida. Normalmente ele era de falar pouco, mas, quando discutia sobre esses assuntos com o amigo mais novo, provavelmente uma parte do seu cérebro era estimulada, e curiosamente suas palavras fluíam. Era a primeira vez que experimentava isso. Mesmo quando fazia parte do grupo de cinco amigos de Nagoia, em geral ele apenas ouvia.

Tsukuru disse: — Mas se você não conseguir fazer isso de forma deliberada, a verdadeira "liberdade de pensar", como você diz, não poderá ser atingida, não é?

Haida assentiu. — Exatamente. Mas isso é tão difícil quanto sonhar de forma deliberada. Para uma pessoa comum não é fácil.

— Mas você está tentando fazer isso de forma consciente.

— Acho que sim — Haida disse.

— Mas é difícil de acreditar que no departamento de física do instituto tecnológico sejam ensinadas técnicas para isso.

Haida riu. — Desde o começo não pensava em aprender isso na faculdade. O que busco aqui é conseguir um ambiente e tempo livres. Não busco mais nada em especial, além disso. E antes de debater no meio acadêmico o que é pensar com a própria cabeça, é preciso definir esse conceito de forma teórica. O que é muito complicado. A originalidade nada mais é do que uma imitação criteriosa. Voltaire, que era realista, disse isso.

— Você concorda com ele?

— Tudo tem limites, sempre. O pensar também. Não precisamos ter medo dos limites, mas também não podemos ter medo de ultrapassá-los. Para as pessoas serem livres, isso é o mais importante. Respeito e ódio pelos limites. As coisas importantes da vida são sempre dúbias. É só isso que posso dizer.

— Quero fazer uma pergunta — disse Tsukuru.

— Faça.

— Em várias religiões, os profetas recebem mensagens de um ser absoluto, em estado de êxtase profundo.

— Exatamente.

— Isso acontece em um estado que transcende o livre-arbítrio, não é? É sempre passivo.

— Exatamente.

— E essas mensagens transcendem os limites do profeta como indivíduo, e passam a atuar de forma universal, ampla.

— Exatamente.

— E não há contradições nem dubiedades nessas mensagens.

Haida assentiu em silêncio.

— Eu não entendo direito. Se for assim, então quanto vale o livre-arbítrio das pessoas?

— É uma excelente pergunta — disse Haida. E sorriu silenciosamente. Era o sorriso de um gato dormindo ao sol. — Eu ainda não posso responder a essa pergunta.

*

Nos finais de semana, Haida passou a dormir no apartamento de Tsukuru. Os dois conversavam até tarde da noite, e Haida arrumava o sofá-cama da sala e se acomodava ali. De manhã preparava café e fazia uma omelete. Ele era exigente em questões de café, e sempre trazia grãos aromáticos e torrados e um pequeno moedor elétrico. A exigência de um bom café era praticamente o único luxo dele, que levava uma vida simples.

Tsukuru contou a esse novo amigo a quem abria o coração os vários acontecimentos de sua vida de forma franca e aberta. Mas escondeu cuidadosamente os episódios relacionados aos quatro grandes amigos de Nagoia. Afinal, não era algo que podia ser revelado facilmente. A ferida que tinham causado no coração dele ainda era bastante recente e profunda.

Mesmo assim, quando estava com esse amigo mais novo, ele conseguia se esquecer até certo ponto dos quatro. Não, *esquecer* não é a palavra certa. A dor por ter sido rejeitado categoricamente pelos quatro grandes amigos permanecia inalterável dentro dele. Só que agora ela subia e descia como a maré. Uma hora ela chegava até seus pés, outra hora recuava para bem longe. A ponto de ele não enxergá-la direito. Tsukuru teve a real sensação de que estava criando, aos poucos, raízes no novo solo chamado Tóquio. Era solitária e simples, mas uma nova vida estava sendo formada ali. Os dias passados em Nagoia foram se tornando cada vez mais uma coisa do passado, que lhe causava certo estranhamento. Era um avanço proporcionado sem dúvida por Haida, seu novo amigo.

Haida tinha opinião formada sobre tudo, e conseguia discorrer acerca dela de forma lógica. Quanto mais encontrava esse amigo mais novo, mais respeito Tsukuru sentia por ele. Mas, por outro lado, Tsukuru mesmo não entendia por que Haida se sentia atraído por ele, ou por que se interessava por ele. De qualquer forma, entusiasmados, os dois conversavam e trocavam opiniões sobre vários assuntos, e mal viam o tempo passar.

Mesmo assim, quando ficava sozinho, às vezes desejava desesperadamente uma namorada. Queria abraçá-la, acariciar seu corpo com delicadeza e sentir com toda a força o cheiro da sua pele. Era um desejo normal de um homem jovem e saudável. Mas, quando ele tentava imaginar uma mulher, quando tinha vontade de abraçar uma, surgia automaticamente na sua cabeça, por uma razão desconhecida, a figura de Branca e de Preta. Elas estavam sempre juntas, e visitavam o mundo imaginário dele formando uma unidade inseparável. E isso sempre deixava Tsukuru inquieto e melancólico. Por que *até hoje* precisam ser essas duas? Elas me rejeitaram categoricamente. Disseram que não queriam mais me ver, que não queriam mais falar comigo. Mesmo assim, por que elas não saem silenciosamente do meu coração? Tsukuru Tazaki estava com vinte anos, mas nunca tinha feito amor com uma mulher. Não só isso: nunca tinha beijado uma mulher, segurado a mão de uma ou sequer saído com alguma.

Talvez eu tenha algum problema sério, Tsukuru pensava com frequência. O fluxo natural da mente está sendo interrompido em algum ponto por um obstáculo que talvez esteja causando uma alteração em mim. Tsukuru não conseguia ter certeza se esse obstáculo fora criado pela rejeição dos quatro amigos, ou se, independentemente disso, era algo estrutural, natural dele.

*

Num sábado, enquanto conversavam até tarde da noite, surgiu o assunto da morte. Do significado de as pessoas precisarem morrer. Do significado de as pessoas precisarem viver sabendo que iriam morrer. Os dois discutiram essas questões de modo conceitual. Tsukuru queria revelar a Haida quão próximo vivera da morte durante um período, quão grande foi a alteração causada no seu corpo e na sua mente por causa dessa experiência. Queria contar a misteriosa cena que viu nessa época. Mas, se tocasse nesse assunto uma vez, teria de explicar a sequência de eventos que se sucedera até ele chegar a esse estado, do começo ao fim. Por isso, como sempre, quem falava mais era Haida, e Tsukuru ouvia.

Quando os ponteiros do relógio indicaram mais de onze da noite, o assunto se esgotou e o silêncio caiu sobre a sala. Normalmente, quando isso acontecia, eles paravam de falar e cada um começava a se preparar para dormir. Os dois costumavam acordar cedo. Mas Haida continuou pensando profundamente em algo sozinho, sentado no sofá com as pernas cruzadas. E, o que era raro, começou a falar em tom indeciso.

— Em relação à morte, conheço uma história um tanto curiosa, contada pelo meu pai. Ele disse que é uma experiência vivida por ele, um pouco depois de completar vinte anos. É exatamente a idade que tenho hoje. Como ele repetiu várias vezes essa história desde que eu era pequeno, acabei decorando tudo, até os pequenos detalhes. É uma história muito estranha, e até hoje não consigo acreditar direito que algo parecido possa acontecer na vida de uma pessoa. Mas meu pai não é de contar mentiras. Ele nem sequer consegue inventar histórias. E, como você sabe, no caso de histórias inventadas, os detalhes mudam cada vez que são contadas. Eles são exagerados, ou quem contou esquece o que falou e como falou da vez anterior... Mas essa contada pelo meu pai era sempre exatamente igual, do começo ao fim. Por isso acho que ele viveu essa experiência de verdade. Como filho que conhece bem o caráter do pai, não tenho outra opção senão acreditar completamente na história dele. Mas naturalmente, como você não o conhece, é livre para acreditar nela ou não. Só queria que você ouvisse e soubesse que existe uma história como essa. Você pode considerá-la algo parecido com folclore ou história de terror. É uma história longa, e já é tarde, mas posso contar?

Claro que pode, ainda estou sem sono, disse Tsukuru.

5

— Quando meu pai era jovem, ele levou uma vida errante por cerca de um ano — Haida começou a contar. — Era o final da década de 1960. Época em que rugia a agitação estudantil, e a contracultura estava no auge. Não sei dos detalhes, mas parece que ele viu de perto alguns acontecimentos inaceitáveis e estúpidos quando era estudante de uma universidade de Tóquio e, como consequência, ficou desapontado com as lutas políticas e se afastou do movimento. Depois trancou a matrícula e, sozinho, perambulou pelo país sem rumo. Ele fazia trabalhos braçais para se sustentar, lia livros quando tinha tempo livre, conheceu várias pessoas e acumulou experiências práticas de vida. Dependendo da forma de encarar, talvez tenha sido a fase mais feliz da minha vida, meu pai costumava dizer. Tinha aprendido muitas coisas importantes levando esse tipo de vida. Quando eu era criança, ele costumava contar as várias experiências que viveu nessa época. Como antigos episódios de guerra de uma região distante contados por um soldado. Depois dessa vida errante, ele voltou para a universidade e passou a levar uma vida acadêmica tranquila. Nunca mais fez viagens longas. Até onde sei, a vida dele consistia basicamente em ir e voltar da casa ao trabalho. É curioso; parece que, mesmo em uma vida aparentemente pacata e consistente, sempre há um período de grande colapso. Um período para enlouquecer, talvez possamos dizer. As pessoas devem precisar de um marco como esse na vida.

*

Naquele inverno, o pai de Haida trabalhava como auxiliar em uma pequena hospedaria de águas termais no meio das montanhas da província de Ôita, no sul do Japão. Ele tinha gostado muito daquele lugar, e resolveu se estabelecer ali por um tempo. Depois que terminavam os trabalhos braçais diários, e que ele resolvia alguns outros afazeres, podia usar livremente o tempo restante. O salário era insignificante, mas tinha três refeições por dia e um quarto, e podia tomar banho à vontade nas águas termais. Nos tempos livres podia se deitar no seu pequeno quarto e ler livros quanto quisesse. As pessoas à sua volta eram atenciosas com o "estudante de Tóquio" calado e excêntrico, e a refeição que lhe era oferecida era simples, mas deliciosa, com ingredientes locais frescos. E, melhor de tudo, era um lugar completamente isolado do mundo. Como as ondas de TV eram fracas, não podia nem assistir à televisão, e os jornais chegavam com um dia de atraso. O ponto de ônibus mais próximo ficava a três quilômetros descendo a trilha da montanha, e o único veículo capaz de fazer esse trajeto a muito custo era o jipe velho da hospedaria. Fazia pouco tempo que a luz havia chegado lá.

A hospedaria ficava em frente a um belo riacho da montanha onde se podia pescar peixes de água doce de cor vívida e carne firme. Pássaros estridentes sempre beliscavam agitados a superfície da água, e não raramente podia-se avistar javalis e macacos. A montanha era abundante de plantas silvestres comestíveis. Em um ambiente completamente isolado como aquele, o jovem Haida se absorveu em leituras e reflexões, até dizer chega. Os variados acontecimentos do mundo real já não atraíam mais sua atenção.

Depois de cerca de dois meses morando e trabalhando na hospedaria, ele começou a trocar palavras com um dos hóspedes. Ele parecia ter mais ou menos quarenta e cinco anos, era alto, tinha braços e pernas finos e compridos, cabelos curtos. Usava óculos de aros de metal e tinha uma calvície frontal que deixava o topo da cabeça lisa como ovo. Viera subindo a trilha da montanha com uma bolsa de viagem de plástico no ombro, sozinho, e estava hospedado ali fazia uma semana. Quando saía, usava sempre jaqueta de couro, calça jeans azul e botas de trabalho. Nos dias frios usava touca de lã e cachecol azul-marinho. Ele se chamava Midorikawa. Pelo menos foi esse o nome que escreveu no livro de registros da hospedaria, juntamente com o endereço na cidade de Koganei, na província de Tóquio. Parecia ser uma pessoa metódica, pois pagava em dinheiro a diária anterior todos os dias, antes do almoço.

(Midorikawa? "Rio verde". Outra pessoa com cor no nome, pensou Tsukuru. Mas não interrompeu a narrativa, e continuou ouvindo com atenção.)

O homem que dizia se chamar Midorikawa não fazia nada em especial, e sempre que tinha tempo ficava imerso nas águas termais a céu aberto. Caminhava nas montanhas das imediações, lia livros de bolso que trouxera consigo (histórias policiais inofensivas), um em seguida do outro, com os pés dentro do *kotatsu* — uma mesa baixa com aquecedor elétrico —, e à noite bebia exatamente duas garrafinhas de saquê quente sozinho. Nem mais nem menos. Era calado tanto quanto o pai de Haida, e não falava com ninguém a não ser que fosse necessário, mas o pessoal da hospedaria não parecia se importar. Afinal, estavam acostumados com hóspedes assim. Quem fazia questão de vir a uma hospedaria afastada como essa e no meio das montanhas era alguém excêntrico em maior ou menor grau, e essa tendência era maior em hóspedes que ficavam ali por um longo período.

O jovem Haida estava imerso nas águas termais a céu aberto na beira do rio, antes do amanhecer, quando

Midorikawa também apareceu para tomar banho, e foi ele quem puxou conversa. Desde que vira pela primeira vez aquele rapaz que fazia trabalhos de auxiliar, parece que Midorikawa ficara muito curioso. Talvez o fato de ter visto Haida folhear um livro de Georges Bataille no horário de folga tenha contribuído para incitar seu interesse.

Eu sou pianista de jazz e vim de Tóquio, disse Midorikawa. Tive uns aborrecimentos na vida pessoal, estava cansado com o trabalho de todo dia, me deu vontade de descansar em algum lugar tranquilo e vim aqui no meio das montanhas, sozinho. Melhor dizendo, viajava sem rumo e, por coincidência, parei aqui. Gostei daqui porque não tem nada em excesso. Parece que você também veio de Tóquio.

Haida explicou sua situação em poucas palavras no meio da luz fraca, imerso nas águas quentes. Tranquei a matrícula da faculdade e estou viajando sem rumo. Afinal, a universidade está bloqueada e não tem sentido eu ficar em Tóquio.

Você não se interessa pelo que está acontecendo em Tóquio agora?, perguntou Midorikawa. É um evento que merece ser visto. Todos os dias estão acontecendo muitos tumultos aqui e acolá. Parece que o mundo vai sofrer uma reviravolta em sua base. Você não acha uma pena perder esses acontecimentos?

O mundo não sofre reviravoltas nem muda assim tão facilmente, Haida respondeu. São as pessoas que mudam. Não acho uma pena perder isso. Parece que o modo seco e brusco como ele respondeu agradou a Midorikawa.

Será que, por acaso, aqui perto não tem um lugar onde eu possa tocar piano?, ele perguntou ao jovem Haida.

Do outro lado da montanha há uma escola de ensino fundamental, e talvez depois das aulas eles deixem usar o piano da sala de música, Haida respondeu.

Midorikawa ficou contente em saber isso. Não quero incomodá-lo, mas depois poderia me levar até a escola?, Midorikawa pediu. Quando Haida perguntou ao dono da hospedaria, ele lhe permitiu que acompanhasse o hóspede até a escola. Até ligou para lá e conversou para que o hóspede pudesse usar o piano. Depois do almoço, os dois cruzaram a montanha até a escola. Tinha chovido e a trilha estava bastante escorregadia, mas Midorikawa colocou sua bolsa a tiracolo e caminhou de modo firme e rápido. Sua aparência era de alguém que crescera na cidade, mas suas pernas pareciam inesperadamente fortes.

 O toque do teclado do velho piano vertical da sala de música era irregular, e a afinação não era nada admirável, mas no geral estava dentro dos limites aceitáveis. O pianista se sentou na cadeira rangente, esticou os dedos, testou rapidamente as oitenta e oito teclas e confirmou o som de alguns acordes. De quinta, sétima, nona, décima primeira. Ele não parecia especialmente contente com os sons, mas parecia obter certa satisfação física só de pressionar as teclas. Pelo jeito rápido e firme como movimentava os dedos, deve ser um pianista de certo renome, Haida pensou.

 Ao ter uma ideia geral do estado do piano, Midorikawa retirou um pequeno saco de pano da sua bolsa e o colocou cuidadosamente sobre o piano. Era um saco de tecido de boa qualidade, e um cordão fechava sua abertura. Talvez sejam as cinzas de alguém, pensou o jovem Haida. Parecia que colocar esse saco sobre o piano era seu hábito quando tocava. Seus movimentos precisos davam essa impressão.

 Depois Midorikawa começou a tocar *Round Midnight* um pouco hesitante. No começo ele tocava cada acorde com cuidado, como quem coloca os pés no riacho da montanha e investiga a força da corrente e o local onde está pisando. Terminou o tema e seguiu num longo improviso. Com o tempo, seus dedos passaram a se mover de forma mais ágil e animada, como peixes que se familiarizaram com a água. A mão esquerda incitava a direita, e esta estimulava a esquerda. O jovem Haida não tinha especial conhecimento sobre jazz, mas por acaso conhecia essa música composta por Thelonious Monk e ficou impressionado com a solidez da execução de Midorikawa. Era bastante comovente, e a desafinação do piano não chegava a incomodar. Prestando atenção nessa música como único ouvinte na sala de música de uma escola do fundamental em área montanhosa, teve a sensação de que a sujeira interna do seu corpo estava sendo limpa. A beleza genuína que havia na execução se juntava à atmosfera agradável e cheia de ozônio e à corrente transparente e gelada do riacho da montanha, e elas se comunicavam entre si. Midorikawa também estava compenetrado na execução e parecia que os assuntos banais da realidade haviam desaparecido completamente. O jovem Haida nunca antes vira alguém tão profundamente absorto. Ele não conseguia tirar os olhos nem por um instante dos dez dedos de Midorikawa movendo-se como animais autônomos.

Ao terminar a música, cerca de quinze minutos depois, Midorikawa tirou uma grossa toalha da bolsa e enxugou com cuidado o suor da testa. E por um instante permaneceu de olhos fechados, como se meditasse. Depois disse: — "Já está bom, é o suficiente. Vamos voltar." Estendeu o braço, pegou o pequeno saco de pano sobre o piano e o guardou na bolsa com muito cuidado.

— O que tem dentro desse saco? — o pai de Haida ousou perguntar.

— É um amuleto — respondeu Midorikawa sem cerimônia.

— É algo como um espírito guardião do piano?

— Não, é mais como o meu alter ego — disse Midorikawa com um sorriso cansado nos lábios. — Tem um episódio um pouco estranho relacionado a ele. Mas é uma história longa, e agora estou cansado demais para falar disso.

Haida interrompeu uma vez a narrativa e espiou o relógio da parede. Depois olhou o rosto de Tsukuru. Naturalmente quem está diante dos olhos de Tsukuru é o filho Haida. Mas como, na história, o pai devia ter quase a mesma idade do filho agora, na consciência de Tsukuru a figura dos dois se sobrepunham naturalmente. Sentiu algo misterioso, como se duas temporalidades diferentes tivessem se fundido em uma. Talvez quem viveu essa experiência de fato tenha sido o próprio filho que está aqui, e não o pai. Talvez ele esteja contando a própria experiência, usando temporariamente a figura do pai. De repente ele foi tomado por essa ilusão.

— Já está bem tarde. Se você estiver com sono, podemos continuar amanhã.

Não tem problema, ainda não sinto nem um pouco de sono, Tsukuru disse. De fato o sono havia se dissipado completamente. Queria ouvir a continuação da história.

— Então vou continuar. Eu também ainda estou sem sono — Haida disse.

*

Foi a primeira e última vez que Midorikawa tocou piano na frente de Haida. Depois de tocar por quinze minutos *Round Midnight* na sala de música da escola, foi como se o interesse dele por piano desaparecesse por completo. Mesmo que o jovem Haida perguntasse, "Não precisa mais tocar piano?", ele apenas balançava a cabeça negativamente, em silêncio. Por isso Haida também desistiu de perguntar. Midorikawa já não pretendia mais tocar piano, mas ele gostaria de ouvir mais uma vez a execução de Midorikawa com calma.

Midorikawa tinha um talento verdadeiro. Sem sombra de dúvida. Sua música era dotada de um poder que influenciava fisicamente, e de forma visceral, seus ouvintes. Ouvindo-a de modo concentrado, tinha-se a sensação nítida de que se era levado para um lugar diferente. Não era algo que podia ser criado facilmente.

O que significa para a pessoa ser dotada de um dom assim, fora do comum? O jovem Haida não conseguia compreender se era uma bênção ou um fardo. Se era uma graça ou uma maldição. Ou algo que encerrasse tudo isso simultaneamente. Seja como for, Midorikawa não passava a impressão de ser uma pessoa feliz. Sua fisionomia transitava da melancolia ao desinteresse. O sorriso que de vez em quando mostrava era inibido e continha certa ironia.

Um dia, enquanto Haida cortava e carregava lenha no quintal dos fundos, Midorikawa o abordou:

— Você toma saquê? — ele perguntou.

— Um pouco — respondeu o jovem Haida.

— Um pouco está ótimo. Você pode me acompanhar hoje à noite? Já estou farto de beber saquê sozinho — disse Midorikawa.

— Mais tarde tenho uns afazeres, mas estou livre depois das sete e meia.

— Está bom. Venha mais ou menos às sete e meia ao meu quarto.

Às sete e meia o jovem Haida foi ao quarto de Midorikawa. O jantar para duas pessoas estava pronto e o saquê quente o aguardava. Sentados de frente, os dois beberam saquê e comeram. Midorikawa não comeu nem a metade da refeição que havia sido preparada, e praticamente só bebeu saquê, servindo-se sozinho. Não falava sobre si, e perguntou da terra natal de Haida (Akita) e várias coisas da vida na universidade em Tóquio. Quando soube que ele era estudante do departamento de filosofia, fez algumas perguntas específicas. Sobre a visão de mundo de Hegel. Sobre as obras de Platão. Conversando com ele, deu para perceber que lia esses livros de modo sistemático. Parece que ele não lia somente histórias policiais inofensivas.

— Então você acredita na lógica — disse Midorikawa.

— Sim. Acredito na lógica, confio nela. É disso que a filosofia é feita, no final das contas — respondeu o jovem Haida.

— Você não gosta muito de coisas que não são lógicas?

— Deixando de lado a minha preferência, eu não rejeito completamente o que não tem lógica. Afinal, não é fé o que eu sinto pela lógica. Acho que é importante buscar um ponto comum entre o que tem lógica e o que não tem.

— Por exemplo, você acredita no diabo?

— Diabo? Aquele com chifres?

— É. Só não sei se ele realmente tem chifres.

— Se for no diabo como analogia do mal, claro que acredito.

— E no diabo com forma real, personificação da analogia do mal?

— Tenho que ver com os meus próprios olhos para saber — disse Haida.

— Quando você vir com os próprios olhos, já pode ser tarde demais.

— De qualquer forma, estamos falando de hipóteses. Para ir adiante com este tema, precisamos de exemplos mais concretos e específicos. Assim como a ponte precisa de vigas. As hipóteses se tornam cada vez mais frágeis quanto mais as desenvolvemos, e as suas conclusões se tornam cada vez mais enganosas.

— Exemplos concretos — disse Midorikawa. Ele tomou um gole de saquê e franziu as sobrancelhas. — Mas às vezes os exemplos concretos, quando aparecem, se resumem a um ponto: aceitá-los ou não, acreditar neles ou não. Não há um meio-termo. É um salto do espírito, por assim dizer. A lógica quase não pode manifestar seu poder aí.

— Pode ser que nessa hora ela não possa manifestar o seu poder. Porque a lógica não é como um manual, que se pode consultar a qualquer momento. Mas provavelmente mais tarde será possível aplicá-la.

— Depois pode ser tarde demais.

— Ser tarde demais já é outro problema, separado da lógica.

Midorikawa riu. — Você tem razão. Mesmo percebendo depois que foi tarde demais, isso não é problema da lógica. É um argumento válido. Não tenho como retrucar.

— O senhor viveu esse tipo de experiência? De aceitar algo, acreditar nisso e dar um salto transcendendo a lógica?

— Não — respondeu Midorikawa. — Não acredito em nada. Nem na lógica, nem na falta dela. Nem em Deus, nem no diabo. Por isso comigo não há extensão da hipótese nem algo parecido com um salto. Eu apenas aceito as coisas *como são*, em silêncio. Esse é o meu problema fundamental. Não consigo erguer direito uma parede entre o sujeito e o objeto.

— Mas o senhor tem o dom da música.

— Você acha isso?

— Sem dúvida a sua música possui uma força genuína que influencia as pessoas. Não entendo muito de jazz, mas isso eu consigo perceber.

Midorikawa balançou a cabeça sem muito entusiasmo. — É, dom é algo que às vezes proporciona prazer. Impressiona, chama atenção e, se tiver sorte, dá dinheiro. Atrai as mulheres. É, deve ser melhor tê-lo do que não ter. Mas o dom, Haida, desempenha sua função somente quando é sustentado por uma concentração tenaz do corpo e da consciência. Se um parafuso de uma parte do cérebro cair, ou a conexão de algum lugar do corpo se romper, a concentração some como o orvalho antes do amanhecer. Por exemplo, só de estar com dor em um dos dentes do fundo, ou com os ombros muito tensos e doloridos, não se pode tocar piano direito. É verdade. Eu sei por experiência própria. Uma simples cárie ou dor nos ombros transforma rapidamente a bela visão e o belo som em nada. O corpo humano é frágil assim. Ele é um sistema extremamente complexo e frequentemente apresenta falhas por motivos insignificantes. E, se falhar uma vez, muitas vezes é difícil de ser reparado. Se for cárie ou dor nas costas, deve ter conserto, mas existem muitas coisas que não podem ser reparadas. Quanto significa o dom que depende inevitavelmente de uma base tão frágil e cujo futuro imediato é incerto?

— Pode ser que o dom seja frágil. Talvez poucas pessoas consigam sustentá-lo até o fim. Mas o que foi gerado através dele às vezes possibilita um grande salto do espírito. Como um fenômeno praticamente autônomo e universal, transcendendo o indivíduo.

Midorikawa refletiu sobre isso por um tempo, em silêncio. Depois disse:

— Mozart e Schubert morreram jovens, mas as músicas deles permanecerão eternamente. É isso o que você quer dizer?

— É. Esse seria um exemplo.

— O dom como o deles não passa de exceção. E, em muitos casos, esse tipo de artista paga o preço do dom encurtando a própria vida e aceitando a morte precocemente. É como fazer um negócio apostando a própria vida. Só não sei se o negócio é com Deus ou com o diabo. — Midorikawa deu um suspiro, calou-se por um momento e acrescentou: — Mudando de assunto, para falar a verdade, estou prestes a morrer. Só tenho mais um mês de vida, mais ou menos.

Foi a vez do jovem Haida ficar pensativo. Nenhuma palavra lhe veio à mente.

— Não significa que eu esteja doente, nada disso — disse Midorikawa. — Meu corpo está muito saudável. Também não estou pensando em me matar. Se você está achando isso, não precisa se preocupar.

— Então por que o senhor sabe que só tem mais um mês de vida?

— Uma pessoa me disse: Está determinado que você tem mais dois meses de vida. Isso aconteceu um mês atrás.

— Afinal, quem foi que disse isso?

— Não foi médico nem um vidente. Foi uma pessoa bem normal. Só que *naquele momento* ela também estava quase morrendo.

O jovem refletiu sobre as palavras dele, mas não encontrou nenhuma pista lógica. — Por acaso o senhor veio aqui buscando um lugar para morrer?

— Resumindo, posso dizer que sim.

— Não estou conseguindo acompanhar o raciocínio, mas não há como escapar dessa morte?

— Há uma única maneira — disse Midorikawa. — Basta transferir para alguém essa competência, ou o "Token" da morte, por assim dizer. Ou seja, simplificando, tenho que encontrar alguém para morrer no meu lugar. Então eu passo o bastão e vou embora, dizendo: "O resto é com você." Assim, por enquanto me livro da morte. Mas não pretendo escolher essa opção. Sempre pensei que queria morrer quanto antes. Acho que essa situação caiu como uma luva.

— Então o senhor não se importa de morrer sem tomar uma atitude?

— Para ser franco, dá muito trabalho viver. Não me importo nem um pouco de morrer agora. Não tenho energia para tomar a iniciativa para acabar com a minha vida, mas consigo aceitar a morte sem resistir, em silêncio.

— Mas como o senhor consegue transferir esse "Token" para outra pessoa, concretamente falando?

Midorikawa encolheu os ombros como se isso não tivesse muita importância. — É fácil. Basta a pessoa compreender a minha explicação, aceitá-la, estar de acordo com a situação e concordar em receber o Token. Nesse momento a transferência se completa de modo perfeito. Pode ser apenas de boca. Um aperto de mãos está ótimo. Não precisa de carimbo ou assinatura, nem contrato, nada disso. Não é um trabalho burocrático.

O jovem Haida inclinou a cabeça. — Mas não deve ser fácil encontrar alguém que concorde em assumir a morte iminente de modo voluntário.

— É uma boa observação — disse Midorikawa. — Não posso falar a qualquer pessoa, indistintamente, de um assunto sem sentido como esse. "Desculpe, mas você não poderia morrer no meu lugar?" Claro que tenho que escolher bem a quem falar. E aqui a coisa fica um pouco complicada.

Midorikawa olhou à sua volta devagar e deu uma tossida. E disse:

— Todas as pessoas têm uma cor, você sabia disso?
— Não, não sabia.
— Então vou lhe dizer. Cada pessoa tem a sua própria cor, e ela contorna o corpo emitindo uma luz fraca. Como uma aura. Ou uma iluminação indireta. Meus olhos conseguem enxergar perfeitamente essas cores.

Midorikawa serviu saquê no próprio copo e bebeu saboreando.

— A capacidade de enxergar essa luz é de nascença? — perguntou o jovem Haida meio incrédulo.

Midorikawa balançou a cabeça. — Não, não é de nascença, é só uma competência provisória. A pessoa a recebe quando aceita a morte iminente. Ela é passada de pessoa para pessoa. Essa competência está confiada a mim agora.

O jovem Haida ficou em silêncio por um tempo. As palavras custavam a sair.

Midorikawa disse: — No mundo existem cores agradáveis, e também as que causam repugnância. Há cores alegres e cores tristes. Existem pessoas com cores fortes, e também pessoas com cores suaves. É muito cansativo enxergar essas coisas mesmo não querendo ver. É por isso que prefiro não ficar no meio de multidões. Esse é o motivo de eu ter vindo até aqui, entre as montanhas.

O jovem Haida acompanhava o que ele dizia com muita dificuldade. — Ou seja, o senhor consegue enxergar a cor que eu emito?

— Claro que enxergo. Mas não pretendo dizer a você qual é a cor — falou Midorikawa. — Então, o que eu preciso fazer é encontrar uma pessoa de determinada cor, que emita luz de uma determinada forma. Na prática, só posso entregar o Token a esse tipo de pessoa. Não posso entregá-lo a qualquer um.

— Existem muitas pessoas com esse tipo de cor e luz no mundo?

— Não, não são muitas. Pelo que eu vi, deve ser uma a cada mil ou duas mil. Não é fácil encontrar, mas também não é impossível. O que é difícil é encontrar uma oportunidade para conversar com essa pessoa de modo franco e sério. Acho que você pode imaginar, mas isso não é muito fácil.

— Mas que tipo de pessoa seria essa? Que não se importaria de assumir a morte iminente de alguém que ela nem ao menos conhece.

Midorikawa sorriu. — Que tipo de pessoa? Isso eu não sei. Só sei que elas têm uma determinada coloração, e uma luz de determinada intensidade contorna o corpo delas. São apenas características externas. É só uma opinião pessoal, mas poderia me arriscar a dizer que são pessoas que não têm medo de dar um salto. Por que não temem? Cada uma deve ter sua razão particular.

— Entendo. São pessoas que não têm medo de dar um salto. Mas por que dariam um salto como esse?

Midorikawa permaneceu calado por um tempo. No meio do silêncio, o som da correnteza do riacho pareceu ter ficado mais alto. Depois ele deu um sorriso cínico.

— Aqui começa a conversa de vendedor.

— Comece, por favor — disse o jovem Haida.

Midorikawa disse: — No momento em que você concorda em aceitar a morte, passa a ter uma qualificação que não é normal. Pode-se dizer que é uma capacidade especial. Enxergar as cores emitidas pelas pessoas não passa de uma consequência de ter essa capacidade. O fundamental é que você consegue ampliar sua própria percepção. Passa a conseguir abrir as "portas da percepção" de que Aldous Huxley fala. E a sua percepção se torna genuína, sem impurezas. Tudo fica claro como se a névoa tivesse se dissipado. Você passa a ter uma visão panorâmica de um cenário que em estado normal não consegue ver.

— A execução de piano do outro dia também é resultado disso?

Midorikawa balançou de leve a cabeça. — Não, acho que aquela execução vem de um dom que eu já possuía. Eu sempre toquei daquele jeito. Percepção é algo que se completa por si só, e não se manifesta externamente como um resultado concreto. Não há nada parecido com a graça. É impossível explicar como ela é em palavras. Você tem que experimentar por si mesmo. A única coisa que posso dizer é que, vendo esse *cenário verdadeiro*, o mundo que viveu até agora parece algo assustadoramente chato. Nesse cenário não há lógica nem ilógica. Não há bem nem mal. Tudo se funde em uma coisa só. Você também passa a fazer parte dessa fusão. Você transcende o limite do corpo carnal, e se torna uma existência metafísica, por assim dizer. Você se torna pura intuição. É uma sensação maravilhosa, mas, ao mesmo tempo, desesperadora. Afinal, você vai descobrir praticamente no último momento quão superficial e sem profundidade foi a sua vida até então. Fica horrorizado ao pensar, como conseguiu, afinal de contas, suportar essa vida.

— Mesmo que a qualificação para ver esse cenário seja obtida em troca da própria morte, mesmo que ela não passe de algo temporário, o senhor acha que a experiência vale a pena ser vivida?

Midorikawa assentiu. — É claro. Vale muito a pena. Eu garanto com toda a força.

O jovem Haida permaneceu calado por um tempo.

— E então? — Midorikawa disse sorrindo. — Você também começou a se interessar em aceitar esse Token?

— Quero perguntar uma coisa.

— Sim?

— Por acaso eu também sou uma das pessoas que tem uma determinada cor e uma luz de determinada intensidade? Sou uma entre mil ou duas mil pessoas?

— Exatamente. Desde a primeira vez que o vi, logo soube.

— Então eu também sou uma das pessoas que busca esse salto?

— Bem, não sei. Até aí não tem como eu saber. Mas isso você tem que perguntar a si mesmo, não acha?

— De qualquer forma, o senhor não pretende entregar esse Token a alguém.

— Sinto muito — disse o pianista. — Eu vou simplesmente esperar a morte. Não pretendo entregar esse direito a ninguém. Por assim dizer, sou um vendedor que não tem vontade de vender o produto.

— Se o senhor morrer, o que vai acontecer com esse Token?

— Nem eu sei. De fato, o que vai acontecer? Talvez desapareça junto comigo. Ou talvez continue existindo, sob alguma outra forma, para continuar sendo passado de pessoa para pessoa. Como o anel de Wagner. Isso eu não sei e, para ser sincero, tanto faz para mim. Afinal, seja lá o que acontecer depois da minha morte, não é responsabilidade minha.

O jovem Haida tentou organizar a sequência de raciocínio na sua cabeça. Mas não conseguiu fazê-lo direito.

— Bem, essa história não é nem um pouco lógica, não é? — disse Midorikawa.

— É muito interessante, mas ao mesmo tempo não posso acreditar nela tão facilmente — disse o jovem Haida, com sinceridade.

— Porque não há uma explicação lógica?

— Exatamente.

— Nem tem como provar.

— Não tem como provar se é verdadeira ou não, até que a negociação seja feita de fato. É isso?

Midorikawa assentiu. — Exatamente. É isso. Se não der o salto, não tem como provar. E, se der o salto, não haverá mais necessidade de provar. Não há meio-termo. É saltar ou não saltar. Um dos dois.

— O senhor não tem medo de morrer?

— Não tenho medo da morte em si. É verdade. Até agora vi muita gente imprestável e insignificante morrer. Até essa gente conseguiu. Então não tem como eu não conseguir.

— E o senhor não teme o que possa haver depois da morte? — Algo como o mundo pós-morte, a vida pós-morte?

Haida assentiu.

— Decidi não pensar nisso — Midorikawa disse, passando a mão na barba. — É inútil pensar em coisas que não podemos saber como são, ou em coisas que não conseguimos verificar mesmo se as conhecemos. Isso não passa de uma extensão vulnerável da hipótese, para falar nos seus termos.

O jovem Haida respirou fundo uma vez. — Por que me contou isso?

— Até agora não tinha contado isso a ninguém, nem pretendia contar — disse Midorikawa. E tomou um gole do copo. — Pretendia desaparecer sozinho, em silêncio. Mas quando o vi, pensei: talvez valha a pena contar a esse rapaz.

— Mesmo que eu não acredite na sua história?

Midorikawa bocejou de leve com olhos de sono. E disse:

— Para mim tanto faz se você acredita ou não na minha história. Porque você vai acreditar nela mais cedo ou mais tarde. Você vai morrer um dia. E, quando estiver prestes a morrer — não sei quando nem como você vai morrer —, vai se lembrar dessa história, com certeza. Vai aceitar completamente o que eu disse, e compreender de cabo a rabo a lógica que há nela. A lógica verdadeira. Eu só plantei a semente.

Parecia que lá fora tinha começado a chover outra vez. Era uma chuva delicada e silenciosa. Não se ouvia o seu barulho, abafado pela correnteza do riacho. Ela era percebida apenas pela leve alteração do ar que tocava a pele.

Então Haida começou a sentir que estar ali, de frente para Midorikawa naquele quarto apertado, era muito misterioso, era algo que contrariava as leis da natureza e que não poderia estar acontecendo de verdade. Era uma sensação parecida com uma tontura. Teve a impressão de ter sentido um leve cheiro de morte no ar parado. Cheiro de carne em deterioração. Mas devia ser apenas ilusão. Ninguém morrera ali ainda.

— Em breve você deverá voltar à vida universitária de Tóquio — Midorikawa anunciou com voz serena. — E retornará à vida real. Aconselho que viva essa vida com determinação. Mesmo que seja uma vida superficial e monótona, ela vale a pena ser vivida. Eu garanto. Sem ironias nem paradoxos. Só que, para mim, esse valor se transformou num fardo. Não estou conseguindo carregá-lo direito. Acho que não tenho inclinação para isso, por natureza. Por isso vou me esconder em um lugar calmo e escuro, e aguardar em silêncio a chegada desse momento, como um gato prestes a morrer. Não é tão ruim assim. Mas você é diferente. Você consegue carregar esse valor. Aconselho que costure no seu corpo, com a linha da lógica, da melhor forma possível, esse *valor que merece ser vivido*.

— Aqui termina a história — disse o filho Haida. — Dois dias depois dessa conversa, de manhã, Midorikawa deixou a hospedaria quando meu pai tinha saído para resolver umas questões. Disseram-lhe que ele tinha descido a pé a trilha da montanha até o ponto de ônibus três quilômetros abaixo, carregando a bolsa no ombro, da mesma forma como viera. Ninguém sabia para onde tinha ido. Ele apenas pagou as contas do dia anterior e partiu sem dizer nada. Sem deixar recado a meu pai. Ele só deixou uma pilha de romances policiais que havia lido. Pouco depois, meu pai voltou a Tóquio. Retornou à universidade e começou a vida dedicada exclusivamente aos estudos. Não sei se o fato de ter encontrado uma pessoa chamada Midorikawa contribuiu para ele dar fim à longa vida errante. Mas, pelo jeito como meu pai conta, sinto que a influência causada por essa experiência não foi pequena.

Haida se ajeitou no sofá e massageou devagar os tornozelos com seus longos dedos.

— Depois de voltar a Tóquio, meu pai procurou um pianista de jazz chamado Midorikawa. Mas não encontrou nenhum pianista com esse nome. Talvez ele usasse um nome falso. Por isso até hoje ele não sabe se a vida desse homem acabou mesmo depois de um mês.

— Mas seu pai ainda está vivo? — perguntou Tsukuru.

Haida assentiu. — Está, por enquanto a vida dele não chegou ao fim.

— Será que seu pai acreditou na curiosa história de Midorikawa, achou que fosse verdadeira? Será que não suspeitou de que fora enganado por uma história bem contada?

— Não sei dizer. Mas, para meu pai, provavelmente nesse momento a questão não era acreditar ou não nela. Acho que ele engoliu toda essa curiosa história assim como era. Como uma cobra que engole de uma vez, sem mastigar, o animal que ela capturou, para depois digeri-lo devagar.

Haida se interrompeu e respirou fundo.

— Agora estou com sono. Vamos dormir?

O relógio marcava quase uma da madrugada. Tsukuru foi ao seu quarto, Haida ajeitou o sofá e apagou a luz da sala. Depois de vestir o pijama e se deitar na cama, Tsukuru teve a impressão de ter ouvido o barulho do riacho da montanha. Mas era óbvio que era ilusão. Ele estava bem no meio de Tóquio.

Logo em seguida caiu num sono profundo.

Naquela noite, ocorreram alguns acontecimentos estranhos.

6

Cinco dias depois do último encontro no bar de Ebisu, Tsukuru Tazaki enviou um e-mail para Sara Kimoto, convidando-a para jantar. A resposta dela veio de Cingapura. "Volto ao Japão daqui a dois dias. Se for no sábado, tenho tempo à noite. Aliás, que bom que você escreveu. Eu tenho uma coisa para te falar", dizia.

Uma coisa para me falar? Tsukuru naturalmente não fazia a menor ideia do que seria. Mas se sentiu feliz ao pensar que encontraria Sara outra vez, e percebeu que seu coração realmente desejava aquela mulher mais velha. Se não a via por um tempo, tinha a sensação de que estava prestes a perder algo muito importante, e sentia um leve formigamento no peito. Fazia muito tempo que não sentia isso.

Mas, durante os três dias seguintes, Tsukuru ficou inesperadamente ocupado no trabalho. Haviam descoberto alguns problemas de segurança relacionados ao plano de interconexão entre a linha de trem e a de metrô, acarretados pela diferença de configuração dos vagões (por que não recebera essa informação tão importante antes?), e por isso teriam de reformar parcialmente as plataformas de algumas estações, e com urgência. Ele teve então de elaborar o cronograma da obra. Trabalhou direto, ficando praticamente sem dormir. Mas no sábado à noite e no domingo conseguiu folga, pois terminara boa parte do trabalho. Saiu da empresa e se dirigiu ao local combinado em Aoyama, ainda de terno. Dormiu profundamente no banco do metrô, e quase não conseguiu descer na estação Akasakamitsuke para fazer a baldeação.

— Você parece bem cansado — foi a primeira coisa que Sara disse ao vê-lo.

Tsukuru explicou o motivo de estar extremamente atarefado nos últimos dias. De forma sucinta e clara.

— Queria ter voltado para casa, tomado banho e trocado de roupa, mas nem isso consegui fazer — disse.

Sara tirou da sacola de compras uma pequena caixa comprida, pequena e fina com embrulho elegante, e a entregou a Tsukuru. — É um presente para você.

Tsukuru desembrulhou a caixa. Era uma gravata. Uma elegante gravata azul de seda, sem estampas. Yves Saint Laurent.

— Encontrei no free shop de Cingapura e comprei, pois achei que combina com você.

— Obrigado. É muito bonita.

— Alguns homens dizem que não gostam de ganhar gravatas.

— Não é o meu caso — disse Tsukuru. — Eu nunca saio pra comprar gravatas. E você tem muito bom gosto para escolher essas coisas.

— Que bom — disse Sara.

Tsukuru tirou a gravata com listras finas que usava e passou pelo pescoço a que acabara de ganhar de Sara, dando um nó. Nesse dia ele vestia um terno de verão azul-escuro e uma camisa branca lisa, e a gravata azul caiu bem sem causar estranhamento. Sara estendeu a mão sobre a mesa e ajustou o nó, como quem está acostumada a fazer isso. Deu para sentir seu perfume suave e agradável.

— Combina muito com você — disse ela, e sorriu.

Ele colocou a gravata antiga sobre a mesa e notou como estava gasta. Parecia um hábito inadequado que continuava praticando sem perceber. Preciso cuidar um pouco mais da minha aparência, ele pensou. Fazendo todos os dias projetos de estações no escritório da companhia ferroviária, quase não tinha chance de se preocupar com o que vestia. Praticamente só havia homens no trabalho. Logo que chegava ao escritório, tirava a gravata, arregaçava as mangas da camisa e começava a trabalhar. Muitas vezes visitava as obras. Ao seu redor quase ninguém ligava para o terno ou a gravata que Tsukuru usava. E, pensando bem, fazia tempo que não tinha encontros regulares com uma mesma mulher.

Era o primeiro presente que ganhava de Sara. Ele ficou feliz com isso. Preciso perguntar quando é o aniversário dela, Tsukuru pensou. Preciso lhe dar um presente. Não posso esquecer. Ele lhe agradeceu mais uma vez, dobrou a gravata velha e a guardou no bolso do paletó.

Estavam em um restaurante francês no subsolo de um prédio de Minamiaoyama, que Sara já conhecia. Era um lugar despretensioso, e o vinho e a comida não eram tão caros. Parecia mais um bistrô informal, mas as mesas eram bem espaçadas e se podia conversar com tranquilidade. O serviço também era atencioso. Pediram uma jarra de vinho tinto da casa e estudaram o cardápio.

Ela usava um vestido com pequenas estampas florais, e por cima um cardigã fino e branco. As duas peças pareciam de boa qualidade. Tsukuru naturalmente não sabe o salário de Sara. Mas ela parecia habituada a pagar caro pelas roupas que usava.

Enquanto jantavam, ela contou sobre o trabalho em Cingapura. Sobre a negociação dos preços com os hotéis, a escolha dos restaurantes, a garantia dos meios de locomoção, a definição das diversas atividades, a confirmação das instalações médicas... Para montar um novo pacote turístico, há um monte de coisas que precisam ser feitas. Era preciso preparar uma lista enorme, e resolver cada item indo ao país de destino. Era preciso visitar cada local com as próprias pernas, e confirmar cada detalhe com os próprios olhos. Esse processo era muito parecido com o da construção de uma nova estação. Ouvindo a conversa dela, percebia-se que era minuciosa e competente.

— Acho que preciso voltar lá mais uma vez, em breve — disse Sara. — Você já foi a Cingapura?

— Não. Para falar a verdade, nunca saí do Japão. Nunca tive a chance de viajar para o exterior a trabalho, e dá desânimo viajar sozinho.

— Cingapura é interessante. A comida é gostosa, e tem um resort encantador perto do centro. Queria mostrar o país para você.

Como seria fascinante viajar com ela ao exterior, ele imaginou.

Como sempre, Tsukuru bebeu apenas uma taça de vinho, e ela tomou o restante da jarra. Ela parecia resistente a bebidas alcoólicas, e a cor do seu rosto permanecia praticamente inalterada, por mais que bebesse. Ele pediu bœuf bourguignon e ela, pato assado. Após o prato principal, ela ficou muito na dúvida mas acabou escolhendo uma sobremesa. Tsukuru pediu café.

— Depois do nosso último encontro, pensei em várias coisas — Sara disse, tomando um chá preto para finalizar. — Sobre os seus quatro amigos do ensino médio. Sobre a bela comunidade, e a química que havia entre vocês.

Tsukuru acenou de leve com a cabeça. E aguardou.

Sara continuou: — A história do grupo de cinco amigos foi muito interessante. Porque eu nunca vivi esse tipo de experiência.

— Pensando bem, acho que teria sido melhor se eu não tivesse experimentado isso — Tsukuru disse.

— Porque você ficou com o coração ferido no final?

Ele assentiu.

— Entendo esse sentimento — Sara disse, estreitando os olhos — Mas, mesmo que você tenha sofrido e se decepcionado no final, sinto que o fato de ter encontrado essas pessoas foi mesmo uma coisa boa para você. Não é sempre que o coração das pessoas se liga tão fortemente assim, sem brechas. Ainda mais com quatro pessoas ao mesmo tempo. Isso só pode ser considerado um milagre.

— Foi mesmo algo próximo de um milagre, e acho que foi bom isso ter acontecido comigo. Acho que você tem razão — disse Tsukuru. — Mas, justamente por isso, o choque que senti quando perdi isso, ou melhor, quando *tomaram isso de mim*, foi muito grande. Perda, solidão... essas palavras não chegam nem aos pés do que senti.

— Mas já se passaram mais de dezesseis anos desde então. Você já é um adulto com mais de trinta e cinco anos. Por mais grave que tenha sido o dano, será que não está na hora de superá-lo?

— Superá-lo — Tsukuru repetiu. — Como conseguiria fazer isso, concretamente?

Sara colocou as mãos abertas sobre a mesa, esticando bem os dedos. No anel do mindinho da mão esquerda havia uma pequena joia com formato de amêndoa. Ela permaneceu olhando o anel por um tempo. Depois ergueu o rosto.

— Sinto que já está na hora de você esclarecer por conta própria o motivo por que você foi, ou por que teve que ser, rejeitado de forma tão categórica pelos quatro amigos.

Tsukuru tentou beber o resto do café, mas viu que a xícara estava vazia e a devolveu ao pires. Quando ela tocou o pires, produziu um tinido inesperado, seco e alto. Como se atendesse a esse som, o garçom veio à mesa encher o copo dos dois com água gelada.

Depois que o garçom se foi, Tsukuru falou:

— Como já disse antes, por mim, se possível, quero esquecer completamente esse acontecimento. Eu fui fechando aos poucos a ferida e superei a dor à minha maneira. Levou tempo. Mas não quero reabri-la, ainda mais agora, que está totalmente fechada.

— Será que está mesmo? Talvez esteja curada apenas de forma superficial, na aparência, — Sara fitou Tsukuru, e disse com a voz calma: — Talvez por dentro ela ainda continue sangrando silenciosamente. Você nunca pensou nisso?

Tsukuru pensou em silêncio. Não conseguia articular direito as palavras.

— Você pode me passar o nome completo dos quatro? Além disso, vou precisar do nome do colégio que vocês frequentaram, do ano em que se formaram, da faculdade de cada um e dos contatos antigos que você tiver.

— O que você vai fazer com essas informações?

— Vou tentar investigar o mais detalhadamente possível onde eles estão e o que fazem agora.

A respiração de Tsukuru de repente ficou curta. Ele pegou o copo e tomou um gole de água. — Para quê?

— Para você poder encontrá-los, conversar com eles pessoalmente e ter uma chance de ouvir a explicação sobre o que aconteceu há dezesseis anos.

— Mas e se eu disser que não quero fazer isso?

Ela virou as mãos sobre o tampo, deixando as palmas para cima. Mas os olhos dela continuavam fitando diretamente o rosto de Tsukuru do outro lado da mesa.

— Posso falar sinceramente? — disse Sara.

— Pode.

— É um assunto bastante delicado.

— Seja o que for, quero saber o que você está pensando.

— Da última vez em que nos encontramos, falei que não queria ir ao seu apartamento. Lembra? Você sabe por que eu disse aquilo?

Tsukuru fez que não com a cabeça.

— Acho você uma pessoa boa, e acho que gosto de você. Quero dizer, como homem — disse Sara. Houve um breve intervalo. — Mas acho que você tem uma espécie de problema emocional.

Tsukuru observou o rosto de Sara em silêncio.

— Agora começa a parte delicada. Quero dizer, a parte que é difícil explicar em palavras. Se eu colocar em palavras, vai parecer mais simples do que é. Não posso explicar de modo racional e lógico. É uma coisa meio intuitiva.

— Acredito na sua intuição — disse Tsukuru.

Ela mordeu os lábios levemente, olhou à distância, como se medisse algo, e disse: — Quando fizemos amor, senti que você estava em algum lugar *fora* dali. Em um lugar um pouco afastado de nós dois abraçados. Você foi muito carinhoso, e o que aconteceu foi ótimo. Mas, mesmo assim...

Tsukuru pegou novamente a xícara de café vazia e a envolveu com as mãos. A seguir, devolveu-a novamente ao pires, procurando não fazer ruído.

— Não entendo — ele disse. — Durante todo o tempo, *naquela hora*, eu só pensava em você. Não me lembro de ter estado fora. Para ser franco, não tinha condições de pensar em algo naquela hora que não fosse você.

— Talvez. Talvez você só pensasse em mim. Se você diz isso, acredito. Mas, mesmo assim, na sua cabeça havia outra coisa infiltrada. Pelo menos senti algo parecido com um distanciamento. Talvez seja uma coisa que só as mulheres percebam. De qualquer forma, queria que você soubesse que eu não posso continuar com esse tipo de relacionamento. Mesmo que eu goste de você. Eu sou mais ambiciosa e franca do que aparento ser. Se vamos namorar a sério daqui pra frente, não quero que esse *algo* esteja entre nós. *Algo* que não sei direito o que é. Você entende o que eu quero dizer?

— Ou seja, você quer dizer que não quer mais me ver?

— Não é isso — ela disse. — Não tem problema encontrá-lo e conversar com você, como agora. Você é muito divertido. Mas não quero ir ao seu apartamento.

— Não podemos mais fazer amor, é isso?

— Acho que não — Sara disse com firmeza.

— Porque eu tenho um problema emocional?

— É. Você tem algum tipo de problema emocional. Talvez a raiz dele seja mais profunda do que você imagina. Mas acho que é só você querer que com certeza consegue resolver esse problema. Assim como reparar uma estação com defeito. Mas para isso é preciso juntar os dados necessários, fazer um desenho correto e elaborar um cronograma detalhado da obra. Antes de tudo é preciso definir bem a ordem de prioridades.

— Para isso, eu preciso encontrar os quatro mais uma vez, e conversar com eles. É isso que você quer dizer?

Ela assentiu. — Você precisa encarar de frente o passado, não como um menino inocente e frágil, mas como um profissional independente. Você precisa ver as coisas que precisa ver, e não as coisas que quer ver. Caso contrário, você vai viver o resto da vida carregando esse fardo. Por isso, me passe o nome dos seus quatro amigos. Vou dar uma rápida pesquisada em onde eles estão e o que estão fazendo agora.

— Como?

Sara balançou a cabeça, surpresa. — Você se formou no instituto tecnológico, não é? Não usa internet? Nunca ouviu falar de Google ou Facebook?

— Claro que uso internet. Conheço o Google e o Facebook. É claro. Mas particularmente quase nunca os uso. Não tenho muito interesse nesse tipo de coisa.

— Deixe comigo. Até que sou boa nisso — disse Sara.

Depois do jantar, os dois caminharam até Shibuya. Era uma noite agradável, quase no final de primavera, e a neblina envolvia a grande lua amarela. Havia uma vaga umidade no ar. A barra da saia dela balançava com elegância ao vento, como se fluísse. Enquanto caminhava, Tsukuru imaginou aquele corpo por baixo do vestido. Pensou em abraçar mais uma vez esse corpo. Sentiu que seu pênis endurecia. Não achava que o desejo que sentia tivesse algum problema em especial. Era um sentimento e um desejo naturais de um homem adulto e saudável. Mas talvez na sua base fundamental houvesse algo incoerente, distorcido, como ela apontara. Era algo que ele não conseguia avaliar direito. Quanto mais pensava na fronteira entre a consciência e a inconsciência, menos ele entendia a si mesmo.

Depois de ficar indeciso por um momento, Tsukuru falou: — Preciso corrigir uma coisa que eu disse da outra vez.

Sara olhou curiosa o rosto de Tsukuru, continuando a andar: — O que é?

— Eu disse: Namorei algumas garotas até agora. Nenhum namoro deu certo, por vários motivos. Não foi só culpa minha.

— Lembro bem.

— Nos últimos dez anos, namorei três ou quatro garotas. De forma até que séria e por muito tempo. Não queria algo casual. Mas acho que nenhum namoro deu certo principalmente por culpa minha. O problema não era delas.

— Qual era o seu problema?

— Era um pouco diferente, dependendo de cada caso — disse Tsukuru. — Mas o ponto em comum é que eu não estava atraído de verdade, seriamente, por nenhuma delas. Claro que eu gostava delas, e me divertia bastante enquanto estava com elas. Guardo boas recordações. Mas nunca desejei nenhuma garota intensamente, a ponto de me deixar levar.

Sara ficou um tempo em silêncio. E disse: — Então, durante dez anos, você namorou *até que sério e por muito tempo* garotas por quem não se sentia muito atraído?

— Acho que é isso.

— Para mim, não faz muito sentido.

— Você tem razão.

— Será que é porque você não queria casar, não queria ter a sua liberdade restringida, ou algo desse tipo?

Tsukuru balançou a cabeça. — Não, acho que não tenho muito medo de casamento nem da restrição da liberdade. Eu sou mais do tipo que busca estabilidade.

— Mesmo assim, uma inibição emocional sempre agia sobre você.

— Talvez.

— Por isso só namorou garotas com quem não precisava abrir totalmente o coração.

— Talvez estivesse com medo de amar seriamente uma pessoa, sentir necessidade dela, e ela desaparecer um dia de repente, sem nenhum aviso, me deixando sozinho.

— Por isso, de forma consciente ou não, você sempre procurava manter certa distância das namoradas. Ou escolhia garotas de quem podia manter certa distância. Para você não se machucar. É isso?

Tsukuru permaneceu calado. Esse silêncio significava assentimento. Mas, ao mesmo tempo, Tsukuru sabia que aquela não era a essência do problema.

— Talvez aconteça o mesmo comigo — disse ela.

— Não, acho que não. Você é diferente das outras. É verdade. Quero me abrir para você. Do fundo do coração. Justamente por isso estou falando com você.

Sara disse: — Você quer continuar saindo comigo?

— Claro. Quero continuar saindo com você.

— Eu também, acho que quero continuar saindo com você — disse Sara. — Porque acho que você é uma pessoa boa, e no fundo é sincero.

— Obrigado — disse Tsukuru.

— Por isso, me passe o nome dos quatro. O resto você mesmo pode decidir. Depois que muitas coisas se esclarecerem, se mesmo assim você não quiser vê-los, não precisa. É simplesmente problema seu. Mas independentemente disso, eu tenho particular interesse por eles. Quero saber mais sobre os quatro. Que até hoje estão grudados nas suas costas.

Ao voltar para seu apartamento, Tsukuru Tazaki tirou a velha agenda da gaveta da escrivaninha, abriu a página de endereços e digitou corretamente no laptop o nome completo dos quatro, com endereço e telefone da época.

Kei Akamatsu
Yoshio Ômi
Yuzuki Shirane
Eri Kurono

Olhando a lista de quatro nomes na tela, ele sentiu uma onda de emoções conflitantes, e teve a sensação de que o tempo passado pairava à sua volta. O passado começava a se misturar silenciosamente ao tempo real, que corria aqui e agora. Como a fumaça, que penetra no quarto sorrateiramente através de uma pequena fresta da porta. Era uma fumaça inodora e incolor. Mas num certo momento ele voltou de súbito à realidade, clicou no laptop e mandou o e-mail a Sara. Depois de confirmar que havia sido enviado, desligou o computador. E esperou o tempo voltar à fase real novamente.

Eu tenho particular interesse por eles. Quero saber mais sobre os quatro. Que até hoje estão grudados nas suas costas.

Provavelmente Sara tem razão, Tsukuru pensou, deitando-se na cama. Os quatro estão grudados nas minhas costas ainda hoje. Provavelmente mais firmemente do que Sara imagina.

Mr. Red
Mr. Blue
Miss White
Miss Black

7

Na noite em que Haida contou a curiosa história sobre o pianista de jazz Midorikawa que o pai dele, na juventude, havia encontrado nas águas termais no meio das montanhas em Kyûshû, aconteceram alguns fatos estranhos.

Tsukuru Tazaki despertou de súbito no meio da escuridão. Havia ouvido um leve barulho seco de algo batendo. Parecia o som de uma pequena pedra contra o vidro da janela. Talvez fosse apenas fruto da sua imaginação. Ele não sabia ao certo. Tentou ver a hora no relógio digital da cabeceira, mas não conseguiu virar o pescoço. Não só o pescoço, mas todo o corpo estava imóvel. Não que estivesse dormente. Mesmo fazendo força, não conseguia se mexer. A consciência e os músculos não estavam se conectando.

O quarto estava envolto em trevas. Tsukuru não conseguia dormir direito com claridade, e quando se deitava sempre fechava bem a espessa cortina para deixar o quarto escuro. Por isso não havia luz externa. Mas sentiu a presença de alguém além dele no quarto. Alguém está escondido nas trevas e o observa. Prendendo a respiração, ocultando seu cheiro, mudando a cor e se escondendo nas trevas, assim como um animal que se camufla. Por alguma razão Tsukuru sabia que era Haida.

Mr. Gray.

O cinza se origina da mistura do branco com o preto. Ele consegue mudar sua tonalidade e se dissolver facilmente em várias gradações de escuridão.

Haida estava de pé no canto do quarto escuro e observava fixamente, em silêncio, Tsukuru deitado de costas na cama. Como um mímico que se passa por uma estátua, durante muito tempo ele não moveu um músculo sequer. Provavelmente a única coisa que se deslocava de vez em quando eram os seus longos cílios. Era um estranho contraste. Haida estava quase totalmente imóvel por vontade própria, mas Tsukuru não conseguia mover o corpo, contra sua vontade. Tenho que falar alguma coisa, Tsukuru pensou. Tenho que falar algo e quebrar esse feitiço. Mas não conseguiu emitir nenhum som. Não conseguia mover os lábios nem a língua. Somente a respiração seca e silenciosa escapava da sua garganta.

O que Haida está fazendo neste quarto? Por que ele está aí de pé, observando Tsukuru tão fixamente?

Não é um sonho, Tsukuru pensa. Tudo está muito distinto para ser um sonho. Mas Tsukuru não consegue distinguir se quem está lá em pé é o verdadeiro Haida ou não. Será que o verdadeiro Haida, o corpo real dele, não estaria dormindo profundamente no sofá da sala ao lado, e quem está aqui não é uma espécie de alter ego dele, que deixou o corpo real? Teve essa sensação.

Mas Tsukuru não sentiu que fosse algo ameaçador ou perverso. Aconteça o que acontecer, Haida não deve fazer *algo ruim* comigo — Tsukuru tinha algo parecido com uma certeza. Sempre sentiu isso, desde quando o conhecera. Intuitivamente.

Vermelho também era inteligente, mas a inteligência dele era mais prática e, dependendo do caso, mostrava o seu lado interesseiro. A inteligência de Haida era mais genuína, fundamental. Ele chegava a ser autossuficiente. Na companhia de Haida, algumas vezes Tsukuru não conseguia compreender o que ele estava pensando. Parecia que algo se desenvolvia de forma intensa na cabeça dele, mas Tsukuru não fazia ideia do que *aquilo* seria. Naturalmente nessas horas sentia desconforto e tinha a impressão de que estava sendo deixado para trás, sozinho.

Mas mesmo nessas horas ele não sentia insegurança nem irritação com esse amigo mais novo. A velocidade de seu pensamento e a amplitude da área de sua atividade são de um patamar diferente do meu. Assim pensando, Tsukuru desistiu de acompanhar a velocidade dele.

Provavelmente no cérebro de Haida havia um circuito de alta velocidade feito sob medida para acompanhar o ritmo de seus pensamentos, e de vez em quando ele ajustava suas engrenagens para que sua mente o percorresse por períodos fixos de tempo. Caso contrário — ou seja, se ele continuasse correndo em marcha lenta para acompanhar a velocidade mediana de Tsukuru — seu sistema de raciocínio poderia esfriar e começar a apresentar falhas sutis. Era essa a impressão que dava. Depois de um tempo Haida deixava esse circuito e voltava para onde Tsukuru estava, com um sorriso tranquilo, como se nada tivesse acontecido. Ele reduzia a velocidade do pensamento, adaptando-se novamente ao ritmo de Tsukuru.

Quanto tempo durou essa mirada fixa e concentrada de Haida? Tsukuru não conseguia avaliar. Haida estava imóvel na escuridão na calada da noite e fitava Tsukuru em silêncio. Haida parecia querer falar algo. Ele carrega uma mensagem que precisa ser transmitida de qualquer jeito. Mas, por alguma razão, ele não consegue converter essa mensagem em palavras. Isso deixa o amigo mais novo e sagaz mais irritado que o normal.

Deitado na cama, Tsukuru se lembrou de súbito da história sobre Midorikawa que acabara de ouvir. Quando Midorikawa, prestes a morrer — pelo menos era o que ele próprio alegava —, tocou o piano na sala de música da escola, o que havia no saco de pano sobre o instrumento? A história de Haida terminara sem que ele esclarecesse esse mistério. Tsukuru ficou muito curioso para saber o que havia dentro do saco. Alguém deveria lhe explicar o seu significado. Por que Midorikawa o colocara cuidadosamente sobre o piano? Esse era um ponto importante da narrativa.

Mas a resposta não lhe foi revelada. Depois de um longo silêncio, Haida — ou o alter ego de Haida — foi sorrateiramente embora. Tsukuru teve a impressão de ter ouvido um leve suspiro no final, mas não tinha certeza. O sinal de Haida se tornou vago e desapareceu, assim como a fumaça do incenso se dissipa na atmosfera, e, quando se deu conta, Tsukuru estava sozinho no quarto escuro. Seu corpo continuava imóvel. O cabo que liga a consciência e os músculos ainda não fora reconectado. O parafuso do ponto nodal continuava faltando.

Até onde será que é realidade? Tsukuru pensou. Não é um sonho. Nem miragem. Deve ser real. Mas não havia o peso que a realidade possui.

Mr. Gray.

Depois Tsukuru deve ter caído novamente no sono, mas ele acordou mais uma vez em um sonho. Não, aquilo talvez não devesse ser chamado de sonho, no sentido correto da palavra. Era a realidade, mas impregnada de todas as características de um sonho. Era uma fase diferente da realidade, em que — em um tempo e um lugar especiais — a imaginação havia sido libertada.

As garotas estavam na cama, nuas como tinham vindo ao mundo. E estavam grudadas a ele, uma de cada lado. Branca e Preta. Elas tinham dezesseis ou dezessete anos. Por alguma razão elas sempre tinham dezesseis ou dezessete anos de idade. Os seios e as coxas das duas eram pressionados contra o corpo dele. Tsukuru conseguia sentir nitidamente o calor e a maciez de suas peles. Os dedos e a ponta de suas línguas tateavam avidamente o corpo dele, em silêncio. Ele também estava completamente nu.

Não era a situação que ele desejava, nem a cena que ele queria imaginar. Não era algo que devia estar acontecendo. Mas, contrariando sua vontade, essa imagem se tornou cada vez mais nítida, e a sensação, mais concreta e vívida.

Os dedos delas eram carinhosos, finos e delicados. Quatro mãos e vinte dedos. Eles percorreram o corpo de Tsukuru, de ponta a ponta, estimulando-o, como animais macios sem visão, nascidos das trevas. Ele sentiu um forte tremor no coração, nunca antes experimentado. Era como se alguém lhe contasse que na casa em que morava havia anos existia, na verdade, um pequeno quarto secreto. O coração produzia batidas secas e curtas como um timbale. Os braços e as pernas ainda estavam dormentes. Não conseguia levantar um dedo sequer.

Os corpos das duas abraçavam, maleáveis, todo o corpo de Tsukuru, entrelaçando-se a ele. Os seios de Preta eram fartos e macios. Os de Branca eram pequenos, mas os mamilos estavam duros como pequenas pedras redondas. Os pelos pubianos delas estavam úmidos como uma floresta pluvial. A respiração delas se entrelaçou com a de Tsukuru e se tornaram uma só. Como as correntes marítimas vindas de longe, que se juntam no fundo do mar escuro, secretamente.

Depois de receber longas e insistentes carícias, ele estava dentro da vagina de uma delas. De Branca. Ela montou em Tsukuru, pegou na mão o órgão sexual dele, ereto e duro, e o conduziu para dentro de si com agilidade. Ele entrou sem nenhuma resistência dentro dela, como se fosse sugado pelo vácuo. Depois de acalmá-lo um pouco e controlar a própria respiração, ela começou a girar devagar o tronco, como se desenhasse no ar uma figura complexa, contorcendo o quadril. Os longos cabelos lisos e negros dela balançavam maleáveis sobre a cabeça dele, como chicotes que açoitam. Eram movimentos ousados, inimagináveis para quem conhece a Branca do dia a dia.

Mas tanto para Branca quanto para Preta os movimentos pareciam uma sequência bastante natural. Sem necessidade de considerações. As duas não pareciam vacilar nem um pouco. Elas faziam carícias juntas, mas ele penetrava Branca. *Por que Branca?*, Tsukuru se questionou no meio de sua confusão. Por que tem que ser em Branca? Elas deveriam ser exatamente iguais. As duas *deveriam* formar uma única existência.

Ele não tinha condições de pensar em mais nada além disso. O movimento dela foi ficando cada vez mais rápido e amplo. Quando se deu conta, ele tinha gozado vigorosamente dentro de Branca. O tempo entre a inserção e a ejaculação foi curto. Curto demais, Tsukuru pensou. Muito curto. Ou será que perdi a noção correta do tempo? De qualquer maneira, fora impossível impedir esse impulso. Ele surgiu sem aviso prévio, como uma gigantesca onda que vem do alto.

Entretanto, quem recebeu de fato a ejaculação não foi Branca, mas Haida, por alguma razão. Quando se deu conta, as mulheres já haviam sumido, e Haida estava ali. No momento da ejaculação, ele se abaixou rapidamente, colocou o pênis de Tsukuru na boca e, para não sujar o lençol, recebeu o sêmen. A ejaculação foi vigorosa e a quantidade de esperma muito grande. Haida recebeu pacientemente os vários jatos e, depois de cessarem, lambeu o resto com a língua. Parecia estar acostumado com esse procedimento. Pelo menos Tsukuru teve essa impressão. Depois, Haida saiu silenciosamente da cama e foi ao banheiro. Ouviu-se por um tempo o barulho da água da torneira. Ele provavelmente estava enxaguando a boca.

Mesmo depois de gozar, a ereção de Tsukuru continuou. A sensação do órgão sexual de Branca quente e úmido ainda estava vívida. Como se tivesse acabado de ter uma relação sexual de verdade. Ainda não conseguia distinguir bem a fronteira entre o sonho e a imaginação, a fronteira entre a imaginação e a realidade.

No meio da escuridão, Tsukuru procurou palavras. Não palavras para serem dirigidas a alguém específico. Mas para preencher a lacuna anônima e silenciosa que existia ali, ele precisava encontrar pelo menos uma palavra correta. Antes que Haida voltasse do banheiro. Mas ele não conseguiu achar. Enquanto isso, na sua cabeça tocava sem parar uma melodia simples, repetidas vezes. Somente depois ele se deu conta de que era o tema *Le mal du pays*, de Liszt. *Anos de peregrinação*, primeiro ano, Suíça. Melancolia evocada no coração das pessoas pela paisagem rural.

Em seguida, um sono violentamente profundo o envolveu.

Ele despertou antes das oito da manhã.

Antes de tudo, verificou se não havia sujado a cueca. Quando tinha um sonho erótico como esse, sempre deixava um vestígio. Mas não o encontrou. Tsukuru ficou sem entender o que estava acontecendo. Com certeza no sonho — pelo menos em algum lugar que não era a realidade — havia gozado. De forma muito intensa. No seu corpo essa sensação ainda permanecia nítida. Grande quantidade de sêmen *real* deveria ter sido liberada. Mas não havia vestígio dele.

Depois ele se lembrou de que Haida havia recebido a ejaculação com a boca.

Ele fechou os olhos e fez uma leve careta. Será que tinha acontecido de verdade? Não, não é possível. Tudo aconteceu no interior escuro da minha consciência. Só pode ter sido isso. Então, para onde foi o sêmen liberado? Ele também desapareceu nas profundezas da consciência?

Com o coração confuso, Tsukuru saiu da cama e foi à cozinha, de pijama. Haida já tinha trocado de roupa e estava lendo um livro grosso, deitado no sofá. Ele estava concentrado nesse livro, e parecia que seu coração estava em outro mundo. Mas tão logo Tsukuru apareceu, ele fechou o livro, mostrou um sorriso alegre e preparou café, omelete e torradas na cozinha. Veio o aroma de café fresco. Aroma que separa a noite do dia. Sentados frente a frente na mesa, os dois tomaram café da manhã ouvindo uma música em volume baixo. Como sempre, Haida passou uma fina camada de mel no pão bem torrado.

Na mesa, Haida falou um tempo sobre o sabor do grão de café que havia encontrado, sobre a boa qualidade da sua torrefação, e depois ficou pensativo. Provavelmente estava refletindo a respeito do conteúdo do livro que estava lendo até pouco tempo atrás. O par de olhos que focalizava um ponto imaginário revelava isso. Seus olhos eram límpidos e transparentes, mas não se podia ver o que havia por trás deles. Era o olhar de quando ele refletia sobre temas abstratos. Eles sempre lembravam a Tsukuru uma nascente no meio da montanha, que podia ser espreitada entre as árvores.

Não se percebia nada de diferente no comportamento de Haida. Era como em todas as manhãs de domingo. O céu estava levemente nublado, mas a luz era delicada. Quando falava, ele fitava diretamente os olhos de Tsukuru. Não havia nada implícito. Provavelmente nada acontecera *na realidade*. Deve ter sido mesmo uma fantasia gerada no interior da consciência, pensou Tsukuru. Ao mesmo tempo em que se sentia envergonhado pelo ocorrido, foi tomado por uma terrível perplexidade. Até agora, ele havia tido várias vezes esse tipo de sonho erótico em que apareciam Branca e Preta. Esse sonho o visitava quase que regularmente, independentemente da sua vontade, e o levava à ejaculação. Mas foi a primeira vez em que tivera um sonho tão real e vívido assim, do começo ao fim. O que o deixou mais perturbado foi o fato de Haida ter aparecido nele.

Mas Tsukuru resolveu não se ater mais a essa questão. Por mais que pensasse, provavelmente não encontraria uma resposta. Ele depositou essa dúvida em uma das gavetas com a etiqueta "pendente", para examinar depois, algum dia. Dentro dele havia várias gavetas assim, com muitas dúvidas abandonadas.

Depois Tsukuru e Haida foram à piscina da faculdade e nadaram juntos por trinta minutos. A piscina no domingo de manhã tinha pouco movimento, e os dois puderam nadar no ritmo desejado e quanto quisessem. Tsukuru se concentrou em mover corretamente os músculos necessários. Músculos das costas, dos quadris, abdominais. Não precisava pensar muito na respiração nem nas pernas. Adquirindo-se uma vez o ritmo, os movimentos eram inconscientes. Haida ia sempre na frente, e Tsukuru o seguia. Tsukuru observava absorto as pernadas delicadas de Haida criarem de forma rítmica pequenas bolhas brancas na água. Essa cena sempre lhe provocava uma leve paralisia da consciência.

Depois de tomar uma ducha e se trocar no vestiário, os olhos de Haida perderam a luz penetrante de antes, voltando a ser tranquilos como sempre. Como tinha movimentado bastante o corpo, aparentemente a perturbação que havia em Tsukuru também se acalmara. Os dois deixaram o ginásio e caminharam juntos até a biblioteca. Quase não se falaram, mas isso não era algo particularmente raro. Quero pesquisar umas coisas na biblioteca, Haida disse. Isso também não era uma coisa tão rara. Ele gostava de fazer "pesquisas" na biblioteca.

Geralmente significava "querer ficar sozinho um tempo". "Vou pra casa lavar roupa", disse Tsukuru.

Na frente da biblioteca eles se despediram, acenando levemente.

Ele não teve mais notícias de Haida por um tempo. Não o via nem na piscina nem no campus. Como antes de conhecer Haida, Tsukuru levou uma vida que consistia em comer sozinho e em silêncio, nadar sozinho na piscina, fazer anotações nas aulas e memorizar mecanicamente o vocabulário e a sintaxe de línguas estrangeiras. Era uma vida solitária e tranquila. O tempo passava por ele de forma indiferente e praticamente sem deixar vestígios. De tempos em tempos colocava o disco *Anos de peregrinação* no prato giratório e o ouvia.

Depois de uma semana sem notícias, Tsukuru pensou: Haida talvez tenha decidido não me ver mais. Isso não era algo impossível de acontecer. Ele foi para algum lugar sem me avisar, sem dizer o motivo. Assim como fizeram *aqueles quatro* de sua cidade natal.

Talvez esse amigo mais novo tenha se afastado de mim por causa do sonho erótico vívido que tive naquela noite, Tsukuru pensou. Haida percebeu tudo o que aconteceu na minha consciência, do começo ao fim, através de algum meio, e sentiu aversão àquilo. Ou ficou com raiva.

Não, não é possível. Isso não poderia ter saído da consciência de Tsukuru. Não havia nenhuma forma de Haida saber desse conteúdo. Mesmo assim, Tsukuru sentiu que os olhos lúcidos do seu amigo mais novo conseguiram enxergar de modo perspicaz os elementos distorcidos do fundo da sua consciência. Quando pensou nisso, teve muita vergonha de si mesmo.

De qualquer forma, depois que Haida sumiu, Tsukuru percebeu nitidamente quanto esse amigo significava para ele, quão colorida ele tornava sua vida cotidiana. Lembrou com saudades as várias conversas com Haida, do riso dele, leve e tão característico. As músicas de que ele gostava, os livros que lia de vez em quando em voz alta, os comentários sobre acontecimentos da sociedade, o humor peculiar, as citações precisas, a comida que fazia, o café que preparava. Tsukuru encontrava em vários lugares da sua vida cotidiana o vazio deixado por Haida.

Haida me proporcionou tudo isso, mas o que eu pude oferecer a ele? Tsukuru não tinha como não pensar nisso. Afinal, o que consegui deixar dentro dele?

No final das contas, talvez esteja mesmo destinado a ficar sozinho, Tsukuru não conseguia deixar de pensar. As pessoas vêm até ele, mas depois de um tempo se vão. Elas buscam algo dentro de Tsukuru, mas não conseguem encontrar, ou mesmo encontrando não gostam, e parece que partem depois de desistir (decepcionadas, iradas). Certo dia elas desaparecem de repente. Sem explicação, sem se despedirem direito. Como se cortassem bruscamente, com um grande machado afiado e mudo, o laço onde ainda circula sangue quente, que pulsa silenciosamente.

Dentro de mim deve haver algo fundamental que decepciona as pessoas. *"Incolor Tsukuru Tazaki"*, ele disse em voz alta. No final das contas, eu provavelmente não tenho nada para oferecer aos outros. Não, se eu analisar bem, talvez não possua nada para oferecer a mim mesmo.

Dez dias depois de terem se despedido na frente da biblioteca, Haida apareceu inesperadamente na piscina da faculdade, numa manhã. Quando Tsukuru ia fazer a virada depois de algumas voltas, o dedo de alguém bateu de leve na sua mão direita que tocara a borda. Levantou o rosto e viu Haida agachado, de sunga e óculos de natação na testa. Nos lábios havia o sorriso agradável de sempre. Eles se encontravam depois de um bom tempo, mas não trocaram palavras em especial; apenas se acenaram levemente e, como de costume, nadaram juntos uma longa distância na mesma raia. A única comunicação que era trocada entre eles na água era o movimento delicado dos músculos e o ritmo regular e tranquilo das pernadas. As palavras eram desnecessárias.

— Passei um tempo em Akita — disse Haida, depois de sair da piscina e tomar uma ducha, enxugando os cabelos com a toalha. — Foi de repente, mas por motivos familiares inevitáveis.

Tsukuru respondeu de forma evasiva e acenou com a cabeça. Não era comum Haida faltar dez dias de aula no meio do semestre. Assim como Tsukuru, ele nunca faltava, a não ser que algo realmente extraordinário acontecesse. Por isso devia ter sido mesmo um assunto importante. Mas ele não tomou a iniciativa para falar mais sobre o motivo do seu retorno à terra natal, e Tsukuru tampouco perguntou. De qualquer forma, vendo que nada acontecera ao seu amigo mais novo, que voltara com uma boa aparência, Tsukuru conseguiu expulsar com sucesso algo como um pedaço pesado de ar que estava entalado em algum lugar no seu peito. Teve a sensação de que o nó do peito havia sumido. Haida não tinha desaparecido, abandonado Tsukuru.

Depois Haida continuou se encontrando com Tsukuru sem mudar seu comportamento. Eles conversavam sobre assuntos do dia a dia e comiam juntos. Sentados no sofá, ouviam CDs de música clássica que Haida pegava emprestado da biblioteca, conversavam sobre elas e falavam de livros que haviam lido. Ou simplesmente ficavam na mesma sala, compartilhando o silêncio íntimo. Nos finais de semana Haida ia ao apartamento de Tsukuru passar a noite, e os dois conversavam até tarde. Ele preparava o sofá-cama e dormia nele. Ele (ou o alter ego dele) não voltou mais ao quarto de Tsukuru na calada da noite, para observá-lo na escuridão — se é que isso realmente acontecera. Mesmo depois, Tsukuru continuou tendo sonhos eróticos em que Branca e Preta surgiam juntas, mas Haida já não aparecia mais.

Mesmo assim, Tsukuru sentia de vez em quando que, naquela noite, Haida conseguira ver com seus olhos lúcidos o que estava oculto sob sua consciência. Sentia no seu corpo o vestígio daquele olhar fixo. Parecia que ainda havia uma dor latejante, como uma leve queimadura. Haida observara as fantasias e os desejos secretos de Tsukuru, e os examinara e dissecara um por um. Ele continuou sendo seu amigo, mas, para aceitar esse lado nada tranquilo de Tsukuru e acalmar e organizar as emoções, ele precisara de um período de isolamento. Por isso, durante dez dias cortara relações com Tsukuru.

Naturalmente, eram apenas suposições. Conjecturas sem fundamento, sem praticamente nenhuma lógica. Talvez devessem ser chamadas de *fantasias*. Mas esse tipo de pensamento perseguiu Tsukuru insistentemente, deixando-o inquieto. Ao pensar que a parte mais íntima de sua consciência poderia ter sido descoberta por Haida, tinha a sensação de ter se tornado um verme miserável que habita um lugar úmido debaixo da pedra.

Mesmo assim Tsukuru Tazaki precisava desse amigo mais novo. Provavelmente mais do que qualquer outra coisa.

8

Haida deixou definitivamente Tsukuru no final de fevereiro do ano seguinte, oito meses depois de os dois terem se conhecido. Dessa vez, ele não voltou mais.

 Depois dos exames do final de ano, quando as notas foram divulgadas, Haida voltou a Akita. Mas devo retornar em breve, ele disse a Tsukuru. O inverno de Akita é inimaginavelmente frio e, depois de duas semanas em casa, já fico cansado e farto. Me sinto mais à vontade em Tóquio, ele disse. Mas preciso ajudar a remover a neve do telhado de casa, e não posso ficar sem ir. Entretanto, mesmo depois de duas semanas, três semanas, esse amigo mais novo não voltou a Tóquio. Não deu sequer uma notícia.

 No começo Tsukuru não ligou muito. A estada na casa dos pais talvez tivesse sido mais agradável do que ele imaginara. Ou talvez nevara mais do que nos outros anos. Tsukuru teve de voltar a Nagoia por três dias em meados de março. Não queria ir, mas não podia ficar sem retornar nenhuma vez. Em Nagoia não havia a necessidade de remover a neve do telhado, mas sua mãe telefonava incessantemente para Tóquio, perguntando: Se você está de férias na escola, por que não volta para casa? Tenho uma lição importante que preciso terminar nas férias, Tsukuru mentiu. Mas, mesmo assim, você pode passar uns dois ou três dias aqui, insistiu a mãe enfaticamente. Sua irmã mais velha também ligou e disse: Mamãe está sentindo muito a sua falta, é melhor voltar mesmo que seja por pouco tempo. Está bem, vou fazer isso, disse Tsukuru.

 Enquanto permaneceu em Nagoia, ele não saiu nenhuma vez de casa, exceto quando levava o cachorro para passear à tarde num parque próximo. Temia deparar na rua com algum dos então quatro amigos. Principalmente depois que começou a ter sonhos eróticos em que mantinha relação com Branca e Preta, Tsukuru não tinha coragem de encontrar as duas em carne e osso. Afinal, era como se as estuprasse na imaginação, mesmo que o sonho não tivesse relação com sua vontade, e mesmo sabendo que elas não tinham como saber que tipo de sonho ele tinha. Ou elas talvez descobrissem tudo o que estava acontecendo no sonho de Tsukuru só de vê-lo. E o censurassem com veemência pela fantasia egoísta e impura dele.

Ele inibia na medida do possível a masturbação. Não que tivesse sentimento de culpa pelo ato em si. Ele se sentia culpado pelo fato de não conseguir deixar de imaginar Branca e Preta nessa hora. Mesmo tentando pensar em outra coisa, elas sempre entravam sorrateiramente nesse momento. Mas, evitando a masturbação, ele tinha sonhos eróticos de vez em quando. E neles Branca e Preta apareciam, quase sem exceção. No final, dava na mesma. Mas, pelo menos, não era uma cena que ele imaginava intencionalmente. Claro que era mera desculpa, mas, para ele, essa justificativa, que não passava de uma frase refeita, tinha um significado que não era pequeno.

O conteúdo desses sonhos era praticamente o mesmo. O cenário e os detalhes dos movimentos mudavam um pouco, mas o seu desenrolar, com as duas garotas nuas se entrelaçando a ele, acariciando todo seu corpo com os dedos e os lábios, estimulando o órgão sexual dele, até a penetração, era sempre o mesmo. E, no final, Tsukuru sempre gozava dentro de Branca. Mesmo quando transava com Preta, ao se aproximar o momento final, quando se dava conta, as duas tinham trocado de posição. E ele liberava o sêmen dentro do corpo de Branca. Ele passou a ter esses sonhos depois de ser banido do grupo no verão do segundo ano da faculdade, quando não tinha mais oportunidade de se encontrar com elas. Ou seja, foi depois que Tsukuru decidiu que tentaria de alguma forma se esquecer dos quatro. Antes, não se lembrava de ter sonhos dessa natureza. Tsukuru não sabia por que isso acontecia. Essa também era uma das questões guardadas bem no fundo da gaveta "pendente" no armário de sua consciência.

Carregando uma frustração confusa no peito, Tsukuru voltou a Tóquio. Mas continuou sem notícias de Haida. Ele não apareceu nem na piscina nem na biblioteca. Telefonou algumas vezes ao dormitório dele, mas sempre lhe informavam que Haida não estava. Pensando bem, não sabia nem o endereço nem o número de telefone da casa dos pais dele em Akita. Até que as férias de primavera chegaram ao fim, e começou o novo ano letivo da faculdade. Havia passado para o quarto ano. As flores de cerejeira desabrocharam e logo caíram. Mesmo assim não teve nenhuma notícia do amigo mais novo.

Ele foi até o dormitório onde Haida morava. Haida comunicou sua saída do dormitório no final do ano letivo anterior, e levou todos os seus pertences embora, o zelador lhe informou. Tsukuru ficou sem palavras ao ouvir isso. O zelador não sabia o motivo da saída nem para onde ele fora. Ou talvez soubesse, mas tenha afirmado o contrário.

Ao verificar o registro acadêmico na seção de alunos, descobriu que Haida havia trancado a matrícula. Não conseguiu descobrir o motivo, por se tratar de informação confidencial. Ele entregara os documentos para trancar a matrícula e sair do dormitório, carimbados com seu próprio selo, logo depois dos exames finais do ano letivo. Nesse período, ele ainda se encontrava com Tsukuru no dia a dia. Os dois nadavam juntos, e nos finais de semana conversavam até tarde no apartamento de Tsukuru onde Haida passava a noite. Apesar disso, ele não contara absolutamente nada sobre trancar a matrícula a Tsukuru. Apenas informara sorridente, e como se nada tivesse acontecendo: "Vou voltar a Akita por cerca de duas semanas." E desaparecera da frente de Tsukuru.

Talvez eu nunca mais encontre Haida, Tsukuru pensou. Ele desapareceu sem dizer nada, com uma firme decisão. Não deve ter sido *por acaso*. Ele tinha um motivo claro para ter de fazer isso. Seja qual fosse o motivo, Haida não deve mais voltar. A intuição de Tsukuru estava certa. Pelo menos enquanto ele estava na faculdade, Haida não reabriu a matrícula. Nem entrou em contato.

Que curioso, Tsukuru pensou nessa hora. Haida está repetindo o mesmo destino de seu pai. Assim como o pai, ele trancou a matrícula da faculdade com cerca de vinte anos e desapareceu. Como se seguisse os mesmos passos. Ou será que o episódio de seu pai foi uma história inventada por Haida? Será que ele usou a figura do pai para revelar algo sobre si mesmo?

Entretanto, o desaparecimento de Haida dessa vez não causou um transtorno tão profundo em Tsukuru como da primeira vez. Não se sentiu magoado por ter sido abandonado e deixado por ele. Justamente por ter perdido Haida, ele foi tomado por uma espécie de serenidade. Uma serenidade estranhamente neutra. Por alguma razão, até sentiu que Haida partira para algum lugar distante, assumindo parcialmente seu pecado e sua impureza.

Naturalmente, Tsukuru sentiu falta de Haida. Era uma pena que tudo tivesse acabado. Haida era um amigo importante, e um dos poucos que Tsukuru havia encontrado. Mas talvez esse desfecho fosse inevitável. Haida deixou para trás um pequeno moedor de café, um pacote de grãos de café pela metade, *Anos de peregrinação*, de Liszt, interpretado por Lazar Berman (álbum com três discos de vinil), e a lembrança de um par de olhos curiosamente límpidos.

Em maio daquele ano, um mês depois de descobrir que Haida havia deixado o campus, Tsukuru manteve uma relação sexual com uma mulher de carne e osso pela primeira vez na vida. Ele já estava com vinte e um anos. Vinte e um anos e seis meses. No início desse ano letivo, Tsukuru arranjara um trabalho temporário para fazer desenhos técnicos, que servia também de estágio, em um escritório de arquitetura de Tóquio, e foi lá que a conheceu. Ela era solteira, quatro anos mais velha, e fazia trabalhos administrativos no escritório. Era baixa, tinha cabelos longos, orelhas grandes e pernas bem torneadas. Um corpo compacto. Seu rosto era antes gracioso do que belo. Quando ouvia uma piada, ria mostrando os dentes brancos e bonitos. Desde que Tsukuru começara a trabalhar naquele escritório, ela sempre fora atenciosa com ele. Ele logo percebeu sua afeição. Talvez por ter sido criado com duas irmãs mais velhas, conseguia relaxar quando estava com mulheres mais velhas. Ela tinha a mesma idade da mais nova entre as irmãs mais velhas.
 Quando teve oportunidade, ele a convidou para jantar, depois para o seu apartamento, e em seguida para a cama, tomando coragem. Ela não recusou nenhum dos convites. Quase não mostrou hesitação. Apesar de ter sido a primeira vez de Tsukuru, tudo correu bem. Não ficou perdido nem nervoso. Ela parecia pensar que Tsukuru tinha experiência sexual suficiente, apesar da idade. Embora, na realidade, ele só tivesse feito amor com mulheres antes em sonho.
 Naturalmente Tsukuru sentia afeição por ela. Era uma mulher atraente e esperta. Não se podia esperar um estímulo intelectual como o proporcionado por Haida,

mas ela era alegre, não tinha frescuras, era muito curiosa e era divertido conversar com ela. Além disso, era sexualmente ativa. Por meio do sexo com ela, ele aprendeu muitas coisas sobre o corpo feminino.

Ela não cozinhava muito bem, mas gostava de manter tudo limpo, e em pouco tempo o apartamento de Tsukuru ficou completamente arrumado e lustrado. As cortinas, os lençóis, as fronhas, as toalhas, o tapete do banheiro, tudo foi trocado por itens novos e limpos. Ela deu cor e ânimo consideráveis à vida de Tsukuru depois da partida de Haida. Mas Tsukuru tinha tomado a iniciativa de se aproximar daquela mulher mais velha, e desejara seu corpo, não por paixão, nem pela afeição que sentia por ela, nem tampouco para aliviar a solidão do dia a dia. Ele fez isso para provar a si mesmo que não era homossexual e que conseguia gozar com uma mulher de carne e osso, sem ser no sonho. O próprio Tsukuru talvez não admitisse, mas esse era seu principal objetivo.

E esse objetivo foi alcançado.

Nos finais de semana ela ia ao apartamento de Tsukuru e passava a noite lá. Assim como Haida fazia até pouco tempo atrás. E os dois faziam amor na cama demoradamente. Às vezes transavam até quase de madrugada. Quando juntavam os corpos, ele procurava pensar somente nela e no corpo dela. Ele concentrava sua consciência no ato, desligava o botão da imaginação e mandava para o mais longe possível tudo o que não havia ali — os corpos nus de Branca e de Preta e os lábios de Haida. Como ela tomava pílula anticoncepcional, ele podia liberar o sêmen dentro dela, sem se preocupar. Ela parecia gostar de transar com ele. Quando atingia o orgasmo, ela emitia um gemido curioso. *Tudo bem, eu sou normal*, Tsukuru dizia a si mesmo. Não teve mais sonhos eróticos.

Essa relação durou cerca de oito meses, e eles se separaram por consentimento mútuo. Isso aconteceu um pouco antes de ele se formar. Já estava decidido a trabalhar na companhia ferroviária, e o emprego temporário no escritório de arquitetura havia terminado. Enquanto se relacionava com Tsukuru, ela mantinha outro namorado, amigo de infância, em Niigata, sua terra natal (essa informação havia sido revelada desde o início), e ia se casar com ele em abril. Vou sair do escritório de arquitetura e morar na cidade de Sanjô, onde meu noivo trabalha. Por isso não vou mais poder vê-lo, ela disse certo dia na cama.

— Ele é uma pessoa muito boa — ela disse, colocando a mão sobre o peito de Tsukuru. — Acho que combina comigo.

— É uma pena que não vou mais vê-la, mas acho que devo lhe desejar felicidades — Tsukuru disse.

— Obrigada — ela disse, e continuou, como se adicionasse uma nota de rodapé em letras pequenas: — Talvez mais cedo ou mais tarde a gente possa se rever.

— Tomara — disse Tsukuru. Mas ele não conseguiu entender direito o que essa nota de rodapé significava. Só lhe ocorreu de súbito: será que com o noivo ela emite o mesmo gemido? E os dois fizeram sexo mais uma vez.

Era verdade que ele lamentava o fato de não poder mais se encontrar com ela uma vez por semana. Para evitar sonhos eróticos realísticos, e para viver de acordo com o tempo atual, ele precisava de uma parceira sexual fixa. Mesmo assim, o casamento dela talvez tivesse sido conveniente para Tsukuru. Pois, por mais que tentasse, ele não conseguia sentir nada além de uma afeição tranquila e um desejo carnal saudável por essa namorada mais velha. Além disso, naquele momento, Tsukuru estava prestes a entrar em uma nova etapa de sua vida.

9

Quando Sara Kimoto ligou para o seu telefone celular, Tsukuru ocupava seu tempo organizando os documentos empilhados sobre a mesa de trabalho, descartando os papéis desnecessários e arrumando alguns objetos acumulados na gaveta. Era quinta-feira, cinco dias depois do último encontro entre eles.

— Você pode falar agora?

— Posso — disse Tsukuru. — Por enquanto hoje está tranquilo, diferente de outros dias.

— Que bom — ela disse. — Será que podemos nos ver rapidamente? Tenho um jantar às sete, mas, se for antes, posso arranjar um tempo. Seria ótimo se você pudesse vir até Ginza.

Tsukuru olhou o relógio. — Acho que consigo chegar às cinco e meia em Ginza. Você pode indicar um lugar?

Ela disse o nome do salão de chá perto do cruzamento do quarto bloco. Tsukuru sabia onde era.

Ele terminou o trabalho antes das cinco, saiu da empresa, pegou a linha Marunouchi na estação de Shinjuku e foi até Ginza. Por sorte, ele estava usando a gravata azul que ganhara de Sara.

Sara já estava no local e o aguardava tomando um café. Sorriu ao notar a gravata que Tsukuru usava. Quando sorria, formavam-se duas linhas charmosas ao redor dos lábios. A garçonete se aproximou, e ele também pediu um café. O salão de chá estava lotado de pessoas que marcavam encontros logo depois do trabalho.

— Desculpe por ter feito você vir tão longe — Sara disse.

— É bom vir a Ginza de vez em quando — falou Tsukuru. — Seria ótimo se pudéssemos jantar com calma em algum lugar depois daqui.

Sara fez um bico com os lábios, e suspirou. — Seria ótimo, mas hoje tenho um jantar de negócios. Estamos recebendo uma pessoa importante da França e a convidamos a um restaurante tradicional *kaiseki*. Eu vou ter de entretê-la. Fico tensa, não consigo saborear a comida, não gosto muito dessas coisas.

De fato nesse dia ela estava vestida com mais esmero que o normal. Usava um tailleur marrom-café de corte elegante e, no centro do broche da lapela, um pequeno diamante cintilava. A saia era curta, e por baixo via-se a meia-calça da mesma cor do tailleur, com estampas delicadas.

Sara abriu a bolsa de verniz castanho-avermelhado sobre o colo e tirou um grande envelope branco. Dentro havia algumas folhas impressas e dobradas. Ela fechou a bolsa com um estalo. Era um som charmoso, capaz de fazer as pessoas em torno virarem sem querer.

— Pesquisei o que os seus quatro amigos estão fazendo e onde estão, como prometi.

Tsukuru se assustou. — Mas não se passou nem uma semana.

— Eu sempre fui rápida no trabalho. E isso não é tão difícil, quando a gente pega o jeito.

— Acho que não tenho condições de fazer isso.

— Cada pessoa tem os seus pontos fortes. Eu não seria capaz de projetar estações.

— Nem de fazer desenhos técnicos.

Ela sorriu. — Não seria capaz nem que vivesse duzentos anos.

— E você descobriu onde os quatro estão? — Tsukuru perguntou.

— De certa forma — ela disse.

— *De certa forma* — Tsukuru repetiu. Essas palavras soaram um pouco estranhas. — O que você quer dizer?

Ela tomou um gole da xícara de café e a devolveu ao pires. Em seguida examinou o esmalte das unhas como se ganhasse tempo. As unhas estavam bonitas, pintadas na cor castanho-avermelhada igual à da bolsa (um pouco mais clara). Posso apostar um mês do meu salário que isso não é coincidência, Tsukuru pensou.

— Me deixe falar na ordem certa. Se não, acho que não vou conseguir explicar direito — disse Sara.

Tsukuru assentiu. — Claro, pode falar como você achar melhor.

Sara explicou rapidamente como fizera a pesquisa. Primeiro, usou a internet. Utilizou todas as ferramentas possíveis de busca como Facebook, Google e Twitter, para seguir os passos da vida dos quatro. Através delas conseguiu descobrir basicamente a situação atual de Azul e de Vermelho. Não foi tão difícil coletar informações a respeito dos dois. Melhor dizendo, eles tomavam a iniciativa para divulgar as próprias informações — a maioria relacionada ao trabalho deles.

— É curioso, se a gente parar para pensar — disse Sara. — Não concorda? Vivemos basicamente em uma era de apatia, mas estamos rodeados de inúmeras informações de outras pessoas. É só querer que conseguimos obtê-las facilmente. Mesmo assim, não sabemos praticamente nada delas.

— A reflexão filosófica combina muito bem com o seu lindo traje de hoje — disse Tsukuru.

— Obrigada — disse Sara, e sorriu.

A busca em relação a Preta não foi tão fácil. Diferentemente de Vermelho e Azul, seu trabalho não exigia que ela divulgasse as próprias informações à sociedade. Mas, através do site relacionado ao departamento de desenho industrial da Universidade de Artes de Aichi, foi finalmente possível descobrir alguns dados sobre ela.

Departamento de desenho industrial da Universidade de Artes de Aichi? Ela tinha entrado no departamento de letras-inglês de uma universidade particular feminina de Nagoia. Mas Tsukuru decidiu não interrompê-la. Apenas guardou a dúvida na cabeça.

— Mesmo assim, as informações sobre ela eram limitadas — disse Sara. — Por isso, liguei para a casa dos pais de Preta. Menti que era colega de classe do ensino médio. Disse que estava editando o boletim da turma e que, se possível, queria saber o endereço atual dela. A mãe dela era muito atenciosa, e me deu várias informações.

— Acho que você deve ter perguntado com jeito — falou Tsukuru.

— Talvez tenha sido isso — disse Sara, modesta.

A garçonete se aproximou para colocar mais café na xícara de Sara, mas ela ergueu a mão e recusou. Quando a garçonete se foi, ela voltou a falar.

— Quanto a Branca, a coleta de informações foi um pouco mais difícil. Não consegui achar nenhuma informação pessoal dela, mas algumas notícias antigas de jornal me forneceram as informações de que precisava.

— Notícias de jornal? — disse Tsukuru.

Sara mordeu os lábios. — É um assunto muito delicado. Por isso, como disse antes, me deixe falar na ordem.

— Desculpe — Tsukuru disse.

— Quero saber antes se, ao descobrir onde os quatro estão agora, você está realmente decidido a se encontrar com eles. Mesmo que, nos fatos que você ainda vai descobrir, estejam contidas algumas informações não muito agradáveis, que farão você se arrepender de as ter descoberto.

Tsukuru assentiu. — Não tenho a menor ideia do que vou descobrir, mas vou me encontrar com eles. Já decidi.

Sara ficou observando o rosto de Tsukuru por um tempo. E disse:

— A Preta, ou Eri Kurono, mora hoje na Finlândia. Quase não volta ao Japão.

— Finlândia?

— Mora com o marido finlandês e duas filhas pequenas em Helsinque. Por isso, se quiser encontrá-la, você tem que ir até lá.

Tsukuru pensou num esboço de mapa da Europa. E disse: — Até hoje, quase nunca viajei. As minhas férias estão acumuladas. Talvez não seja má ideia conhecer de perto as linhas férreas da Escandinávia.

Sara sorriu. — Anotei o endereço e o telefone do apartamento dela em Helsinque. Se quiser saber por que ela se casou com um finlandês e se mudou para lá, você vai ter que pesquisar por si só ou perguntar a ela.

— Obrigado. O endereço e o número de telefone já são suficientes.

— Se você quiser mesmo ir à Finlândia, acho que posso ajudá-lo a organizar a viagem.

— Porque você é uma profissional.

— Competente e habilidosa.

— Claro — disse Tsukuru.

Sara pegou outra folha impressa. — O Azul, ou Yoshio Ômi, é vendedor em uma concessionária da Lexus na cidade de Nagoia. Parece bastante competente, e ultimamente vem ganhando consecutivamente o prêmio de melhor vendedor. Ainda é novo, mas é chefe da seção de vendas.

— Lexus — Tsukuru murmurou para si.

Ele tentou imaginar Azul em um terno de trabalho num showroom iluminado, explicando sorridente ao cliente a textura do banco de couro genuíno e a qualidade da pintura de um sedã de luxo. Não foi fácil imaginar essa cena. Vinha-lhe à mente Azul suado, vestindo o uniforme de rúgbi, tomando chá de cevada gelado direto da chaleira e devorando refeições para duas pessoas com facilidade.

— Não esperava por isso?

— Parece um pouco curioso — disse Tsukuru. — Mas, agora que você falou, talvez pela personalidade de Azul ele tenha mesmo jeito para vendas. Basicamente ele é íntegro, talvez não tão eloquente, mas é um tipo em quem as pessoas sentem uma confiança natural. Não consegue trapacear, e, trabalhando nisso por algum tempo, imagino que acabaria se dando bem.

— Ouvi dizer que o Lexus é um carro confiável e excelente.

— Se ele é um vendedor tão bom assim, talvez eu seja convencido a comprar um Lexus tão logo me encontre com ele.

Sara riu. — Talvez.

Tsukuru se lembrou de que seu pai só andava em um grande Mercedes-Benz. Exatamente a cada três anos ele o trocava por um novo da mesma classe. Ou melhor, mesmo não indo atrás, a cada três anos o revendedor vinha e o trocava pelo último modelo, completamente equipado. O carro não tinha um arranhão sequer, e estava sempre reluzente. Seu pai nunca dirigia. Ele sempre teve motorista. As janelas eram escurecidas para evitar que as pessoas vissem o interior. As rodas brilhavam ofuscantes como moedas novas de prata. As portas se fechavam produzindo um som sólido como se fossem as de um cofre, e o interior do carro era uma verdadeira sala secreta. Quando se sentava no banco traseiro, sentia que se isolava totalmente da sociedade agitada. Desde pequeno, Tsukuru não gostava de andar naquele carro. Era silencioso demais. Ele sempre gostou de estações e trens barulhentos e apinhados de gente.

— Depois de se formar, ele começou a trabalhar em uma concessionária da Toyota, onde obteve ótimos resultados de venda, e foi escolhido para trabalhar no lançamento da marca Lexus no Japão, em 2005. Adeus, Corolla; bem-vindo, Lexus — disse Sara. E mais uma vez examinou rapidamente o esmalte da mão esquerda. — Por isso, não é muito difícil você encontrar Azul. Se você for ao showroom da Lexus, vai encontrá-lo.

— Entendi — disse Tsukuru.

Sara abriu outra página.

— Agora o Vermelho, ou Kei Akamatsu, levou uma vida com altos e baixos. Ele se formou com excelentes notas na faculdade de economia da Universidade de Nagoia, e teve a sorte de conseguir emprego em um grande banco. Um megabanco, para falar a verdade. Mas, por alguma razão, saiu depois de três anos, e entrou em uma empresa financeira de médio porte. É uma empresa de Nagoia que, resumindo, faz empréstimos a pessoas físicas e não tem uma fama muito boa. Foi uma mudança inesperada, mas ele também saiu dali depois de dois anos e meio e, arranjando fundos em algum lugar, começou um negócio que mistura seminários de desenvolvimento pessoal e centro de treinamento de empresas. Ele o chama de *creative business seminar*. Ele desfruta de um sucesso surpreendente hoje, tem um escritório em um arranha-céu no centro de Nagoia e emprega considerável número de funcionários. Se alguém quiser saber em detalhes o conteúdo dos negócios dele, consegue encontrá-lo facilmente na internet. O nome da empresa é Beyond. Parece algo meio *new age*, não?

— *Creative business seminar*?

— A denominação é nova, mas o conteúdo basicamente não muda muito de um curso de desenvolvimento pessoal — disse Sara. — Em resumo, é um curso de lavagem cerebral rápido e acessível para formar trabalhadores obedientes e dedicados. Em vez de livros sagrados usa manuais, e em vez da iluminação ou do paraíso promete promoções e altos salários. Uma nova religião da era do pragmatismo. Mas não possui elementos sobrenaturais como as religiões, e tudo é explicado por meio de teorias e dados numéricos concretos. É muito claro e compreensível. Por isso, não são poucas as pessoas que são motivadas positivamente. Mas isso não muda o fato de que é, basicamente, injeção de hipnose de um sistema de pensamento que atende os próprios objetivos. Eles só reúnem as teorias e os dados condizentes com o objetivo que querem atingir, de modo ardiloso. Mas a reputação da empresa por enquanto é muito boa, e muitas firmas locais têm contrato assinado com ela. Na página da web podemos ver que ela desenvolve programas variados e inovadores que chamam a atenção, desde treinamentos coletivos tipo intensivo para novos funcionários, cursos de verão para reeducação dos funcionários de nível médio em hotéis de luxo e resorts, até refinados almoços de capacitação para os quadros superiores. Pelo menos a embalagem é muito bonita. Ensina aos funcionários jovens principalmente, e de modo enfático, as boas maneiras condizentes com a conduta em sociedade e o desenvolvimento de habilidades de linguagem: é o que diz. Eu, particularmente, quero distância desse tipo de negócio, mas para as empresas deve ser bastante conveniente. Entendeu mais ou menos o tipo de negócio?

— Acho que sim — disse Tsukuru. — Mas, para se iniciar um negócio desse nível, é preciso um considerável fundo inicial. De onde será que Vermelho conseguiu esse dinheiro? O pai dele é um professor universitário bastante íntegro. Até onde sei, não era tão abastado assim e, para começar, não investiria em um negócio tão arriscado.

— Esse ponto é um mistério — disse Sara. — Esse Akamatsu era do tipo que tinha jeito para guru desde o ensino médio?

Tsukuru balançou a cabeça. — Não, ele era mais do tipo pesquisador tranquilo e objetivo. Pensava rápido, tinha capacidade de compreender as coisas a fundo e, quando precisava, se tornava eloquente. Mas no dia a dia ele procurava não mostrar essas qualidades. Talvez a explicação não seja adequada, mas ele era do tipo que bolava os planos nos bastidores, ficando um passo atrás dos outros. Não consigo imaginá-lo aos brados, ensinando e estimulando as pessoas.

— As pessoas podem mudar — afirmou Sara.

— Claro — ele disse. — As pessoas podem mudar. Além disso, por mais íntima que parecesse a nossa relação, e aparentemente conversássemos de modo franco, abrindo os nossos corações, talvez não soubéssemos as coisas mais importantes uns dos outros.

Sara fitou um momento o rosto de Tsukuru. E disse: — De qualquer forma, os dois trabalham em Nagoia. Desde quando nasceram, basicamente nunca deram um passo para fora da cidade. Frequentaram escolas de Nagoia e trabalham em Nagoia. Parece *O mundo perdido*, de Conan Doyle. Nagoia é um lugar tão agradável assim?

Tsukuru não conseguiu responder direito a essa pergunta. Só achou curioso. Se as coisas tivessem sido um pouco diferentes, ele talvez também tivesse levado uma vida sem dar um passo para longe de Nagoia, e não teria nenhuma dúvida em relação a isso.

Sara havia se calado. Dobrou as folhas impressas, guardou-as no envelope e, colocando-o no canto da mesa, tomou um gole de água. E disse, em voz séria:

— Quanto à última, a Branca, ou Yuzuki Shirane, infelizmente ela não tem endereço atual.

— Não tem endereço atual — repetiu Tsukuru, num murmúrio.

Essa também era uma expressão estranha. Entenderia se ela tivesse dito *não sei* o endereço atual dela. Mas não é muito normal dizer que a pessoa *não tem* endereço. Ele pensou por um tempo sobre o significado disso. Será que ela está desaparecida? Não é possível que tenha virado uma sem-teto.

— Infelizmente, ela não está mais neste mundo — disse Sara.

— Não está mais neste mundo?

Por alguma razão, veio à cabeça de Tsukuru a cena de Branca vagando no espaço em um ônibus espacial.

Sara disse: — Ela faleceu seis anos atrás. Por isso ela não tem endereço atual. Ela só tem um túmulo no subúrbio de Nagoia. É muito difícil para mim ter que lhe dar uma notícia dessas.

Tsukuru ficou sem palavras por um tempo. Ele foi perdendo a força, como um saco perde a água por um pequeno furo. O ruído em torno dele foi ficando distante, e apenas a voz de Sara chegava aos seus ouvidos, a muito custo. Mas ela não passava de um eco distante e sem sentido, como uma voz que se ouve no fundo da piscina. Reunindo força com dificuldade, ele ficou de pé no fundo da piscina e ergueu a cabeça da água. Finalmente passou a ouvir direito. Os sons passaram a ter algum significado. Sara estava falando com ele.

— ... não escrevi as circunstâncias da morte dela de propósito. Achei que talvez fosse melhor você descobrir isso à sua maneira. Mesmo que leve tempo.

Tsukuru acenou com a cabeça automaticamente.

Seis anos atrás? Seis anos atrás ela tinha trinta anos. *Só* trinta anos. Tsukuru tentou imaginar Branca com trinta anos. Mas não conseguiu. Ele só conseguia imaginá-la com dezesseis ou dezessete anos. Isso o deixou muito triste. Que coisa. Eu nem consegui envelhecer junto com ela.

    Sara curvou-se para a frente sobre a mesa e pôs sua mão sobre a dele, em silêncio. Era uma mão quente e delicada. Esse contato íntimo deixou Tsukuru feliz, e ele ficou grato, mas, ao mesmo tempo, sentiu que isso acontecia simultaneamente, *por coincidência*, em outro sistema completamente diferente, em um lugar distante.

    — Sinto muito que minha pesquisa tenha terminado desse jeito — falou Sara. — Mas alguém teria que contar isso a você, um dia.

    — Eu sei — disse Tsukuru. Ele naturalmente sabia disso. Mas seu coração precisava de um pouco mais de tempo para alcançar esse fato. Não era culpa de ninguém.

    — Tenho que ir agora — disse Sara, olhando o relógio de pulso. E lhe entregou o envelope. — As informações sobre os seus quatro amigos estão aqui. Mas só escrevi o mínimo necessário. Achei que, antes de tudo, era importante você encontrar e conversar com eles. Os detalhes você vai descobrindo aos poucos.

    — Obrigado por tudo — disse Tsukuru. Levou um tempo para encontrar as palavras adequadas e exprimi-las em voz audível: — Acho que em breve vou poder comunicar o que descobri.

    — Vou esperar o seu contato. Se tiver alguma coisa com que eu possa ajudar, me fale, sem cerimônias.

    Tsukuru lhe agradeceu mais uma vez.

Os dois saíram do salão de chá e se despediram na avenida. Tsukuru observou de pé, na calçada, Sara com tailleur de verão marrom-café acenar e desaparecer em meio ao fluxo de pessoas. Se possível, ele queria ficar mais um tempo com ela. Queria conversar a sós com ela, calmamente. Mas, é claro, ela tinha a vida dela. E, o que era óbvio, ela levava a maior parte da vida em um lugar que ele desconhecia, e a vida dela era constituída de elementos que não tinham relação com ele.

O envelope que Sara lhe entregara estava no bolso interno de seu paletó. Ele continha folhas com o resumo sucinto da vida dos seus quatro amigos, dobradas com precisão. Uma já não está mais *aqui*. Ela se transformou em um punhado de cinzas brancas. O pensamento, a visão, a sensação, a esperança e os sonhos dela: tudo desapareceu, sem deixar vestígios. Restou apenas a lembrança *dela*. Cabelos negros, longos e lisos; dedos bem torneados sobre o teclado do piano; panturrilhas formosas, brancas e lisas como cerâmica (mas estranhamente eloquentes); *Le mal du pays*, de Liszt, que ela tocava. Os pelos pubianos úmidos e os mamilos duros. *Não*, eles nem chegam a ser lembranças. São... não, não vou pensar mais nisso.

Para onde devo ir agora?, Tsukuru pensou, apoiando-se no poste de iluminação. Os ponteiros do relógio de pulso indicavam antes das sete. O céu ainda estava claro, mas as vitrines da avenida aumentavam cada vez mais o brilho, convidativas. Ainda era cedo, e por enquanto não tinha nada urgente para fazer. Não queria voltar para casa ainda. Não queria ficar sozinho em um lugar silencioso. Era só querer que conseguia ir a qualquer lugar. *Praticamente* qualquer lugar. Mas Tsukuru não se lembrou de nenhum lugar concreto para ir.

Nessas horas, como seria bom se pudesse beber, ele pensou. Um homem normal provavelmente entraria em algum bar e tentaria ficar bêbado. Mas o seu corpo não aceitava mais do que determinada quantidade de álcool. A bebida alcoólica lhe proporcionava não uma diminuição da sensibilidade, nem um esquecimento agradável, mas apenas dor de cabeça na manhã seguinte.

E agora, para onde deveria ir?

Em última análise, só tinha um lugar para ir.

Ele caminhou na avenida até a estação de Tóquio. Entrou pela catraca do portão Yaesu e se sentou no banco da plataforma da linha Yamanote. Ele ficou mais de uma hora observando a composição de vagões verdes que chegava e partia praticamente a cada minuto, uma em seguida da outra, vomitando inúmeras pessoas para em seguida engolir apressadamente tantas outras. Naquele momento ele não pensava em nada: seus olhos apenas seguiam absortos a cena. A paisagem não aliviou a dor do seu coração. Mas a repetição o fascinou, como sempre, e pelo menos paralisou a consciência da passagem do tempo.

As pessoas chegavam incessantemente de lugar nenhum, formavam filas alinhadas de forma voluntária, entravam nos trens de modo ordenado e eram levadas a algum lugar. Primeiro, Tsukuru ficou tocado pela quantidade de pessoas que existe *de fato* neste mundo. Ficou igualmente tocado pela quantidade de vagões verdes. Isso lhe pareceu um milagre. Tantas pessoas sendo transportadas em tantos vagões de modo sistemático, como se fosse algo normal. Tantas pessoas com um lugar para ir e um lugar para voltar.

Quando a onda do horário de pico recuou finalmente, Tsukuru Tazaki se levantou devagar, entrou em um dos trens e foi para casa. A dor no coração ainda persistia. Mas, ao mesmo tempo, havia algo que ele tinha de fazer.

10

No final de maio, Tsukuru tirou uma folga no trabalho, emendando com o final de semana, e voltou à casa de sua mãe em Nagoia por três dias. Justamente nessa época aconteceria a cerimônia budista em memória de seu falecido pai, e o momento era oportuno para voltar à cidade natal, em vários sentidos.

Desde que seu pai falecera, sua irmã primogênita e o marido dela moravam na casa espaçosa com a mãe, mas, como ninguém usava o quarto que fora de Tsukuru, ele podia continuar dormindo nele. A cama, a escrivaninha e a estante de livros foram mantidas intactas, como na época da escola. Na estante estavam enfileirados os livros que ele lera. Na gaveta da escrivaninha ainda havia cadernos e materiais de escrita.

No primeiro dia ele participou da cerimônia no templo budista, almoçou com os parentes e teve uma conversa longa com a família. Assim, no segundo dia, já estava livre. Tsukuru decidiu visitar primeiro Azul. Domingo era dia de folga nas empresas comuns, mas o showroom da concessionária estava aberto. Não iria marcar horário, e apareceria de repente diante deles. Ele tinha decidido fazer isso. Não lhes daria tempo de se prepararem psicologicamente, e tentaria extrair deles a reação mais natural possível. Se não conseguisse encontrá-los, ou se eles se recusassem a vê-lo, não teria jeito. Aí iria pensar em outra maneira.

O showroom da Lexus ficava em um quarteirão tranquilo perto do castelo de Nagoia. Os carros novos e vistosos da Lexus, de várias cores, estavam dispostos atrás da grande vitrine; desde o cupê esportivo até o SUV com tração nas quatro rodas. Ao entrar, ele sentiu o cheiro peculiar de carro novo, uma mistura de pneus novos, resina sintética e couro.

Tsukuru se dirigiu ao balcão de recepção e falou com a moça de plantão. Ela tinha os cabelos presos de modo elegante, com a nuca branca e fina à mostra. No vaso sobre a mesa, as grandes flores de uma dália rosa e branca desabrochavam.

— Gostaria de falar com o sr. Ômi — ele disse.

Ela abriu um sorriso bem proporcionado e tranquilo, adequado ao showroom iluminado e impecável. Os lábios eram pintados com um tom natural, e os dentes, bem alinhados. — Pois não, com o sr. Ômi? Desculpe, mas qual é o nome do senhor?

— Tazaki — disse Tsukuru.

— Sim, sr. *Tassaki*. O senhor tem horário marcado?

Ele não tentou corrigir o erro sutil da pronúncia do seu nome. Era melhor assim.

— Não, não marquei horário.

— Então o senhor poderia aguardar um momento? — Ela pressionou o número de discagem rápida e esperou cinco segundos. E disse: — Sr. Ômi, um cliente chamado sr. *Tassaki* está aqui e deseja falar com o senhor. Sim; sr. *Tassaki*.

Não deu para ouvir o que a pessoa do outro lado da linha falava, mas ela respondeu "sim" algumas vezes. No final, disse: "Sim, senhor, entendi."

Ela devolveu o telefone ao gancho, levantou o rosto e disse a Tsukuru: — Sr. *Tassaki*, o sr. Ômi está ocupado agora, e não pode atendê-lo de imediato. Sinto muito, mas poderia aguardar um momento aqui? Ele disse que virá dentro de dez minutos.

O modo de falar dela era bem treinado e fluido. Usava corretamente as expressões de respeito. Parecia que ela realmente lamentava o fato de ter de fazer Tsukuru esperar. Tinha recebido uma boa educação. Ou será que era algo natural dela?

— Tudo bem. Não estou com muita pressa — disse Tsukuru.

Ela conduziu Tsukuru a um sofá de couro preto que parecia muito caro. Havia um vaso com uma gigantesca planta ornamental, e ao fundo podia-se ouvir uma música de Antônio Carlos Jobim. Sobre a mesa comprida de vidro havia catálogos luxuosos da Lexus.

— O senhor aceita café, chá preto ou chá verde?
— Café, por favor — disse Tsukuru.

O café chegou enquanto ele folheava o catálogo do novo sedã da Lexus. Na xícara cor de creme havia a logomarca da Lexus. Ele agradeceu a moça e provou o café. Era saboroso. Tinha um aroma fresco, e a temperatura estava no ponto.

Acho que fiz bem em vir de terno e sapatos de couro, pensou Tsukuru. Ele não fazia ideia de como as pessoas que vão comprar Lexus costumavam se vestir. Mas se eu estivesse de camisa polo, jeans e tênis, talvez fizessem pouco caso de mim. Isso lhe ocorreu antes de sair de casa e, por precaução, vestiu um terno e colocou a gravata.

Em quinze minutos de espera, Tsukuru decorou todas as classes dos carros que estavam à venda. Descobriu que os modelos da Lexus não têm nome como Corolla ou Crown, e as categorias tinham de ser memorizadas pelo número. Como os Mercedes e BMW. Ou as sinfonias de Brahms.

Até que um homem alto cruzou o showroom na direção dele. Tinha ombros largos. Mas, apesar do tamanho, seus movimentos eram ágeis. Andava em passos largos, e de modo sutil indicava uma relativa urgência. Era sem dúvida Azul. Mesmo vendo-o de longe, a impressão que ele causava praticamente não mudara. Só seu tamanho estava um pouco maior. Como uma casa, ampliada à medida que a família cresce. Tsukuru devolveu o catálogo à mesa e levantou-se do sofá.

— Sinto muito por tê-lo feito esperar. Sou Ômi.

Azul ficou em pé diante de Tsukuru, e curvou a cabeça levemente. Seu corpo enorme estava em um terno sem uma ruga sequer. Era um terno elegante de tecido leve, com a mistura de cores azul e cinza. Pelo tamanho dele, deve ter sido feito sob medida. Camisa cinza-claro e gravata cinza-escuro. Traje impecável. Inimaginável para quem o conheceu na época de estudante. Só o cabelo estava curto, como antes. Corte de cabelo de um jogador de rúgbi. E continuava bronzeado.

A fisionomia de Azul mudou um pouco ao observar Tsukuru. Uma leve perplexidade surgiu nos seus olhos. Parecia que ele tinha captado algo familiar no rosto de Tsukuru. Mas não conseguia lembrar direito o que era. Ele aguardava Tsukuru falar, com um sorriso nos lábios, em silêncio.

— Quanto tempo — disse Tsukuru.

Ouvindo essa voz, algo como uma leve suspeita que cobria o rosto de Azul se dissipou de repente. Só a voz não tinha mudado.

— É você, Tsukuru — ele disse, arqueando as sobrancelhas.

Tsukuru concordou com a cabeça. — Me desculpe por ter vindo ao seu trabalho sem avisar. Mas achei que seria melhor assim.

Azul inspirou profundamente com os ombros, e expirou devagar. Depois observou todo o corpo de Tsukuru, como se o examinasse. Seus olhos se moveram devagar de cima para baixo, e depois para cima novamente.

— Você mudou bastante — ele disse impressionado. — Mesmo cruzando com você na rua, não o reconheceria.

— Parece que você não mudou nada.

Azul torceu um pouco a boca grande. — Não, meu peso aumentou. Tenho barriga. Não consigo mais correr rápido. Ultimamente só pratico golfe uma vez por mês, para entreter os clientes.

Houve um momento de silêncio.

— Você não veio até aqui comprar um carro, não é? — Azul perguntou para confirmar.

— Não, não vim comprar um carro. Desculpe. Se puder, queria conversar com você a sós. Pode ser rapidamente.

Azul franziu um pouco as sobrancelhas. Ele estava na dúvida do que fazer. Desde antigamente, sua fisionomia revelava claramente o que se passava na sua cabeça.

— Hoje estou com o horário apertado. Tenho visitas a fazer, e à tarde tenho uma reunião.

— Você pode me indicar um horário conveniente. Estou à sua disposição. Dessa vez vim a Nagoia para isso.

Azul examinou toda a sua agenda mentalmente. E olhou o relógio da parede. Os ponteiros indicavam onze e meia. Ele coçou a ponta do nariz com o dedo, e disse, decidido: — Está bem. Vou almoçar ao meio-dia. Acho que podemos conversar por trinta minutos. Saindo daqui e virando à esquerda, tem um Starbucks. Me espere lá.

Faltando cinco minutos para o meio-dia, Azul apareceu no Starbucks.

— Aqui é barulhento. Vamos comprar uma bebida e ir a um lugar mais calmo — disse Azul. E comprou um cappuccino e um scone. Tsukuru comprou uma garrafa de água mineral. Depois os dois caminharam até um parque próximo. Encontraram um banco vazio e se sentaram.

O céu estava levemente nublado, e não se via o azul em nenhum lugar, mas não parecia que ia chover. Não ventava. Os galhos de salgueiro com abundantes folhas verdes se inclinavam até rente ao chão, e estavam completamente imóveis, como se refletissem profundamente. De vez em quando um pequeno pássaro vinha e pousava no galho instável, mas logo desistia e alçava voo. Os galhos balançavam levemente como um coração perturbado, mas logo se acalmavam.

— Talvez o celular toque no meio da conversa, mas não se preocupe. Tenho alguns negócios para resolver — disse Azul.

— Não tem problema. Sei que você está ocupado.

— O celular é tão conveniente que acaba se tornando um inconveniente — disse Azul. — E você, já casou?

— Não, ainda sou solteiro.

— Me casei seis anos atrás e tenho um filho. Um menino de três anos. O segundo está na barriga da minha mulher, e cresce a cada dia. Está previsto para nascer em setembro. Me disseram que é uma menina.

Tsukuru acenou com a cabeça. — A vida vai de vento em popa, então.

— Não sei se é de vento em popa, mas pelo menos está seguindo em frente, regularmente. Em outras palavras, está ficando difícil voltar atrás. — Azul riu ao dizer isso. — E você, como anda?

— Não aconteceu nada especialmente ruim — assim dizendo, Tsukuru tirou seu cartão de visita da carteira e o entregou a Azul. Pegando-o, ele leu em voz alta.

— Companhia ferroviária ***. Seção de projetos do departamento de instalações.

— Trabalho principalmente com construção e manutenção de estações — disse Tsukuru.

— Você gostava de estações desde antigamente — disse Azul, impressionado. Tomou um gole de cappuccino. — Então você trabalha fazendo o que gosta.

— Como sou assalariado, não consigo fazer só o que gosto. Tenho muitos aborrecimentos.

— Isso acontece em qualquer lugar. Enquanto você trabalhar para alguém, vai se deparar com muitos aborrecimentos — disse Azul. E, como se lembrasse de alguns exemplos pessoais, balançou a cabeça de leve algumas vezes.

— Os Lexus têm muita saída?

— O mercado não está mal. Afinal, estamos em Nagoia. Terra da Toyota. Mesmo não fazendo nada, os carros da Toyota têm muita saída. Mas dessa vez não estamos competindo com Nissans ou Hondas. A meta é atingir a camada que até agora comprava carros importados de luxo, como Mercedes ou BMW, e fazer com que essas pessoas adquiram um Lexus. Para isso a Toyota criou essa marca especial. Talvez demore um pouco, mas vai dar certo, com certeza.

— A opção de perder não existe.

Azul fez uma careta, mas logo em seguida abriu um sorriso. — Ah, do jogo de rúgbi. Cara, você se lembra de cada coisa estranha...

— Você era bom em motivar as pessoas.

— É, mas perdíamos muito. Quanto aos negócios, até que vão bem. Claro que a economia não está muito boa, mas quem tem dinheiro, tem muito. É impressionante.

Tsukuru acenou com a cabeça em silêncio. Azul continuou:

— Eu só dirijo Lexus. É um carro excelente. É silencioso, e não apresenta defeitos. Na pista de teste, cheguei a duzentos quilômetros por hora, mas o volante nem tremeu. Os freios também são muito confiáveis. É incrível. É ótimo recomendar aos outros aquilo que você realmente acha bom. Mesmo que seja bom de papo, você não consegue vender algo que não te convence.

Tsukuru concordou com ele.

Azul encarou Tsukuru. — Você acha que eu falo como um vendedor de carros?

— Não, não acho — disse Tsukuru. Dava para perceber que Azul estava sendo sincero. Mas, por outro lado, era verdade que na época do ensino médio ele não falava daquele jeito.

— E você, dirige? — Azul perguntou.

— Dirijo, mas não tenho carro. Morando em Tóquio, consigo fazer praticamente tudo pegando trem, ônibus e táxi, e no dia a dia uso bicicleta. Quando preciso mesmo, alugo um carro por algumas horas. É diferente de Nagoia.

— É, você tem menos preocupações, e gasta menos — disse Azul. Soltou um leve suspiro. — Não tem problema não ter carro. Mas e a vida em Tóquio, está gostando dela?

— Tenho trabalho e, como moro lá há muitos anos, até que me acostumei com a cidade. Não tenho outro lugar em especial para ir. É só isso. Não que eu goste especialmente de lá.

Os dois permaneceram em silêncio por um tempo. Uma mulher de meia-idade cruzou na frente deles com dois border collie. Alguns corredores passaram na direção do castelo.

— Você disse que queria falar comigo — disse Azul, como se falasse a alguém distante.

— Nas férias de verão do segundo ano da faculdade, voltei a Nagoia e falei com você pelo telefone — Tsukuru começou. — Você então me disse que vocês não queriam mais me ver, e que não queriam mais que eu ligasse. Você falou que era a opinião de todos. Você se lembra disso?

— Claro que me lembro.

— Eu queria saber o motivo — disse Tsukuru.

— *Só agora*, de repente? — disse Azul, um pouco assustado.

— É, só agora. Naquela época eu não consegui fazer essa pergunta. O choque de ouvir aquilo de repente foi muito grande e, ao mesmo tempo, eu tinha medo de saber o motivo de ser rejeitado tão categoricamente. Sentia que, se soubesse do motivo, talvez não conseguisse mais me reerguer. Por isso tentei esquecer tudo. Achei que com o tempo a ferida do coração ia se curar.

Azul arrancou um pequeno pedaço de scone e o colocou na boca. Mastigou-o devagar e tomou cappuccino para fazê-lo descer. Tsukuru continuou:

— Desde então se passaram dezesseis anos. Mas parece que a ferida dessa época ainda continua no meu coração. E parece que ainda continua sangrando. Aconteceu uma coisa um tempo atrás, e percebi isso. Para mim, aquele acontecimento teve um significado bem grande. Por isso vim até Nagoia encontrá-lo. Embora talvez tenha sido uma visita inoportuna e inesperada para você.

Azul observou por um tempo os galhos inclinados do salgueiro. Depois abriu a boca: — Você não faz ideia do motivo?

— Durante dezesseis anos tentei encontrar um motivo. Mas até hoje não consegui.

Azul estreitou os olhos perplexo e coçou a ponta do nariz. Era o seu hábito quando pensava profundamente em algo. — Naquela época, quando falei aquilo, você disse "Tá bom" e desligou o telefone. Nem tentou contestar. Não quis perguntar o motivo. Por isso, naturalmente, achei que você sabia.

— Quando o coração está ferido de verdade, as palavras não saem — disse Tsukuru.

Sem responder, Azul arrancou um pedaço de scone e o jogou na direção dos pombos. No instante seguinte um bando de pássaros se juntou. Parecia que ele estava habituado a fazer aquilo. Ele devia ir sozinho ali no horário do almoço e dividir a comida com os pombos.

— Então, qual foi o motivo? — Tsukuru perguntou.

— Você não sabe de nada, de verdade?

— Não, não sei *de verdade*.

Nessa hora o celular começou a tocar uma melodia alegre. Azul tirou-o do bolso do terno, viu rapidamente quem era e, pressionando o botão sem mudar de expressão, devolveu-o ao bolso. Tsukuru conhecia essa melodia de algum lugar. Era uma música popular muito antiga que fez sucesso provavelmente antes deles nascerem. Tinha ouvido algumas vezes, mas não se lembrava do nome.

— Se você tiver algum assunto para tratar, pode resolver antes — disse Tsukuru.

Azul balançou a cabeça. — Não, tudo bem. Não é tão importante assim. Pode ser depois.

Tsukuru tomou um gole de água mineral da garrafa de plástico e umedeceu o interior da garganta. — Por que eu tive que ser expulso do grupo naquela época?

Azul ficou pensando por um tempo. E disse: — Se você diz que não faz a menor ideia do motivo, então, como posso dizer, significa que você não teve relação sexual com a Branca?

Os lábios de Tsukuru apresentaram uma forma indefinida. — Relação sexual? Claro que não.

— Branca disse que foi estuprada por você — disse Azul, sem jeito. — Que foi obrigada a manter relação sexual com você.

Tsukuru tentou falar algo, mas não conseguiu articular nenhuma palavra. Acabara de tomar água, mas sua garganta estava seca a ponto de doer.

Azul disse: — Eu não consegui acreditar que você seria capaz de fazer isso. Acho que os outros dois também não. Tanto a Preta quanto o Vermelho. Você não parece de jeito nenhum o tipo de gente que obriga alguém a fazer o que não quer. Muito menos fazer essas coisas usando a violência. Sabíamos muito bem disso. Mas Branca falava muito séria, e estava obcecada. Ela disse que você tem duas faces. Que você tem uma face oculta e obscura, inimaginável. Quando ela disse isso, não conseguimos falar mais nada.

Tsukuru ficou um tempo mordendo os lábios. E disse: — Branca explicou como eu a teria violentado?

— Explicou. Até os detalhes, de modo bem realístico. Eu preferia não ter ouvido. Na verdade, foi muito duro para mim ouvir aquilo. Foi duro, e me deixou triste. Não, acho que é mais adequado dizer que o meu coração ficou ferido. De qualquer forma, ela estava muito emotiva. O corpo todo tremia, e estava tomada de uma grande ira, a ponto da fisionomia dela mudar. Segundo a Branca, ela foi sozinha a Tóquio assistir a um concerto de um pianista estrangeiro famoso, e dormiu no seu apartamento de Jiyûgaoka. Ela explicou aos pais que dormiria num hotel, e tentou economizar o dinheiro da hospedagem. Ia passar a noite a sós com um homem, mas não estava preocupada porque seria com você, mas à noite ela foi violentada. Tentou resistir, mas o corpo estava dormente e ela não conseguia se mexer. Tinha tomado um pouco de bebida alcoólica antes de dormir, e talvez tivesse algum remédio dentro dela. Essa é a história que ela contou.

Tsukuru balançou a cabeça. — Para começar, Branca nunca esteve no meu apartamento de Tóquio, muito menos dormiu lá.

Azul encolheu de leve os ombros largos. Fez uma careta como se tivesse colocado algo amargo na boca, e se virou para o lado. E disse: — Eu não tive outra opção a não ser acreditar no que Branca dizia. Ela disse que era virgem. Que foi obrigada a fazer isso, sentiu uma dor terrível e houve sangramento. Não consegui imaginar nenhum motivo para Branca, que era tão tímida, inventar uma história tão real pra gente.

Tsukuru disse ao perfil de Azul: — Mas, mesmo assim, por que vocês não confirmaram essa história diretamente comigo? Poderiam ter me dado uma oportunidade de me explicar. Sem decidir tudo na minha ausência.

Azul suspirou. — Você tem razão, pensando agora. Deveríamos ter nos acalmado e ouvido sua versão antes de tudo. Mas naquela hora não conseguimos. Não tinha clima para isso. Branca estava muito transtornada e alterada. Não sabíamos o que poderia acontecer se continuasse daquele jeito. Por isso, antes de tudo, precisávamos acalmá-la e tranquilizá-la. Nós não acreditamos cem por cento na história dela. Para falar a verdade, havia alguns detalhes estranhos. Mas não parecia tudo ficção. Se ela contava tudo tão detalhadamente, devia ter certa verdade na história. Pensamos assim.

— Por isso, resolveram me cortar.

— Veja, Tsukuru, nós também estávamos chocados e muito confusos. Estávamos feridos. Não sabíamos nem em quem acreditar. Preta foi a primeira a ficar do lado da Branca. Ela exigiu que o cortássemos de vez, como Branca queria. Não é desculpa, mas Vermelho e eu fomos induzidos por ela, ou melhor, acabamos seguindo-a.

Tsukuru soltou um suspiro e disse: — Não sei se você vai acreditar, mas naturalmente eu nunca estuprei Branca, nem mantive relação sexual com ela. Nem me lembro de ter feito algo próximo disso.

Azul meneou a cabeça, mas não disse nada. Acreditando ou não, já tinha se passado muito tempo desde então, Tsukuru pensou. Tanto para os três quanto para o próprio Tsukuru.

O telefone celular de Azul começou a tocar a mesma melodia outra vez. Azul verificou o nome na tela, e disse a Tsukuru:

— Desculpe, posso atender?
— Claro — disse Tsukuru.

Azul levantou-se do banco com o celular na mão e se afastou um pouco. Pelos gestos e pela fisionomia dele, percebia-se que se tratava de um negócio com um cliente.

De súbito, Tsukuru se lembrou do nome da música. Era *Viva Las Vegas*, de Elvis Presley. Mas ela não parecia nem um pouco adequada para ser o toque de celular de um sagaz vendedor da Lexus. Muito vagarosamente, ele sentia a realidade escapar das coisas à sua volta.

Depois Azul voltou e se sentou novamente no banco, ao lado de Tsukuru.

— Me desculpe — ele disse. — Já resolvi.

Tsukuru espiou o relógio de pulso. Já tinham se passado quase trinta minutos, o tempo combinado.

Tsukuru disse: — Por que será que a Branca inventou uma história dessas? E por que tinha que ser eu?

— É, eu não sei — disse Azul. E balançou levemente a cabeça algumas vezes. — Desculpe, cara, mas eu não fazia a menor ideia do que estava acontecendo naquela época, e não sei até hoje.

Azul está confuso: o que é a verdade, e no que acreditar? Isso o deixa perturbado. Ele não está acostumado a ficar perturbado. Seu verdadeiro valor se revela quando ele age dentro de um campo definido, seguindo regras definidas, em companhia de membros definidos.

— Talvez a Preta saiba mais dos detalhes — disse Azul. — Eu tive essa vaga impressão naquela época; de que havia alguma coisa que não fora revelada a nós. Você entende, não é? As mulheres abrem o coração e falam de modo franco sobre esses assuntos entre elas.

— A Preta mora agora na Finlândia — disse Tsukuru.

— Eu sei. Ela me manda um cartão-postal de vez em quando — disse Azul.

Os dois se calaram novamente. Três garotas de uniforme escolar atravessaram o parque, passando na frente do banco dos dois. As colegiais, que balançavam vigorosamente a barra das saias curtas e riam alto, pareciam verdadeiras crianças. Meias brancas e sapatos pretos. Expressão de meninice. Foi muito estranho pensar que até pouco tempo atrás eles tinham a idade delas.

— Cara, sua aparência mudou muito — disse Azul.

— Fazia dezesseis anos que não nos víamos. Claro que mudei.

— Não, não é só por causa do tempo. No começo não percebi que era você. Claro que, olhando bem, dá para perceber. Como posso dizer, você ficou magro e está com um jeito confiante. Suas bochechas diminuíram e seus olhos estão profundos e penetrantes. Antigamente você tinha uma aparência mais rechonchuda e ingênua.

Tsukuru não conseguiu dizer que aquilo era o resultado de ter remoído seriamente sobre a morte por cerca de meio ano, sobre acabar consigo mesmo, e como aqueles dias haviam transformado completamente seu corpo e sua alma. Mesmo que explicasse, nem a metade do sentimento extremo que sentira naquela hora poderia ser transmitida. Se for assim, é melhor não dizer absolutamente nada. Tsukuru continuou calado e aguardou.

Azul disse: — No nosso grupo, você sempre fez o papel de menino bonito que causava boa impressão. Vestia-se bem, usava roupas limpas, cuidava-se e era educado. Sabia cumprimentar devidamente as pessoas, e não falava besteira. Não fumava, quase não bebia, e não se atrasava. Sabia, cara? Nossas mães eram suas fãs.

— Mães? — Tsukuru disse surpreso. Praticamente não tinha nenhuma recordação das mães deles. — E eu nunca fui e nem sou bonito. Minha aparência é enfadonha, sem nenhuma peculiaridade.

Azul encolheu novamente os ombros largos. — Pelo menos entre a gente você era o mais bonito. Dá para dizer que meu rosto tem peculiaridades, mas parece o de um gorila, e Vermelho sem dúvida era um típico crânio de óculos. O que eu quero dizer é que, dentro daquele grupo, cada um desempenhava até que bem o seu papel. É claro, enquanto ele durou.

— Você quer dizer que a gente desempenhava conscientemente um papel?

— Não, acho que não fazíamos tão conscientemente assim. Mas acho que todos tinham uma vaga ideia da posição que ocupavam no grupo — disse Azul. — Eu era o atleta animado, Vermelho, o intelectual de mente brilhante. Branca, a linda donzela, e Preta, a comediante perspicaz. E você era o menino bonito e educado.

Tsukuru pensou a respeito. — Desde aquela época, eu me via como uma pessoa vazia, sem cor, sem peculiaridade. Talvez esse tenha sido o meu papel naquele grupo. Ser vazio.

Azul fez uma cara de dúvida. — Não entendi direito. Qual é o papel de ser vazio?

— Um recipiente vazio. Um pano de fundo incolor. Sem nenhum defeito visível, nem uma qualidade notável. Talvez uma pessoa assim fosse necessária no grupo.

Azul balançou a cabeça. — Não, cara, você não era vazio. Ninguém pensava assim. Como posso dizer, você tranquilizava os nossos corações.

— Tranquilizava os corações de vocês? — Tsukuru perguntou, surpreso. — Como música de elevador?

— Não, não é isso. Não consigo explicar direito, mas, só de você estar ali, nós conseguíamos ser nós mesmos, naturalmente. Você não era de falar muito, mas vivia com os pés firmes no chão, e isso proporcionava uma espécie de estabilidade tranquila ao grupo. Como a âncora do navio. Depois que você saiu, percebemos isso claramente. Que precisávamos da sua presença. Não sei se foi por causa disso, mas depois que você partiu de repente o grupo se separou.

Tsukuru permaneceu calado, sem saber o que falar.

— Cara, em certo sentido, nossa combinação era perfeita. Como os cinco dedos — assim dizendo, Azul levantou a mão direita e abriu os dedos grossos. — Até hoje penso nisso com frequência. Nós cinco complementávamos as partes que faltavam um do outro, naturalmente. Nós oferecíamos as nossas qualidades, e procurávamos compartilhá-las irrestritamente. Essa experiência nunca deverá se repetir na nossa vida. Foi única. Sinto isso. Hoje eu tenho a minha própria família. Amo minha família, claro. Mas, para ser sincero, é difícil ter aquele sentimento natural, sem impurezas, mesmo em relação à família.

Tsukuru permaneceu em silêncio. Azul amassou o saco de papel vazio com a mão grande, como se fosse uma bola dura, e o deixou rolar na mão por um tempo.

— Tsukuru, eu acredito em você — disse Azul. — Que você não fez nada com a Branca. Pensando bem, é óbvio que não. Você não ia fazer uma coisa dessas.

Enquanto Tsukuru pensava na resposta, tocou novamente a melodia do celular no bolso de Azul. *Viva Las Vegas.* Azul verificou quem era e guardou o celular no bolso.

— Desculpe, mas preciso voltar e trabalhar duro para vender os carros. Se não se importar, me acompanhe até o showroom.

Por um tempo os dois caminharam na avenida em silêncio, lado a lado.

Foi Tsukuru quem primeiro abriu a boca: — Por que você escolheu *Viva Las Vegas* como toque do celular?

Azul riu. — Você viu aquele filme?

— Vi muito tempo atrás, num programa noturno da TV. Mas não do começo ao fim.

— É um filme chato, não é?

Tsukuru mostrou um sorriso neutro.

Azul disse: — Três anos atrás, eu fui convidado para participar de uma conferência de vendedores da Lexus nos Estados Unidos, em Las Vegas, por ser um excelente vendedor. Chamam de conferência, mas, resumindo, é uma viagem-prêmio. Depois das reuniões do dia, era só jogo e bebida. *Viva Las Vegas* tocava a toda hora, como se fosse o tema da cidade. Quando ganhei muito dinheiro na roleta, de forma totalmente inesperada, ela estava tocando como música de fundo. Desde então passou a ser meu amuleto da sorte.

— Entendi.

— E o incrível é que ela é útil nos negócios também. Quando essa música começa a tocar no meio de uma conversa, frequentemente os clientes mais velhos se assustam. Você ainda é novo, por que escolheu essa música como toque do celular? E, como resultado, a conversa fica mais animada. Claro que *Viva Las Vegas* não é a música mais famosa de Elvis. Há muitas outras mais importantes, que fizeram mais sucesso. Mas essa é meio imprevisível, e por alguma razão faz as pessoas se abrirem mais. Acabam sorrindo involuntariamente. Não sei por quê, mas acontece isso. Você já foi a Las Vegas?

— Não — disse Tsukuru. — Nunca saí do Japão. Mas estou pensando em ir à Finlândia em breve.

Azul pareceu assustado. Ele fitou o rosto de Tsukuru enquanto caminhava.

— Ah, parece boa ideia. Se pudesse, eu também gostaria de ir. Não vejo a Preta desde o casamento dela. Vou te confessar uma coisa: eu gostava bastante dela — disse Azul. E deu alguns passos olhando para a frente. — Mas agora eu tenho um filho e meio, e muito trabalho a fazer. Preciso pagar o financiamento da casa. Preciso levar o cachorro pra passear todo dia. Não tenho condições de ir à Finlândia. Se encontrar a Preta, mande um olá.

— Vou mandar — disse Tsukuru. — Mas, antes, estou pensando em visitar o Vermelho.

— É? — disse Azul. E mostrou uma expressão ambígua. Os músculos do rosto movimentaram-se de uma forma curiosa. — Faz tempo que não o vejo.

— Por quê?

— Você sabe o tipo de trabalho que ele faz?

— Mais ou menos.

— De qualquer forma, acho melhor eu não falar muito disso agora. Não quero que você tenha uma ideia preconcebida antes de se encontrar com ele. Só posso dizer que não consigo gostar de jeito nenhum do trabalho dele. É por isso que passei a não encontrá-lo muito. O que é uma pena.

Tsukuru seguiu os largos passos de Azul, em silêncio.

— Não significa que eu duvide do caráter dele. Só estou suspeitando do que ele anda fazendo. São coisas diferentes — disse Azul, como se tentasse convencer a si mesmo. — Não, não é bem suspeitar que eu quero dizer. Só não consigo me acostumar com aquela maneira de pensar. De qualquer forma, hoje ele é bem famoso nessa cidade. Ele aparece em vários lugares, em TVs, jornais e revistas, apresentado como um empresário audacioso. Segundo uma revista feminina, é um dos "solteiros na casa dos trinta mais bem-sucedidos".

— Um dos solteiros na casa dos trinta mais bem-sucedidos? — repetiu Tsukuru.

— Inesperado, não? — disse Azul, impressionado. — Nunca ia imaginar que ele fosse aparecer numa revista feminina.

— A propósito, qual foi a causa da morte da Branca? — disse Tsukuru, mudando de assunto.

Azul parou abruptamente no meio da avenida. Ele interrompeu os movimentos e ficou paralisado como uma estátua. A pessoa que vinha atrás quase esbarrou nele. Ele fitou Tsukuru nos olhos.

— Espere um pouco. Você não sabe nem como a Branca morreu, *de verdade*?

— Como ia saber? Até a semana passada eu nem sabia que ela tinha morrido. Ninguém nunca me avisou.

— Você não lê jornal?

— Dou uma olhada rápida. Mas não me lembro de ter visto uma notícia sobre isso. Não sei o que aconteceu, mas acho que os jornais de Tóquio não noticiaram muito.

— Sua família também não sabe de nada?

Tsukuru apenas fez que não com a cabeça.

Azul pareceu chocado e voltou a andar rápido sem nada dizer, olhando para a frente. Tsukuru o seguiu. Depois de um tempo, Azul falou:

— Depois de se formar na faculdade de música, Branca deu aulas de piano na casa dos pais por um tempo. Mas depois se mudou para a cidade de Hamamatsu, onde passou a morar sozinha. Dois anos depois, foi descoberta estrangulada no apartamento. Quem a encontrou foi a mãe dela, que tinha ficado preocupada porque não conseguia falar com ela e decidiu ver o que estava acontecendo. A mãe nunca mais se recuperou do choque. Até hoje não descobriram o assassino.

Tsukuru ficou pasmo. Estrangulada?

Azul disse: — Ela foi descoberta morta em 12 de maio, seis anos atrás. Nessa época quase não nos encontrávamos mais. Por isso, não sei direito que tipo de vida ela levava em Hamamatsu. Nem sei por que ela se mudou para lá. Ela foi descoberta três dias depois da sua morte. Ficou três dias no chão da cozinha, sem ninguém saber.

Azul continuou a falar enquanto caminhava:

— Fui ao enterro dela em Nagoia, e não consegui conter as lágrimas. Senti que parte do meu corpo tinha morrido e virado pedra. Mas, como falei, nosso grupo já estava desfeito naquela época. Como todos nós já tínhamos virado adultos, cada um levando a vida em lugares diferentes, isso era, de certa forma, inevitável. Não éramos mais colegiais ingênuos. Mas foi triste ver que as coisas que antes tinham um significado estavam perdendo a cor aos poucos e desaparecendo. Afinal, tínhamos passado juntos aquele período tão resplandecente, e crescido juntos.

Quando inspirou, Tsukuru sentiu uma dor abrasadora nos pulmões. Não conseguiu articular as palavras. Teve a sensação de que sua língua se dilatava, enrolava-se e obstruía a boca.

Viva Las Vegas começou a tocar de novo, mas desta vez Azul a ignorou e continuou andando. A melodia inoportuna tocou alegremente no bolso dele por um tempo, e depois parou.

Quando chegaram à entrada do showroom da Lexus, Azul estendeu sua mão enorme e segurou a de Tsukuru. Era um aperto firme. — Foi bom ter encontrado você — ele disse, olhando fixamente os olhos de Tsukuru. Fitar a pessoa de frente, apertar a mão com força. Isso não tinha mudado.

— Me desculpe tê-lo incomodado no trabalho — finalmente Tsukuru conseguiu falar.

— Não tem problema. Quero me encontrar com você com mais calma, quando tiver mais tempo. Sinto que temos muitas coisas para conversar. Quando vier a Nagoia, me avise com antecedência.

— Vou avisar. Acho que podemos nos ver em breve — disse Tsukuru. — A propósito, você se lembra da música que Branca costumava tocar no piano? É uma música calma de cinco ou seis minutos, *Le mal du pays*, de Franz Liszt.

Azul pensou um pouco e balançou a cabeça. — Se ouvir a melodia, talvez eu lembre. Mas não de nome; não entendo muito de música clássica. O que tem ela?

— Não, é que me lembrei agora — disse Tsukuru. — Tenho só mais uma pergunta. O que significa Lexus?

Azul riu. — Muitas pessoas fazem a mesma pergunta, mas essa palavra não tem nenhum significado. É inventada. Foi criada por uma agência de publicidade de Nova York, a pedido da Toyota. Queriam uma palavra que tivesse ar de superioridade, que parecesse significativa e soasse bem. Estamos em um mundo curioso. Tem pessoas que suam a camisa para construir estações com cuidado, e outras que inventam uma palavra do nada e cobram caro por isso.

— Isso costuma ser chamado de "sofisticação industrial". É a tendência da época — disse Tsukuru.

Azul abriu um grande sorriso. — Vamos nos esforçar para não sermos deixados pra trás.

E se despediram. Azul entrou no showroom, enquanto apanhava o celular do bolso.

Talvez nunca mais eu encontre Azul, pensou Tsukuru, enquanto aguardava o sinal do cruzamento abrir. Trinta minutos talvez tivesse sido um tempo curto demais para dois velhos amigos se encontrarem depois de dezesseis anos. Muitas coisas não haviam sido ditas. Mas, ao mesmo tempo, Tsukuru sentia que não havia mais nada de importante a ser dito entre eles.

Em seguida Tsukuru tomou um táxi, foi à biblioteca e pediu a edição de tamanho reduzido dos jornais de seis anos atrás.

11

No dia seguinte, segunda-feira, Tsukuru visitou o escritório de Vermelho às dez e meia da manhã. Ele ficava a cerca de cinco quilômetros do showroom da Lexus. Ocupava metade do oitavo andar de um moderno prédio comercial envidraçado. Outra metade era ocupada por uma famosa empresa farmacêutica alemã. Como no dia anterior, Tsukuru vestia o terno escuro e usava a gravata que ganhara de Sara.

Na entrada havia uma grande logomarca elegante com o nome Beyond. O escritório era iluminado, espaçoso e limpo. Na parede da recepção havia uma grande pintura abstrata com muitas cores primárias. Seu significado não era claro, mas também não era tão difícil de entender. Não havia nenhum ornamento além da pintura. Nem flores, nem vasos. Ao observar a entrada, não se podia imaginar que tipo de negócio a empresa desenvolvia.

Quem o atendeu na recepção foi uma moça com pouco mais de vinte anos, de cabelos bonitos, perfeitamente curvados nas pontas. Um broche de pérola adornava seu vestido azul-claro de mangas curtas. Parecia uma garota criada com carinho e saúde em um lar próspero, alegre. Ao receber o cartão de visita de Tsukuru, abriu um grande sorriso e apertou delicadamente o ramal interno do telefone, como se pressionasse o nariz macio de um cão grande.

Depois de um tempo a porta dos fundos se abriu e surgiu uma mulher de aparência robusta. Tinha cerca de quarenta e cinco anos, usava terno escuro com ombros largos e sapatos pretos de salto grosso. O curioso era que seu rosto não tinha defeitos. Tinha cabelos curtos, queixo forte e parecia extremamente competente. No mundo há algumas mulheres de meia-idade que parecem competentes em qualquer assunto, e aquela era uma delas. Se fosse atriz, poderia interpretar o papel de uma experiente enfermeira-chefe, ou dona de um bordel de luxo.

Analisando o cartão que Tsukuru lhe entregara, ela mostrou uma leve desconfiança no rosto. O que o chefe-adjunto da seção de projetos do departamento de instalações de uma companhia ferroviária de Tóquio desejaria com o presidente da Creative Business Seminar de Nagoia? Sem marcar horário, ainda por cima. Mas ela não perguntou nada sobre o motivo da visita.

— Sinto muito, mas poderia aguardar um momento? — ela disse, mostrando um sorriso mínimo. Pediu que Tsukuru se sentasse e desapareceu na mesma porta pela qual viera. Era uma cadeira simples de couro branco e estrutura cromada, de design escandinavo. Era bonita, limpa, serena e sem o menor calor. Como o sol da meia-noite com chuva fina. Tsukuru esperou sentado ali. A moça da recepção continuava trabalhando diante do laptop. De vez em quando olhava para Tsukuru e dava um sorriso, como se o encorajasse.

Era uma moça que ele encontrava bastante em Nagoia, assim como a garota da recepção da Lexus. Tem um rosto bem proporcionado e se veste bem. Causa boa impressão. Os cabelos estão sempre recurvados e bonitos. Estuda letras-francês em uma universidade feminina particular e cara, e arranja um emprego de recepcionista ou secretária em uma firma local assim que se forma. Trabalha por algum tempo, viajando a Paris uma vez por ano com as amigas para fazer compras. Até que encontra ou lhe é apresentado um funcionário com futuro promissor. Ela se casa e para de trabalhar. Depois se dedica exclusivamente a colocar os filhos em uma escola particular famosa. Sentado na cadeira, Tsukuru imaginou o tipo de vida que ela levaria.

A secretária de meia-idade voltou em mais ou menos cinco minutos, e conduziu Tsukuru à sala de Vermelho. O sorriso de seu rosto estava um grau mais amistoso. Nele havia respeito e simpatia pela visita que apareceu sem marcar horário, mas que mesmo assim seu chefe aceitou receber. Provavelmente era raro isso acontecer.

Ela seguia na frente, e seus passos pelo corredor eram largos, o som produzido pelos seus sapatos era duro e preciso, como o de um ferreiro diligente no início da manhã. No corredor havia algumas portas de vidro opacas e espessas, mas não se ouvia vozes nem ruídos vindos dali. Era outro mundo se comparado com o trabalho de Tsukuru, onde os telefones tocavam sem parar, a porta se abria e se fechava a toda hora e sempre tinha alguém gritando.

A sala de Vermelho era inesperadamente pequena em relação ao tamanho da empresa. Havia uma mesa de design escandinavo, um pequeno conjunto de sofás e poltronas e um armário de madeira. Sobre a mesa havia um abajur de aço inoxidável que parecia um objeto de arte, além de um MacBook. Sobre o armário havia um aparelho de som da B&O e, na parede, uma grande pintura abstrata também composta por cores primárias em abundância. Parecia ser do mesmo artista do quadro da recepção. As janelas eram grandes e davam para a avenida, mas não se ouvia nenhum barulho. A luz do sol de início de verão caía sobre o tapete sem estampas. Era uma luz refinada e sutil.

A sala era simples e tudo nela combinava. Não havia nada em excesso. Cada um dos móveis e aparelhos custava caro, mas ao contrário do showroom da Lexus, que ostentava exuberância, tudo estava disposto de forma discreta. Um anonimato caro, esse parecia ser o conceito básico do escritório.

*

Vermelho se levantou da cadeira para receber Tsukuru. Sua aparência havia mudado muito desde os seus vinte anos. A altura continuava a mesma, um pouco menos de um metro e sessenta, mas os cabelos estavam visivelmente ralos. Ele sempre tivera cabelos finos, e agora eles estavam mais finos ainda, deixando a testa exposta e o formato da cabeça mais visível. Como se compensasse os poucos cabelos, ele agora usava uma barba cheia e muito negra. Os óculos de armação estreita de aros metálicos combinavam muito bem com seu rosto comprido e oval. Continuava esguio, e não tinha gordura excessiva em nenhuma parte do corpo. Usava camisa branca de listras finas e gravata de malha marrom. As mangas da camisa estavam arregaçadas até o cotovelo. Usava calça chino creme e loafers marrons de couro macio, sem meias. Sugeria um estilo de vida casual e livre.

— Me desculpe por ter vindo tão de repente, logo pela manhã — Tsukuru começou. — Achei que, se avisasse, você não iria me receber.

— Como não? — disse Vermelho. E estendeu a mão para cumprimentar Tsukuru. Diferentemente de Azul, sua mão era pequena e macia. O aperto era suave, mas sincero. Não era superficial. — Claro que não vou recusar uma visita sua, cara. Sempre vou te receber com prazer.

— Você não está muito ocupado?

— Tenho muito trabalho, sim. Mas essa é a minha empresa, e não tenho nenhum chefe. Tenho flexibilidade para decidir meu horário e sou livre para estender ou reduzir o tempo de alguma tarefa. É claro que no final as contas têm de fechar. E não posso aumentar a quantidade de horas no dia; só Deus pode. Mas posso fazer alguns ajustes parciais, claro.

— Se tiver tempo, gostaria de ter uma conversa particular com você — disse Tsukuru. — Se estiver ocupado agora, posso voltar outra hora, quando for mais conveniente.

— Não precisa se preocupar com o horário. Você teve o trabalho de vir até aqui. Vamos conversar agora com calma.

Tsukuru se sentou no sofá de couro preto para duas pessoas, e Vermelho na poltrona à sua frente. Entre os dois havia uma pequena mesa ovalada, e sobre ela um cinzeiro de vidro que parecia pesado. Vermelho pegou o cartão de visita de Tsukuru mais uma vez e o fitou estreitando os olhos como se o examinasse em detalhes.

— Entendi. Então Tsukuru Tazaki está construindo estações, como desejava.

— Gostaria de responder que sim, mas infelizmente não tenho muita oportunidade de construir novas estações — respondeu Tsukuru. — Não é fácil construir novas linhas de trem na região metropolitana. A maior parte do meu trabalho é reformar e consertar estações existentes. Eliminar barreiras, construir banheiros multifuncionais e grades de proteção nas plataformas, ampliar as lojas dentro das estações, fazer ajustes para a interconexão com as linhas de outras companhias ferroviárias... Como a função social das estações está mudando, temos muito trabalho a fazer.

— De qualquer forma, seu trabalho está relacionado com estações.

— Está.

— E você se casou?

— Ainda não.

Vermelho cruzou as pernas e limpou com a mão um fiapo na barra da calça. — Eu me casei uma vez. Quando tinha vinte e sete anos. Mas me separei depois de um ano e meio. Desde então estou solteiro. Me sinto melhor assim. Não desperdiço meu tempo. Você também é assim, cara?

— Não, não é bem assim. Não vejo problema em casar. Tenho tempo de sobra. Só não encontrei a pessoa certa ainda.

Ele se lembrou de Sara. Com ela, talvez ele quisesse se casar. Mas Tsukuru não a conhecia bem ainda. Ela também não o conhecia. Ambos precisavam de um pouco mais de tempo.

— Pelo visto, seus negócios vão de vento em popa — disse Tsukuru. E olhou a sala limpa à sua volta.

Na adolescência, Azul, Vermelho e Tsukuru chamavam um ao outro de "cara". Mas, encontrando-se com eles depois de dezesseis anos, Tsukuru percebeu que já não estava mais acostumado àquele tratamento familiar. Os dois continuavam chamando Tsukuru de "cara", como antes, mas Tsukuru não conseguia fazer o mesmo. Essa informalidade toda já não era mais natural para ele.

— É, por enquanto os negócios vão bem — disse Vermelho. E deu uma tossida. — Você sabe o que a gente faz na nossa empresa?

— Mais ou menos. Mas só se a informação da internet estiver correta.

Vermelho riu. — Ela não traz mentiras. É aquilo mesmo. Mas é claro que a parte mais importante não está escrita. Ela só existe aqui dentro. — Ao dizer isso, Vermelho deu umas batidas na têmpora com o dedo. — É como um chef. Ele não coloca na receita a informação essencial.

— Capacitação e treinamento dos funcionários das empresas, que são os clientes. Pelo que entendi, essa é a principal atividade do seu negócio.

— Exatamente. Nós treinamos novos funcionários e reeducamos os funcionários de médio escalão. Oferecemos esse tipo de serviço às empresas. Elaboramos um programa personalizado de acordo com o pedido do cliente, e realizamos um trabalho eficiente, profissional. Assim, as empresas conseguem economizar tempo e trabalho.

— Terceirização da formação dos funcionários — disse Tsukuru.

— Exatamente. Tudo começou a partir de uma ideia minha. Acontece muito em histórias em quadrinhos, não é? Uma lâmpada se ilumina sobre a cabeça do sujeito. Aconteceu comigo. Quanto ao capital, o presidente de uma empresa de empréstimos que me conhece confiou e investiu em mim. Consegui começar esse negócio só porque, por acaso, tive um patrocinador.

— Mas de onde surgiu essa ideia?

Vermelho riu. — Não é uma história tão incrível assim. Eu terminei a faculdade e comecei a trabalhar em um grande banco, mas o trabalho era muito chato. Os chefes eram todos muito incompetentes. Só enxergavam um palmo à frente do nariz, só queriam proteger os próprios interesses, e não tinham visão de futuro. Se o banco número um do Japão é assim, então o futuro do país é desolador, pensei. Me segurei e continuei trabalhando por três anos, mas a situação não melhorou. Até piorou. Então larguei o emprego e comecei a trabalhar em uma empresa de empréstimo financeiro. O presidente gostou muito de mim e me convidou para trabalhar com ele. Ao contrário do banco, eu tinha liberdade para fazer muitas coisas, e o trabalho era interessante. Mas nessa empresa eu também não me dei bem com os chefes, pedi desculpas ao presidente e saí depois de pouco mais de dois anos.

Vermelho tirou um maço vermelho de Marlboro do bolso. — Posso fumar?

— Claro que pode.

Vermelho colocou o cigarro na boca e o acendeu com um pequeno isqueiro de ouro. Puxou a fumaça devagar, estreitando os olhos, e a soltou. — Sei que preciso parar, mas não consigo. Se parar, não consigo trabalhar. Você já tentou alguma vez parar de fumar?

Tsukuru nunca fumara um cigarro sequer na vida.

Vermelho continuou: — Acho que não tenho inclinação para receber ordens de outras pessoas. Mas não pareço ser assim, e nem mesmo eu tinha percebido esse meu lado, até sair da faculdade e começar a trabalhar. Mas não dá mesmo. Quando recebo ordens sem sentido de pessoas incompetentes, logo perco a cabeça. Eu quase posso ouvir ela explodindo. Gente assim não consegue ser funcionário assalariado. Por isso decidi que tinha que começar um negócio próprio.

Vermelho parou de falar e observou a fumaça ligeiramente púrpura que se erguia de sua mão como se recuperasse uma lembrança antiga.

— Outra coisa que aprendi como funcionário é que a maioria das pessoas não sente muita resistência em receber e seguir ordens dos outros. Elas sentem até alegria. Claro que muitas reclamam, mas não é do fundo do coração. Só resmungam por hábito. Mas elas ficam perdidas se alguém lhes disser: Pensem com a própria cabeça e decidam, assumam a responsabilidade. Então me dei conta de que poderia transformar isso num negócio. É fácil. Entendeu?

Tsukuru se manteve calado. Ele não esperava a sua opinião.

— Então fiz uma lista de tudo o que consegui me lembrar do que não gostava, do que não queria fazer, do que não queria que fizessem comigo. E, com base nela, bolei um programa para formar de modo eficiente funcionários que trabalham sistematicamente seguindo ordens superiores. Eu disse bolar, mas, se analisar bem, é na verdade um *plágio* de vários lugares. O treinamento que recebi quando entrei no banco foi bastante útil. Acrescentei métodos de seitas religiosas e seminários de desenvolvimento pessoal. Pesquisei também o conteúdo de negócios parecidos, que fazem sucesso nos Estados Unidos. Li muitos livros de psicologia. Também foram úteis vários trechos do manual das SS nazistas e dos recrutas do corpo de fuzileiros navais dos Estados Unidos. Depois que saí do meu último emprego, mergulhei de cabeça na criação desse programa, por meio ano. Desde criança sou bom em trabalhar e focar em um só assunto.

— E você tem uma mente brilhante.

Vermelho deu um sorriso irônico. — Obrigado. Isso não poderia ser mencionado pela minha própria boca.

Ele tragou o cigarro mais uma vez e depositou as cinzas no cinzeiro. Em seguida levantou o rosto e olhou Tsukuru.

— O objetivo das seitas religiosas e dos seminários de desenvolvimento pessoal é em geral obter dinheiro. Para isso eles fazem lavagem cerebral usando métodos bem rudes. Nós não fazemos isso. Se adotarmos métodos suspeitos como esses, não seremos aceitos pelas grandes empresas. Também não tomamos medidas drásticas, usando a força. Mesmo que elas produzam efeitos notáveis por um tempo, não será duradouro. É importante impor a disciplina, mas o programa em si deve ser sempre científico, prático e refinado. Deve estar dentro dos níveis de tolerância do senso comum da sociedade. E o seu efeito deve ter certa durabilidade. Nossa meta não é formar zumbis, mas formar trabalhadores que ajam conforme os desejos da empresa, acreditando no seguinte mote: Estou pensando com a minha própria cabeça.

— É uma visão de mundo bastante cínica — disse Tsukuru.

— Acho que dá pra ver por esse lado.

— Mas você não consegue impor disciplina a todos aqueles que recebem o treinamento, não é?

— Claro. Não são poucos os que não aceitam o nosso programa de jeito nenhum. Eles podem ser divididos em dois grupos. O primeiro é o de pessoas antissociais. Os *outcasts*, em inglês. Já de início essas pessoas recusam tudo o que seja construtivo. Ou são contra serem integradas dentro da disciplina de um grupo. É perda de tempo lidar com essa gente. Nós pedimos que se retirem. Outro grupo é o de pessoas que conseguem pensar *de verdade* com a própria cabeça. Elas podem continuar assim. É melhor não tentar mudá-las. Todo sistema precisa de *elites* como elas. Se tudo correr bem, elas ocuparão uma posição de liderança no futuro. Mas no meio desses dois grupos há uma camada que age obedientemente seguindo as ordens de cima, e a maior parte da população se enquadra nela. Estimo que seja mais ou menos oitenta e cinco por cento de toda a população. Portanto, desenvolvemos nosso negócio tendo como *material humano* esses oitenta e cinco por cento.

— E os negócios vão bem, conforme o esperado.

Vermelho assentiu. — É, por enquanto está crescendo como calculei. Começou como uma pequena empresa com dois, três funcionários, mas hoje temos condições de ter um escritório desse porte. O nome até que é bem conhecido.

— Você montou uma lista das coisas que não queria fazer e das que não queria que os outros fizessem com você, analisou-a e a transformou em um negócio. Isso foi o começo de tudo.

Vermelho assentiu. — Exatamente. Não é difícil ver o que você não quer fazer e o que não quer que os outros façam com você. Assim como não é difícil ver o que você quer fazer. A diferença é ser negativo ou positivo. É só uma questão de vetor.

Não consigo gostar de jeito nenhum do trabalho dele, Tsukuru se lembrou dessas palavras de Azul.

— Mas talvez um dos significados desse seu negócio seja uma vingança pessoal contra a sociedade. Como um membro da elite com inclinação para ser *outcast* — disse Tsukuru.

— Talvez sim, em certo sentido — disse Vermelho. E riu alegremente, estalando os dedos. — Grande sacada. Ponto para Tsukuru Tazaki!

— E você é o organizador desses programas? Fala na frente das pessoas?

— É, no começo eu fazia tudo sozinho. Afinal, só podia contar comigo mesmo. Você consegue me imaginar fazendo isso?

— De jeito nenhum — disse Tsukuru, com sinceridade.

Vermelho riu. — Mas, cara, até que sou bom nisso. É estranho eu mesmo falar isso, mas tenho jeito para a coisa. É claro que é tudo fingimento, mas eu falava de forma emotiva e convincente. Só que já não faço mais isso. Não tenho perfil para guru. Sou empresário. Tenho muita coisa pra fazer. Hoje eu formo instrutores e deixo todo o trabalho prático nas mãos deles. Ultimamente recebo muitos convites para fazer palestras. Sou convidado para falar em eventos das empresas e seminários de carreira profissional das faculdades. Além disso, estou escrevendo um livro a pedido de uma editora.

Vermelho parou de falar e esmagou o cigarro no cinzeiro.

— Nesse tipo de negócio, uma vez que você pega o jeito, o resto não é tão difícil. Basta produzir um panfleto esplêndido, listar efeitos admiráveis e ter um escritório elegante, no melhor bairro. Além de equipá-lo com móveis de bom gosto e contratar funcionários competentes e de boa aparência pagando altos salários. O importante é a imagem. Para isso não podemos poupar investimento. E a propaganda boca a boca é fundamental. Uma vez tendo uma boa reputação, o resto vai no embalo. Mas decidi que não vou mais ampliar os negócios por enquanto. Vou trabalhar somente com as empresas de Nagoia e proximidades. Não posso me responsabilizar pela qualidade do trabalho se ele não estiver ao alcance da minha vista.

Então Vermelho fitou Tsukuru de maneira inquisitiva:

— Você não deve ter interesse nenhum no meu negócio, não é?

— Só acho curioso. Na adolescência, nem imaginava que você fosse começar algo assim.

— Nem eu. — Vermelho riu. — Eu achava que ia continuar na faculdade e virar professor. Mas na faculdade eu descobri que não tinha nenhuma inclinação para a pesquisa. É um mundo extremamente chato e estagnado. Não quero viver o resto da vida assim, pensei. E, quando saí da faculdade e comecei a trabalhar, descobri que não tinha inclinação para ser funcionário. Minha vida foi uma sequência de tentativas e erros. Mas, como pode ver, de certa forma encontrei meu lugar e estou sobrevivendo. E você? Está satisfeito com o seu trabalho?

— Não muito. Mas não tenho nenhuma insatisfação em especial — Tsukuru disse.

— Porque o seu trabalho tem relação com estações?

— É. Usando a sua expressão, de certa forma estou no lado positivo.

— Já teve dúvidas em relação ao seu trabalho?

— No dia a dia só construo o que é visível. Não tenho tempo para ter dúvidas.

Vermelho sorriu. — Que maravilha. É típico de você.

Um silêncio caiu sobre os dois. Vermelho girava devagar o isqueiro de ouro na mão, mas não acendeu outro cigarro. Ele deve ter um número fixo para fumar por dia.

— Você veio até aqui porque queria conversar comigo, não é? — perguntou Vermelho.

— Sim, sobre o passado — disse Tsukuru.

— Está bem, vamos falar sobre o passado.

— É sobre a Branca.

Vermelho ergueu as sobrancelhas por trás dos óculos e passou a mão na barba. — Imaginava que seria sobre isso. Desde quando a secretária me deu seu cartão.

Tsukuru continuou calado.

— Foi triste o que aconteceu com a Branca — Vermelho disse com a voz calma. — Ela não conseguiu levar uma vida muito divertida. Era bonita e tinha muito talento para a música, mas sua morte foi cruel.

Tsukuru não pôde deixar de sentir uma leve resistência ao fato de a vida de Branca se resumir a apenas duas ou três linhas desse jeito. Mas talvez existisse entre eles algo como uma defasagem de tempo. Tsukuru soubera da morte de Branca só alguns dias antes, enquanto Vermelho vivera com esse fato durante seis anos.

— Talvez já não faça mais sentido, mas, em todo caso, eu queria esclarecer um mal-entendido — disse Tsukuru. — Não sei o que a Branca disse, mas eu não abusei dela. Nunca tive nenhuma relação dessa natureza com ela, nem nada parecido.

Vermelho disse: — Na minha opinião, a verdade é como uma cidade soterrada na areia. Em alguns casos a areia se acumula com o tempo, e em outros ela é soprada para longe e a cidade mostra gradualmente a sua forma. Seu caso pertence sem dúvida ao último exemplo. Você disse que quer esclarecer o mal-entendido, mas, para começar, você não é o tipo de gente que faria aquilo. Sei muito bem disso.

— Sabe muito bem? — Tsukuru repetiu as palavras de Vermelho.

— Sei muito bem *agora*, eu quis dizer.

— Porque a areia acumulada foi soprada para longe?

Vermelho assentiu. — É.

— Parece que estamos falando de história antiga.

— Em certo sentido estamos falando de história antiga.

Tsukuru observou por um tempo o rosto do velho amigo sentado à sua frente. Mas não conseguiu perceber nada parecido com emoção.

— A memória pode ser escondida, mas a história não pode ser mudada. — Tsukuru se lembrou das palavras de Sara e as repetiu em voz alta.

Vermelho concordou com a cabeça algumas vezes. — Exatamente. A memória pode ser escondida, mas a história não pode ser mudada. É exatamente isso o que eu quero dizer.

— Mas, de qualquer forma, vocês todos me cortaram naquele momento. De forma categórica, sem piedade — disse Tsukuru.

— É, você tem razão. Esse é um fato histórico. Não quero me justificar, mas naquela época não tínhamos outra opção. A história da Branca era muito convincente. Ela não estava fingindo. Ela estava ferida *de verdade*. A dor que sentia era real, e o sangue que escorria também era real. Não tinha clima para levantarmos dúvidas de qualquer natureza. Mas, depois de cortar você, quanto mais tempo passava, mais ficávamos confusos.

— Como assim?

Vermelho cruzou os dedos das mãos sobre o colo e refletiu por cinco segundos. E disse:

— No começo foram pequenos detalhes. Algumas coisas insignificantes que não faziam sentido. Coisas que achamos estranhas. Mas não ligamos muito. Eram coisas sem muita importância. Mas aos poucos elas foram aumentando, quase que diariamente, e depois elas se tornaram bastante notáveis. Então pensamos: tem alguma coisa errada aqui.

Tsukuru aguardou em silêncio.

— Branca provavelmente sofria de alguma doença psicológica — Vermelho disse, escolhendo cuidadosamente as palavras, apanhando o isqueiro de ouro sobre a mesa. — Não sei se era algo momentâneo ou se ela tinha inclinação para isso. Mas, pelo menos naquela época, ela estava um pouco *estranha*. Branca tinha um talento excepcional para a música, sem dúvida. Ela conseguia interpretar de modo habilidoso belas composições. Para nós, era algo formidável. Mas, infelizmente, não era o nível de talento que ela precisava. Ela poderia se dar bem em um pequeno mundo, mas não tinha talento para sair para um mundo mais amplo. Por mais árduo que ela treinasse, não conseguia alcançar o nível que havia estabelecido para si mesma. Como você sabe, Branca era séria e introvertida. Depois que entrou na faculdade de música, a pressão foi aumentando cada vez mais. E esse lado esquisito dela se manifestou aos poucos.

Tsukuru concordou. Mas não disse nada.

— Isso acontece com frequência — disse Vermelho. — É uma pena, mas no mundo da arte isso acontece muito. O talento é como um tipo de recipiente. Por mais que a pessoa se esforce, é difícil mudar o seu tamanho. E nele não cabe água acima de uma determinada quantidade.

— Talvez isso aconteça mesmo *com frequência* — disse Tsukuru. — Mas de onde veio a história de que eu dei uma droga para ela e a estuprei em Tóquio? Mesmo que ela estivesse com esgotamento nervoso, teria inventado isso do nada?

Vermelho assentiu. — Você tem razão. Veio mesmo do nada. Por isso, no começo, não tivemos outra opção a não ser acreditar na história da Branca. Não achávamos que ela poderia inventar uma história daquelas.

Tsukuru imaginou a cidade antiga soterrada na areia. E se imaginou observando a cidade em ruínas completamente ressecada, sentado em um pequeno monte de duna.

— Mas por que justo eu? Por que tinha de ser eu?

— Eu não sei — disse Vermelho. — Talvez ela gostasse de você no fundo. Como você foi sozinho para Tóquio, talvez tenha se decepcionado e ficado com raiva. Ou estava com ciúmes. Talvez ela própria quisesse sair desta cidade e ser livre. De qualquer forma, já não temos mais como saber da verdadeira intenção dela. Supondo que tenha existido uma.

Vermelho continuava girando o isqueiro de ouro na mão. Disse:

— Queria que você entendesse uma coisa: você foi para Tóquio, e nós quatro ficamos em Nagoia. Não pretendo censurar a sua decisão. Mas você tinha uma vida nova numa cidade nova. Por outro lado, nós precisávamos continuar vivendo em Nagoia, nos unindo. Você entende o que eu quero dizer?

— Como eu já estava fora, era mais prático me cortar do que cortar a Branca. É isso?

Vermelho não respondeu, e deu um suspiro superficial e longo. — Pensando bem, talvez entre nós cinco você fosse o mais resistente psicologicamente. O que é inesperado, pois você tinha um ar ingênuo. Nós quatro não tínhamos coragem para sair da cidade. Tínhamos medo de sair da cidade onde havíamos crescido, e de nos afastar de amigos com quem nos dávamos bem. Não conseguimos deixar esse calor agradável. Como quem não consegue sair da cama quente numa manhã fria de inverno. Nessa hora arranjamos vários motivos plausíveis, mas, agora, consigo perceber isso claramente.

— Mas você não se arrepende de ter ficado aqui?

— Não, acho que não me arrependo. Havia muitas vantagens pragmáticas de ficar nesta cidade, e as aproveitei bem. Aqui, o importante é a conexão local. Por exemplo, o presidente da empresa de empréstimo que é meu patrocinador tinha lido a matéria de jornal que falava do nosso trabalho voluntário da época do ensino médio, e por isso confiou plenamente em mim. Eu não queria usar aquela nossa atividade para proveito próprio, mas, em vista disso, acabei usando. E, entre os meus clientes, há muitos ex-alunos de meu pai da faculdade. No círculo industrial de Nagoia há esse tipo de rede bastante sólida. Aqui, ser professor da Universidade de Nagoia é um status. Mas em Tóquio não significa nada. Ninguém dá bola. Não é mesmo?

Tsukuru permaneceu calado.

— Nós quatro resolvemos ficar aqui por esse motivo pragmático. Ou seja, optamos por ficar imersos nessa vida acomodada. Mas, quando me dei conta, só sobramos eu e Azul nesta cidade. A Branca morreu e a Preta casou e se mudou para a Finlândia. E eu e Azul estamos a um palmo de distância um do outro, mas não nos encontramos mais. Por quê? Porque mesmo nos encontrando, não temos o que falar.

— Você podia comprar um Lexus. Aí vão ter assunto.

Vermelho piscou um olho. — Eu ando de Porsche Carrera 4. Targa Top, com câmbio manual de seis marchas, e a marcha é bem macia. Reduzir, então, é formidável. Você já dirigiu um?

Tsukuru balançou a cabeça.

— Eu gosto muito dele. Não pretendo trocar — disse Vermelho.

— Então por que não compra outro carro para usar no trabalho? E coloca na conta da empresa.

— Entre nossos clientes, temos empresas do grupo da Nissan e da Mitsubishi. Não podemos adotar o Lexus como carro da empresa.

Houve um breve silêncio.

— Você foi ao funeral da Branca? — Tsukuru perguntou.

— Fui, sim. Nunca estive num funeral tão triste, nem antes nem depois. É verdade. Até hoje sinto um aperto no coração quando me lembro dele. Azul participou também. Preta não, porque já morava na Finlândia e estava para ter um bebê.

— Por que você não me avisou que Branca tinha morrido?

Vermelho observou vagamente por um tempo o rosto de Tsukuru, sem nada dizer. Parecia que não conseguia focar o olhar. — Não sei — respondeu. — Estava certo de que alguém avisaria, talvez o Azul...

— Não, ninguém me avisou. Até a semana passada, eu nem sabia que ela tinha morrido.

Vermelho balançou a cabeça. E olhou para fora da janela como se desviasse o rosto. — Acho que foi cruel o que fizemos com você. Não quero me justificar, mas nós também estávamos confusos. Não sabíamos o que estava acontecendo. Estava convencido de que você ficaria sabendo naturalmente da morte da Branca. E achei que você não tivesse vindo ao funeral porque não ia se sentir bem.

Tsukuru ficou calado por um tempo. E disse: — Quando a Branca foi assassinada, ela morava mesmo em Hamamatsu?

— Morava, acho que morou lá quase dois anos. Morava sozinha, e ensinava piano para crianças. Se não me engano, ela trabalhava na escola de música da Yamaha. Não sei bem por que ela se mudou para Hamamatsu. Afinal, ela conseguiria encontrar trabalho em Nagoia também.

— Que tipo de vida ela levava nessa cidade?

Vermelho tirou um cigarro novo do maço, colocou-o na boca e, depois de um tempo, acendeu-o. Disse:

— Seis meses antes de ela ser assassinada, fui a Hamamatsu a trabalho. Telefonei para Branca e a convidei para jantar. Na época o grupo já estava desfeito, e nós quatro quase não nos encontrávamos mais. Só entrávamos em contato de vez em quando. Naquele dia meu trabalho em Hamamatsu acabou mais cedo do que eu esperava, fiquei com tempo livre, e me deu vontade de ver Branca depois de tanto tempo. Ela parecia mais tranquila do que eu imaginava. Parecia estar aproveitando à sua maneira a vida na nova cidade, afastada de Nagoia. Jantamos juntos e conversamos sobre os tempos passados. Fomos a um famoso restaurante especializado em enguias, tomamos cerveja e até que estávamos relaxados. Ela tinha começado a beber um pouco, o que me deixou levemente surpreso. Mas, como posso dizer, não deixava de haver uma certa tensão ali. Ou seja, eu tinha de evitar determinado tipo de assunto...

— *Determinado tipo de assunto*, você quer dizer, sobre mim?

Vermelho acenou com a cabeça, sério. — É. Parecia que isso ainda restava dentro dela como um *nódulo*. Ela não tinha se esquecido daquilo. Mas, fora isso, já não se percebia nada de estranho com a Branca. Até que ela ria bastante, e acho que se divertiu conversando comigo. O que ela falava também fazia sentido. Para mim, pareceu que sua saída de Nagoia havia tido um efeito inesperadamente positivo. Só que, bem, eu não queria dizer isso, mas ela já não estava tão bonita quanto antes.

— Não estava tão bonita. — Tsukuru repetiu as palavras dele. Sua voz vinha de muito longe.

— Não, *não estava tão bonita* não é bem a expressão adequada — disse Vermelho, pensando um pouco no assunto. — Como posso dizer, claro que os traços do rosto dela eram basicamente os mesmos e, pelos padrões normais, ela com certeza ainda era bonita naquela época. Mas quem não conhecia a Branca da época da adolescência não teria nenhuma impressão especial sobre ela, se a visse. Mas eu conheço muito bem a Branca de antigamente. Está gravado no fundo do meu coração quanto ela era atraente. Mas a que estava na minha frente naquele momento era diferente.

Como se lembrasse da cena desse momento, Vermelho franziu um pouco a testa.

— Para ser sincero, para mim foi uma experiência bastante dura ver a Branca assim na minha frente. Porque não existia mais aquele *algo* ardente, que com certeza havia nela antes. Esse algo extraordinário tinha desaparecido completamente, sem ter para onde ir. E aquele *algo* não fazia mais o meu coração tremer.

A fumaça subia do cigarro do cinzeiro. Ele continuou:

— Naquela época, Branca tinha acabado de completar trinta anos. Nem é preciso dizer que ainda não tinha idade para envelhecer. Quando a encontrei, ela usava roupas muito discretas. Os cabelos estavam presos num coque, e ela praticamente não usava maquiagem. Mas isso não tem muita importância. É uma coisa insignificante, superficial. O importante é que naquele momento ela já tinha perdido o seu brilho natural, que vinha da vitalidade. Ela sempre foi introvertida, mas no interior dela havia algo que se movia de forma vivaz, independentemente da vontade dela. Essa luz e esse calor escapavam por várias frestas espontaneamente. Você entende o que quero dizer, não é? Mas, da última vez em que a vi, eles já tinham desaparecido completamente. Como se alguém a tivesse tirado da tomada pelas costas. As características exteriores que antes a tornavam jovial e reluzente chegavam a ser dolorosas. Não é questão de idade. Ela não ficou assim porque envelheceu. Quando eu soube que tinha sido estrangulada, fiquei muito triste e senti pena dela, do fundo do coração. Seja qual fosse o motivo, não queria que ela morresse assim. Mas, ao mesmo tempo, não pude deixar de pensar: antes de ela ser assassinada fisicamente, em certo sentido sua vida já havia sido tirada dela.

Vermelho apanhou o cigarro do cinzeiro, puxou a fumaça bem fundo e fechou os olhos.

— Ela deixou uma ferida profunda no meu coração, que ainda não cicatrizou — disse Vermelho.

Caiu um silêncio. Um silêncio denso e duro.

— Você se lembra da música de piano que a Branca costumava tocar? — perguntou Tsukuru. — É uma música curta chamada *Le mal du pays*, de Liszt.

Vermelho pensou um pouco e balançou a cabeça. — Não, não lembro. Só me lembro de uma música do Schumann. Uma famosa de *Cenas da infância*. Acho que era *Träumerei*. Lembro que ela tocava de vez em quando. Mas não conheço essa de Liszt. O que tem ela?

— Não, nada. É que me lembrei agora — respondeu Tsukuru. E olhou o relógio de pulso. — Acabei tomando bastante do seu tempo. Vou indo. Foi bom conversar com você.

Vermelho continuou fitando o rosto de Tsukuru sem se mexer da cadeira. Seus olhos não tinham expressão, como os olhos de quem examina uma pedra litográfica branca sem nada gravado ainda. — Você está com pressa? — perguntou.

— Nem um pouco.

— Podemos conversar mais um pouco?

— Podemos, sim. Tenho tempo de sobra.

Por um tempo Vermelho calculou o peso das palavras na boca. E disse: — Você já não gosta tanto de mim, não é?

Tsukuru ficou um tempo sem palavras. Primeiro, porque a pergunta foi completamente inesperada. Depois, porque lhe parecia inadequado, por alguma razão, aquele sentimento dicotômico — gostar ou não — em relação à pessoa que estava diante dele.

Tsukuru escolheu as palavras. — Não posso dizer nada. Talvez seja diferente do sentimento que eu tinha quando era adolescente. Mas isso...

Vermelho ergueu o braço e interrompeu Tsukuru.

— Não precisa escolher as palavras com tanto cuidado. Você não precisa se esforçar para gostar de mim. Hoje não tem mais ninguém que goste de mim. O que é natural. Nem eu consigo gostar muito de mim. Mas, antigamente, eu tinha alguns amigos formidáveis. Você era um deles. Mas em alguma fase da vida perdi todos eles, assim como Branca perdeu o brilho da vida em algum momento... De qualquer forma, não dá mais pra voltar atrás. Não posso trocar o produto que comprei e acabei abrindo. Tenho que continuar com ele.

Ele baixou a mão e a colocou sobre o colo. E começou a bater no joelho em ritmo irregular, como quem envia uma mensagem de código morse.

— Meu pai foi professor de faculdade durante muitos anos, e o hábito peculiar de professor estava impregnado no corpo dele. Mesmo dentro de casa ele falava como se estivesse ensinando, olhava a gente de cima. Desde criança, eu detestava aquele seu jeito. Mas um dia, quando me dei conta, eu mesmo estava falando como ele.

Ele continuava batendo no joelho.

— Passei todo esse tempo pensando que tinha sido muito cruel com você. É verdade. Eu, nós, não tínhamos motivo nem o direito de fazer isso com você. Sentia que um dia precisaria te pedir desculpas. Mas nunca consegui tomar a iniciativa.

— Não tem mais importância — disse Tsukuru. — Isso também é uma coisa que não dá mais para voltar atrás.

Vermelho refletiu um momento antes de falar. — Tsukuru, tenho um pedido a fazer.

— O que é?

— Quero que ouça o que tenho a dizer. É uma espécie de confissão, até hoje nunca contei isso a ninguém. Talvez você não queira ouvir, mas eu quero esclarecer a você onde fica a minha ferida. Quero que saiba o que eu carrego. Claro que não penso que, com isso, posso compensar a ferida que causei em você. É questão do meu sentimento. Como um velho conhecido, você pode ouvir o que tenho a dizer?

Sem saber onde ele queria chegar, Tsukuru concordou com a cabeça.

Vermelho prosseguiu: — Eu disse que, até entrar na faculdade, não tinha percebido que não tinha inclinação para o mundo acadêmico. E que, até começar a trabalhar em um banco, não tinha percebido que não tinha inclinação para ser funcionário. Não é? É vergonhoso, cara. Provavelmente eu vim negligenciando o trabalho de analisar seriamente quem sou eu. Mas não é só isso. Até me casar de fato, eu não tinha percebido que não tinha inclinação para o casamento. Resumindo, eu não tenho inclinação para uma relação física entre homem e mulher. Você entende mais ou menos o que eu quero dizer, não é?

Tsukuru permaneceu em silêncio. Vermelho continuou:

— Falando claramente, não consigo sentir desejo por mulheres. Não é que eu não sinta nenhum desejo, mas me dou melhor com homens.

Uma profunda quietude caiu sobre a sala. Não se ouvia um ruído sequer. A sala, afinal, fora feita para ser silenciosa.

— Isso não é algo incomum — disse Tsukuru, para preencher o silêncio.

— É, talvez não seja algo tão incomum. Você tem razão. Mas é muito duro *para a própria pessoa* ter de se confrontar com esse fato em determinado momento da vida. É muito duro. Não adianta generalizar. Como posso dizer? A sensação que se tem é de ser jogado sozinho ao mar à noite, de repente, do convés de um navio em movimento.

Tsukuru se lembrou de Haida. De como ele tinha ejaculado na boca de Haida em sonho — provavelmente em sonho. Nessa hora Tsukuru ficou muito confuso. Ser jogado sozinho ao mar à noite, de repente — era uma expressão adequada.

— De qualquer forma, o único jeito é ser sincero com você mesmo, não é? — Tsukuru disse, escolhendo de novo as palavras. — Ser sincero, e ser livre, na medida do possível. Desculpe, mas é só isso o que posso dizer.

Vermelho disse: — Como você sabe, Nagoia é uma das maiores cidades do Japão, mas é, ao mesmo tempo, uma cidade pequena. Tem muita gente, a indústria é próspera e a quantidade de produtos é enorme, mas ao mesmo tempo as opções são inesperadamente limitadas. Aqui não é tão fácil que pessoas como a gente vivam de forma livre, sendo sinceras consigo mesmas... Você não acha um grande paradoxo? Ao longo da vida, descobrimos aos poucos o nosso verdadeiro eu. E, quanto mais descobrimos, mais nos perdemos.

— Espero que as coisas deem certo para você, cara. Do fundo do coração — disse Tsukuru. Ele estava sendo sincero.

— Você não está mais bravo comigo?

Tsukuru negou de leve com a cabeça. — Não estou bravo com você, cara. Para dizer a verdade, não estou bravo com ninguém.

De súbito Tsukuru se deu conta de que estava dizendo "cara". Essa palavra tinha saído naturalmente no final.

*

Vermelho acompanhou Tsukuru até o elevador.

— Talvez eu nunca mais encontre você. Por isso, queria contar mais um episódio rapidamente, tudo bem? — disse Vermelho, enquanto caminhavam pelo corredor.

Tsukuru concordou com a cabeça.

— É a primeira coisa que costumo falar no seminário de treinamento para os novos funcionários. Antes de mais nada, dou uma olhada em toda a sala, escolho um participante ao acaso e peço que ele se levante. E digo: "Tenho uma boa notícia e uma má notícia para você. Primeiro, a má notícia: foi decidido que agora vamos arrancar as unhas dos dedos das suas mãos ou dos seus pés com um alicate. Sinto muito, mas já está decidido. Não podemos mudar isso." Eu tiro um grande e assustador alicate da bolsa e o mostro a toda a plateia. Devagar, com calma. E digo: "Agora, a boa notícia: você tem a liberdade para escolher se quer que arranquemos as unhas das mãos ou dos pés. Então, qual dos dois você vai escolher? Quero que decida em dez segundos. Se não decidir, vamos arrancar as unhas das mãos e dos pés." Com o alicate na mão, conto dez segundos. "Escolho os pés", geralmente a pessoa responde, em mais ou menos oito segundos. "Está bem. Está decidido que arrancaremos as unhas dos pés. Vamos arrancá-las agora com esse alicate. Mas, antes, quero que me responda uma coisa. Por que você escolheu os pés em vez das mãos?", eu pergunto. Normalmente a pessoa responde: "Não sei. Acho que tanto os pés quanto as mãos vão doer do mesmo jeito. Mas, como eu tinha que escolher um dos dois, escolhi os pés." Eu lhe ofereço aplausos calorosos, e digo: "Bem-vindo à vida real." *Welcome to the real life.*

Tsukuru observou em silêncio o rosto estreito do seu velho amigo.

— A cada um de nós é dada a liberdade de escolha — disse Vermelho. E sorriu, piscando. — Esse é o ponto principal da história.

A porta prateada do elevador se abriu sem fazer barulho, e os dois se despediram.

12

Tsukuru voltou ao apartamento de Tóquio às sete da noite do dia em que encontrou Vermelho. Tirou as roupas sujas da bolsa, colocou a que vestia na máquina de lavar e tomou uma ducha para se livrar do suor. Depois ligou para o celular de Sara. Como caiu na caixa postal, deixou recado dizendo que acabara de chegar de Nagoia e queria que ela ligasse quando tivesse tempo.

Esperou acordado até depois das onze, mas o telefone não tocou. No dia seguinte, terça-feira, ele estava almoçando no refeitório da empresa quando ela ligou.

— E aí, deu tudo certo em Nagoia? — perguntou Sara.

Ele se levantou da mesa e foi para um lugar mais calmo no corredor. Contou rapidamente que visitara o showroom da Lexus e o escritório do Vermelho no domingo e na segunda, sem avisar, e que conseguira se encontrar e conversar com os dois.

— Foi bom ter conversado com eles. Consegui descobrir muitas coisas, um pouco de cada um — disse Tsukuru.

— Que bom — disse Sara. — Então a viagem não foi em vão.

— Se você puder, queria te ver e contar com calma o que aconteceu.

— Espere um pouco. Vou ver a minha agenda.

Ela demorou quinze segundos para responder. Enquanto isso Tsukuru observou o bairro de Shinjuku que se estendia através da janela. O céu estava coberto de espessas nuvens e parecia que ia começar a chover a qualquer momento.

— Tenho tempo depois de amanhã, à noite. E você? — disse Sara.

— Por mim, tudo bem. Vamos jantar juntos — disse Tsukuru. Nem precisava abrir a agenda. Ele estava livre praticamente todas as noites.

Eles combinaram o local e se despediram. Depois que desligou o celular, ele começou a sentir como se tivesse um corpo estranho no estômago. Parte da comida não tinha sido bem digerida; era essa a sensação. Não estava sentindo isso antes de falar com Sara, sem dúvida. Mas não conseguiu ter certeza do seu significado, e, para começar, nem se tinha algum significado.

Ele tentou reproduzir o mais fielmente possível o diálogo que teve com Sara. O conteúdo, a impressão da voz dela, a pausa... Não achava que houvesse algo diferente do normal. Ele guardou o celular no bolso e voltou à mesa para terminar o almoço, mas já tinha perdido o apetite.

*

Nessa tarde e no dia seguinte, Tsukuru visitou algumas estações que precisavam de um novo elevador, acompanhado de um assistente recém-contratado. Para verificar se as plantas arquivadas na matriz condiziam com as estações reais, ele mediu cada item com a ajuda do assistente. Entre a planta e a estação real, havia inesperadamente diferenças e erros. Havia alguns motivos para essa divergência, mas, de qualquer forma, era imprescindível providenciar uma planta confiável até nos pequenos detalhes antes de começar a obra. Se uma grande falha ou diferença fosse descoberta depois de iniciadas as obras, haveria um problema irremediável. Seria como se tropas de combate desembarcassem em uma ilha com um mapa cheio de erros.

  Depois de concluir da melhor forma possível o trabalho de checagem, conversariam francamente com os chefes das estações sobre os vários problemas que poderiam surgir em decorrência da reforma. A configuração da estação mudaria com a construção de um novo elevador, e, consequentemente, o fluxo de passageiros também. Essa mudança precisava ser absorvida estruturalmente, de forma adequada. A prioridade era, naturalmente, a segurança dos passageiros, mas, ao mesmo tempo, era preciso garantir que os funcionários pudessem trabalhar de maneira adequada. Era papel de Tsukuru definir o plano de reforma integrando todos esses fatores e elaborar o desenho final. Era um trabalho árduo, mas importante, pois poderia colocar em risco a vida das pessoas. Tsukuru o realizava pacientemente. Identificar os problemas, fazer uma lista de controle e resolver cada item cuidadosamente: coisas que ele sabia fazer bem. Ao mesmo tempo, ele ensinava na prática os procedimentos ao jovem e inexperiente funcionário. O nome dele era Sakamoto. Havia acabado de se formar na faculdade de engenharia da Universidade de Waseda, era muito calado, tinha o rosto comprido e não dava um sorriso sequer, mas aprendia rápido e era obediente. E fazia as medições com bastante cuidado. Esse rapaz vai ser bem útil, pensou Tsukuru.

  Eles discutiram por cerca de uma hora os detalhes da reforma com o chefe da estação de trens expressos. Na hora do almoço, o chefe da estação pediu caixas com pratos executivos para eles, e os três comeram juntos em sua sala. Depois, conversaram sobre vários assuntos enquanto tomavam chá. O chefe da estação era um homem de meia-idade simpático e gordo, e contou vários episódios interessantes relacionados a sua experiência nas estações. Tsukuru gostava de ouvir esses episódios quando fazia suas visitas. O assunto mudou então para objetos perdidos. O chefe falou da grande quantidade de objetos esquecidos nas estações e nos trens, e sobre como alguns deles eram curiosos e estranhos. Cinzas de uma cremação, uma peruca, uma perna artificial, um manuscrito de romance (o chefe lera o começo, mas achara chato), uma camisa ensanguentada numa caixa com embalagem bonita, uma cobra venenosa *mamushi* viva, um maço com cerca de quarenta fotos coloridas só de órgãos sexuais femininos, um grande e incrível gongo de madeira...

— Às vezes não sabemos o que fazer com os objetos — ele disse. — Uma vez, entregaram ao chefe de uma estação, conhecido meu, uma bolsa de viagem, e dentro tinha um feto morto, mas felizmente esse tipo de experiência nunca aconteceu comigo. Só que, em outra estação onde fui chefe, recebi uma vez dois dedos dentro de formol.

— Deve ter sido bem assustador — disse Tsukuru.

— É, foi assustador. Era um bonito saco de pano com um pequeno vidro parecido com o de maionese dentro, só que com líquido, e nele boiavam dois dedos pequenos. Pareciam dedos de criança cortados na base. Naturalmente telefonamos à polícia. Poderiam estar relacionados a algum crime. Um policial passou por lá e levou os dedos.

O chefe da estação tomou um gole de chá.

— Depois de uma semana, o mesmo policial voltou. E perguntou mais uma vez ao funcionário que encontrara aqueles dedos no banheiro os detalhes daquele dia. Eu estava presente quando os dois conversaram. Segundo esse policial, os dedos no vidro não eram de criança. Análises de laboratório indicaram que eram dedos de um adulto. Eram pequenos porque eram o sexto dedo da mão. Segundo ele, algumas pessoas nascem com seis dedos. Na maioria das vezes, os pais não querem que os filhos fiquem deformados e os amputam quando ainda são bebês. Mas algumas pessoas continuam com seis dedos mesmo depois de crescidas. A polícia concluiu que eram de alguém que ficara com seis dedos até a idade adulta, e que haviam sido amputados numa cirurgia e guardados em formol. Ela estimou que pertenceram a um homem entre vinte e cinco e trinta e cinco anos, mais ou menos. Mas não conseguiu descobrir quanto tempo havia se passado desde que foram amputados. Não consigo nem imaginar como eles foram esquecidos ou jogados no banheiro da estação. Segundo o policial, não havia possibilidade de aquilo estar ligado a um crime. Os dedos acabaram ficando com a polícia. Nenhum passageiro entrou em contato falando que esquecera os dedos em algum lugar. Talvez eles ainda estejam guardados no depósito da polícia.

— Que curioso — disse Tsukuru. — Se a pessoa tinha seis dedos até ficar adulta, por que será que resolveu amputá-los de uma hora para outra?

— É, é um mistério. Fiquei interessado por esse assunto, e depois pesquisei sobre seis dedos. Essa anomalia é chamada de polidactilia, e há muitos casos de personalidades famosas que a apresentam. Ninguém sabe se é verdade, mas há relatos de que Hideyoshi Toyotomi tinha dois dedões. Há muitos outros casos: pianistas famosos, escritores, pintores e jogadores de beisebol. Na ficção, o dr. Lecter de *O silêncio dos inocentes* tem seis dedos. Ter seis dedos não é, em hipótese alguma, um caso singular, e na verdade essa anomalia é provocada por um gene dominante. Varia conforme o grupo étnico, mas parece que, no mundo, um em cada quinhentos indivíduos nasce com seis dedos. Mas, como falei, a maioria acaba tendo seus dedos amputados antes de completar um ano, por decisão dos pais, antes de as funções dos dedos serem definidas. Por isso, quase não temos chance de ver pessoas assim. Eu mesmo, até aparecerem esses dedos esquecidos, nunca tinha ouvido falar nisso.

Tsukuru disse: — Mas é curioso. Se ter seis dedos é causado por um gene dominante, por que não vemos mais pessoas com seis dedos?

O chefe da estação inclinou a cabeça para o lado: — É, por que será? Eu não entendo muito dessas coisas complicadas.

Sakamoto, que almoçava com eles, falou nessa hora, timidamente, como quem remove uma pesada rocha que bloqueia a entrada de uma gruta. — Desculpem me intrometer, apesar de ser o mais novo, mas posso dar minha opinião?

— Pode, claro — respondeu Tsukuru surpreso. Sakamoto não era, em absoluto, um rapaz que tomava a iniciativa para dar sua opinião na frente das pessoas. — Você pode falar o que quiser.

— Por causa da impressão causada pela palavra "dominante", muitas pessoas acabam interpretando isso mal. Mesmo que uma tendência seja ditada por um gene dominante, não significa que ela irá se difundir de forma irrestrita — disse Sakamoto. — Não são poucas as doenças consideradas raras que são causadas por gene dominante, mas elas não se propagam e se tornam comuns. Na maioria das vezes, felizmente, elas não aumentam mais que certo número, e continuam sendo raras. O gene dominante não passa de um dos elementos na distribuição de uma tendência. Como outros fatores, podemos citar a sobrevivência do mais apto e a seleção natural. Agora, é apenas minha suposição, mas acho que seis dedos é um número excessivo para as pessoas. Em última análise, trabalhar com cinco dedos é algo necessário e satisfatório, ou melhor, é mais eficiente. Acho que, por isso, mesmo sendo ditado por um gene dominante, ter seis dedos acabou sendo uma manifestação rara no mundo real. Ou seja, a lei de seleção natural superou o gene dominante.

Depois de falar isso de uma vez, Sakamoto voltou ao seu silêncio.

— Entendi — disse Tsukuru. — Tenho a impressão de que isso tem a ver com o processo de padronização da unidade de cálculo no mundo, que em geral mudou do sistema duodecimal para o decimal.

— Já que você está falando de números, talvez isso tenha mesmo relação com os cinco ou seis dedos; são dígitos, no final das contas — disse Sakamoto.

— Como você sabe tanto desse assunto? — perguntou Tsukuru.

— Na faculdade eu fiz uma matéria optativa em genética. Tinha interesse particular pelo assunto — disse Sakamoto, com o rosto todo vermelho.

O chefe da estação riu alegremente. — Estou vendo que, mesmo numa companhia ferroviária, as aulas de genética são úteis. É importante estudar qualquer que seja o assunto.

Tsukuru disse ao chefe da estação: — Acho que para um pianista seis dedos seriam bem úteis.

— Nem tanto — respondeu o chefe. — Para o pianista com seis dedos, o dedo excessivo acaba atrapalhando. Como disse Sakamoto, talvez a ação de movimentar seis dedos livremente e de forma coordenada seja difícil demais para o homem. Ou melhor, cinco é um número mais adequado.

— Será que existe alguma vantagem em se ter seis dedos? — perguntou Tsukuru.

O chefe da estação disse: — Quando fiz a pesquisa, li que na Europa medieval as pessoas com seis dedos eram consideradas feiticeiras ou bruxas, e eram queimadas. Li também que, na época das Cruzadas, havia locais em que todas as pessoas com seis dedos eram assassinadas. Não sei até onde isso é verdade. Em Bornéu, parece que todas as crianças que nasciam com seis dedos viravam automaticamente xamãs. Nesses casos, talvez ter seis dedos não possa ser considerado uma vantagem.

— Xamãs? — perguntou Tsukuru.

— É, mas só em Bornéu.

O assunto se encerrou junto com o fim do horário de almoço. Tsukuru agradeceu ao chefe da estação pelas refeições e voltou à matriz com Sakamoto.

Na matriz, enquanto inseria os novos dados na planta, ele se lembrou repentinamente de um fato. A história contada por Haida sobre o pai dele, alguns anos antes. O saco de pano que o pianista de jazz, que ficara vários dias na hospedaria de águas termais no meio das montanhas de Ôita, deixara sobre o piano antes de começar a tocá-lo. Será que dentro dele não havia o sexto dedo de cada mão, mergulhado em formol? Por alguma razão, ele fez uma cirurgia para amputar os dedos depois de adulto, e os carregava consigo dentro de um vidro. Antes de começar a tocar o piano, colocava-os sempre ali em cima. Como um talismã.

Naturalmente isso não passava da imaginação de Tsukuru. Não tinha nenhum fundamento. Aquilo havia ocorrido — presumindo que houvesse realmente ocorrido — mais de quarenta anos antes. Mas, quanto mais pensava, mais parecia que aquela era uma peça útil para preencher o espaço deixado na história de Haida. Sentado na frente da prancheta com o lápis na mão, ele refletiu sobre isso até o entardecer.

No dia seguinte, Tsukuru encontrou Sara em Hiroo. Foram a um pequeno bistrô escondido numa tranquila área residencial (Sara conhecia muitos restaurantezinhos escondidos pelos bairros de Tóquio), e, enquanto jantavam,

Tsukuru contou como tinha sido o encontro com os dois velhos amigos em Nagoia. Mesmo resumindo, a história era longa, mas Sara a ouviu com atenção e interesse. De vez em quando ela o interrompia para fazer algumas perguntas.

— Branca contou aos amigos que, quando dormiu na sua casa em Tóquio, você lhe deu uma droga e a estuprou, é isso?

— É.

— E ela descreveu os detalhes de modo bem realista para os outros, apesar de ser bastante tímida e de sempre evitar falar de assuntos ligados a sexo.

— Foi o que disse Azul.

— E ela disse que você tem duas faces.

—Ela falou numa *face oculta e obscura, inimaginável*.

Sara ficou pensativa por um tempo, com a fisionomia séria.

— Isso não faz você se lembrar de nada? Por exemplo, que houve um momento em que surgiu uma intimidade especial entre vocês dois.

Tsukuru balançou a cabeça. — Não, acho que isso nunca aconteceu. Eu sempre tomava cuidado para que não acontecesse.

— Tomava cuidado?

— Significa que eu tomava cuidado para não vê--la como alguém do sexo oposto. Por isso eu procurava não ficar a sós com ela, na medida do possível.

Sara estreitou os olhos e inclinou a cabeça para o lado. — Você acha que os outros do grupo tomavam o mesmo cuidado? Quero dizer, os meninos procuravam não ver as meninas como alguém do sexo oposto, e vice-versa?

— Não sei o que os outros pensavam na época, no íntimo de cada um. Mas, como já disse antes, havia um acordo implícito entre a gente para não introduzir uma relação a dois no grupo. Isso era claro.

— Mas você não acha que isso não é natural? Se homens e mulheres dessa idade tiverem um relacionamento muito próximo e estiverem sempre juntos, é natural que passem a ter interesse sexual um pelo outro.

— Eu também tinha vontade de ter uma namorada e sair a sós com ela, como um casal normal. Claro que tinha interesse por sexo. Como qualquer pessoa. Eu podia ter uma namorada fora do grupo. Mas, para mim, esse grupo de cinco tinha um significado mais importante do que qualquer outra coisa. Era praticamente impensável fazer algo longe dele.

— Porque havia nele uma harmonia incrível?

Tsukuru concordou com a cabeça. — Nele, eu tinha a sensação de ser uma parte imprescindível de algo. Era uma sensação especial, que não conseguia sentir em nenhum outro lugar.

Sara disse: — Por isso vocês tinham que confinar o interesse por sexo em algum lugar. Para manter a harmonia ordenada dos cinco. Para não destruir esse círculo perfeito.

— Pensando agora, talvez houvesse realmente alguns fatores não naturais. Mas naquela época isso parecia uma coisa normal, mais do que qualquer outra coisa. Nós éramos adolescentes e experimentávamos tudo pela primeira vez. Éramos incapazes de observar de forma objetiva a situação em que nos encontrávamos.

— Ou seja, em certo sentido vocês estavam presos dentro da perfeição desse círculo. Não dá para pensar assim?

Tsukuru ponderou a respeito. — Talvez sim, de alguma forma. Mas a gente se sentia feliz de estar confinado nele. Não me arrependo disso até hoje.

— Muito curioso — disse Sara.

*

O fato de Vermelho encontrar Branca em Hamamatsu seis meses antes de seu assassinato também chamou a atenção de Sara.

— O caso é um pouco diferente, mas esse episódio me faz lembrar a minha colega de classe do ensino médio. Ela era bonita, elegante, sua família era rica, tinha morado no exterior, falava inglês e francês e tirava as melhores notas. Chamava a atenção em tudo. Todas faziam as vontades e os caprichos dela, e era adorada pelas mais novas. Como estudávamos em um colégio particular feminino, esse tipo de coisa era impressionante.

Tsukuru acenou com a cabeça. Sara continuou:

— Ela ingressou na Universidade do Sagrado Coração, e no meio da graduação foi estudar em uma universidade da França por dois anos. Mais ou menos dois anos depois de ela voltar ao Japão, tive a oportunidade de me encontrar com ela por acaso, mas fiquei pasma ao vê-la depois desse tempo longe. Ela, como posso dizer, parecia estar com a cor mais clara. Como se fosse um objeto que tivesse desbotado de maneira uniforme, ficando muito tempo exposto à luz solar. A aparência dela quase não tinha mudado. Continuava bonita, elegante... Só que parecia mais desbotada. Me deu até vontade de tentar aumentar a intensidade da cor com um controle remoto de TV. Foi uma experiência muito bizarra, essa de uma pessoa ficar visivelmente mais desbotada em apenas alguns anos.

Ela já tinha terminado de comer e esperava o cardápio de sobremesa.

— Eu não era muito amiga dela, mas tínhamos uma amiga em comum, e mesmo depois continuamos nos vendo em algumas ocasiões. Toda vez que a via, a cor dela estava mais clara. Depois de um certo tempo, ela já não era mais especialmente bonita nem atraente para os olhos de ninguém. Parecia também que tinha ficado menos inteligente. Seus assuntos eram chatos, e a opinião dela se tornou banal. Ela se casou quando tinha vinte e sete anos com um funcionário público, dos altos escalões de algum órgão governamental, visivelmente superficial e chato. Mas ela própria não entendia direito que já não era bonita nem atraente e não chamava mais a atenção das pessoas, e agia como antes, como se fosse uma rainha. Era duro vê-la assim de perto.

Chegou o cardápio, e Sara o examinou minuciosamente. Quando decidiu, fechou-o e o colocou sobre a mesa.

— As amigas foram se afastando aos poucos dela. Porque era dolorido vê-la nesse estado. Não, não era exatamente dolorido; é mais correto dizer que sentiam uma espécie de medo ao vê-la. É um medo que todas as mulheres sentem em maior ou menor grau. Medo de que a nossa fase mais encantadora já tenha passado, mas, sem que a gente perceba, ou consiga aceitar isso direito, continuamos a agir como antes, e viramos motivo de piada ou de repulsa pelas costas. No caso dela, esse pico chegou antes das outras. Só isso. Todas as qualidades dela desabrocharam vigorosamente na adolescência como o jardim na primavera, e depois murcharam com rapidez.

O garçom de cabelos brancos se aproximou, e Sara pediu um suflê de limão. Tsukuru não pôde deixar de admirar o fato de Sara nunca dispensar uma sobremesa, mas mesmo assim conseguir manter o corpo bonito.

— Será que a Preta não pode lhe dar mais informações sobre a Branca? — disse Sara. — Mesmo que esse grupo de cinco formasse uma comunidade perfeita e harmoniosa, algumas coisas só são faladas entre as meninas, como bem disse o Azul. E esse assunto não sai do mundo delas. Talvez nós sejamos fofoqueiras. Mas certo tipo de segredo é guardado com firmeza. Especialmente dos homens.

Sara fitou um tempo o garçom que tinha se distanciado. Parecia estar arrependida de ter pedido o suflê de limão. Talvez devesse mudar o pedido. Mas pensou melhor e seus olhos voltaram para Tsukuru.

— Vocês três não faziam confissões entre os meninos?

— Não me lembro de ter feito isso — Tsukuru disse.

— Então vocês falavam sobre o quê? — perguntou Sara.

Sobre o que nós falávamos naquela época? Tsukuru pensou um tempo, mas não conseguiu se lembrar de nada em especial. Apesar de conversarem várias horas, entretidos, abrindo seus corações...

— Não lembro — disse Tsukuru.

— Que estranho — disse Sara. E sorriu.

— Mês que vem, parte do trabalho em que estou envolvido irá terminar — disse Tsukuru. — Quando isso acontecer, estou pensando em ir à Finlândia. Já falei com meu chefe, e acho que não tem problema de eu tirar férias.

— Quando você decidir a data, acho que posso fazer a programação da sua viagem, como reservar a passagem e o hotel, essas coisas.

— Obrigado — disse Tsukuru.

Ela apanhou o copo e tomou um gole de água. E passou o dedo na borda do copo.

— Como você era na época do ensino médio? — perguntou Tsukuru.

— Eu era uma menina que não chamava muita atenção. Fazia parte do time de handball. Não era bonita, e as minhas notas não eram lá muito boas.

— Você não está sendo modesta?

Ela riu e balançou a cabeça. — A modéstia é uma virtude respeitável, mas não combina comigo. Para ser sincera, eu não chamava nem um pouco a atenção. Acho que não me adaptei muito bem no sistema chamado escola. Os professores não eram atenciosos comigo, e as mais novas não me admiravam. Não tinha nem sombra de namorado, e sofria com espinhas persistentes. Tinha todos os CDs do Wham!. Usava roupas íntimas brancas de algodão sem graça que minha mãe comprava. Mas mesmo assim eu tinha algumas grandes amigas. Umas duas. Não formávamos uma comunidade íntima como o seu grupo de cinco, mas eram amigas para quem eu podia revelar os meus verdadeiros sentimentos. Talvez por isso eu tenha conseguido superar, sem grandes problemas, os dias enfadonhos da adolescência.

— Você continua a se encontrar com essas amigas?

Ela concordou com a cabeça. — Encontro elas até hoje, somos boas amigas. As duas são casadas e têm filhos, e por isso não podemos nos ver com tanta frequência, mas às vezes almoçamos juntas e conversamos umas três horas sem parar. Sobre várias coisas, de uma forma bem *aberta*.

O garçom trouxe à mesa o suflê de limão e um café expresso. Ela comeu compenetrada o suflê. Parecia ter acertado no pedido. Tsukuru observava ora ela comendo, ora o vapor que se erguia do café.

— E você, tem amigos hoje em dia? — perguntou Sara.

— Acho que agora não tenho ninguém que eu possa chamar de amigo.

Tsukuru podia considerar como verdadeiros amigos somente os quatro da época de Nagoia. Depois, por pouco tempo, Haida chegara perto disso. Além deles, mais ninguém.

— Você não sente falta de ter amigos?

— Bem, não sei — disse Tsukuru. — Mesmo que tivesse amigos, não acho que falaria tudo de forma aberta, como você.

Sara riu: — As mulheres precisam disso, de certa forma. Claro que ouvir o que falamos com franqueza é só uma das funções das amigas.

— Claro.

— A propósito, não quer provar um pedaço do suflê? Está uma delícia.

— Não, você pode comer até o último pedaço.

Sara terminou o restante do suflê com todo o cuidado, deixou o garfo, limpou a boca delicadamente com o guardanapo e ficou um tempo pensativa. Depois levantou o rosto e fitou Tsukuru, do lado oposto da mesa.

— Posso ir ao seu apartamento agora?

— Claro — disse Tsukuru. Em seguida, ele ergueu o braço e pediu a conta ao garçom.

— Time de handball? — disse Tsukuru.

— Não quero falar sobre isso — disse Sara.

Eles se abraçaram no apartamento de Tsukuru. Tsukuru ficou feliz de poder abraçar Sara outra vez, e por ela ter lhe dado de novo essa chance. Eles trocaram carícias no sofá, em seguida foram para a cama. Por baixo do vestido verde-hortelã ela usava uma pequena lingerie rendada e preta.

— Foi sua mãe quem comprou isso também? — perguntou Tsukuru.

— Seu bobo — riu Sara. — Eu mesma comprei.

— Você não tem nenhuma espinha.

— É claro.

Ela estendeu a mão e pegou delicadamente o pênis endurecido de Tsukuru.

Mas depois, quando tentou inseri-lo dentro de si, ele já tinha perdido a rigidez necessária. Era a primeira vez que Tsukuru passava por isso. Isso o deixou perplexo e confuso. Tudo à sua volta ficou estranhamente silencioso. O silêncio dominou o fundo de seus ouvidos e ele escutava o pulsar seco do coração.

— Você não pode ligar para isso — disse Sara acariciando as costas dele. — Continue me abraçando, assim, sem falar nada. Só assim está bom. Não pense em bobagens.

— Não entendo — disse Tsukuru. — Nos últimos dias eu só pensava em fazer amor com você.

— Talvez a sua expectativa estivesse grande demais. Fico feliz que você tenha pensado tão seriamente em mim.

Os dois ficaram abraçados nus na cama e continuaram a trocar carícias por um longo tempo, mas Tsukuru não recuperou a rigidez necessária. Chegou a hora de ela ir embora. Os dois se vestiram em silêncio, e Tsukuru a acompanhou até a estação. Caminhando, ele se desculpou por não ter dado certo.

— Não tem importância. Sério. Não precisa se preocupar — disse Sara, carinhosamente. E segurou sua mão. A mão dela era quente e pequena.

Ele tinha de falar algo, mas nenhuma palavra vinha à cabeça. Ele apenas continuou a sentir a mão de Sara em silêncio.

— Você deve estar confuso — disse Sara. — Voltou a Nagoia, encontrou e conversou com velhos amigos depois de muito tempo, descobriu muitas coisas de uma vez, e o seu coração ficou perturbado. Provavelmente mais do que você imagina.

Ele está realmente confuso. A porta que permaneceu fechada por muito tempo foi aberta, e muitos fatos dos quais ele procurava desviar os olhos foram soprados para dentro, de uma só vez. Fatos que ele nunca imaginara. Eles ainda não encontraram direito uma sequência nem um lugar dentro dele.

Sara disse: — Alguma coisa ainda está entalada dentro de você, algo com que você não se conformou direito, e por isso o fluxo natural e original está interrompido. É uma vaga impressão, mas sinto isso.

Tsukuru refletiu sobre o que ela disse. — Nem todas as dúvidas que eu tinha foram desvendadas nessa visita a Nagoia. É isso?

— É. Sinto isso. Mas não passa de *sensação* minha — disse Sara. Depois pensou um pouco com a fisionomia séria, e acrescentou: — Como você descobriu alguns fatos novos nessa viagem, o vazio que restou passou a ter um significado maior.

Tsukuru suspirou. — Será que não acabei abrindo uma tampa que não deveria ser aberta?

— *Momentaneamente*, talvez sim — ela disse. — Talvez ocorra um retrocesso temporário. Mas pelo menos você está dando um passo para a frente, na direção da solução. Isso é o mais importante de tudo. Se continuar assim, acho que você encontrará a peça correta para preencher o vazio.

— Mas talvez leve muito tempo.

Sara apertou a mão de Tsukuru. A mão dela era inesperadamente forte.

— Você não precisa ter pressa. Faça as coisas com calma. O que eu quero saber acima de tudo é se você quer ter um relacionamento duradouro comigo.

— Claro que sim. Quero ficar com você por muito tempo.

— Verdade?

— Não estou mentindo — disse Tsukuru claramente.

— Então tudo bem. Ainda temos tempo, e eu posso esperar. E eu também tenho alguns assuntos para resolver.

— Alguns assuntos para resolver?

Sara não respondeu, e mostrou um sorriso enigmático. Disse:

— Vá à Finlândia o mais rápido possível e encontre Preta. Converse com ela de modo franco, abrindo seu coração. Ela deve ter uma informação importante para lhe dar. Uma informação muito importante. Tenho esse pressentimento.

Enquanto caminhava sozinho da estação até o apartamento, Tsukuru foi tomado por sentimentos incontroláveis. Teve a estranha sensação de que o fluxo de tempo havia se fendido, separado para a esquerda e a direita em algum ponto. Ele pensou em Branca, Haida e Sara. O passado e o presente, a memória e a emoção fluíam de forma paralela, com o mesmo peso.

Talvez dentro de mim se esconda algo distorcido, deformado, pensou Tsukuru. Como dissera Branca, talvez eu tenha uma face oculta, inimaginável. Assim como o outro lado da Lua, sempre no escuro. Talvez, sem eu mesmo perceber, em algum lugar diferente, em uma temporalidade diferente, eu tenha estuprado a Branca *de verdade*, e destroçado o coração dela. De forma covarde, à força. Talvez chegará uma hora em que essa face oculta e obscura irá se sobrepor à face da frente, engolindo-a completamente. Ele quase atravessou a faixa de pedestres no sinal vermelho, e levou uma bronca do motorista de táxi que freou bruscamente.

Ao chegar ao apartamento, vestiu o pijama e foi à cama. O relógio marcava quase meia-noite. Foi então que Tsukuru percebeu que a ereção havia voltado, como se tivesse se lembrado. Era uma ereção perfeita e sem nenhum vacilo, dura como uma pedra. Nem ele acreditou que fosse ficar tão duro. Como é irônico. Ele soltou um suspiro longo na escuridão. Em seguida saiu da cama, acendeu a luz do quarto, tirou da prateleira a garrafa de Cutty Sark e encheu o pequeno copo. Em seguida abriu a página de um livro. Por volta da uma da manhã, começou a chover de repente. De tempos em tempos soprava um vento forte de tempestade, e grandes gotas batiam obliquamente no vidro da janela.

Nesta cama e neste quarto eu supostamente estuprei a Branca, Tsukuru se lembrou de súbito. Misturei um remédio na bebida alcoólica para que ela ficasse dormente, tirei as roupas dela e a violentei. Ela era virgem. Ela sentiu uma dor terrível e houve sangramento. Depois disso, muitas coisas mudaram. Faz dezesseis anos.

Enquanto ele devaneava nesses pensamentos e ouvia o barulho da chuva contra a janela, sentiu que todo o quarto havia se transformado em um espaço estranho. Era como se o próprio quarto possuísse vontade própria. Ali dentro, ele foi perdendo a capacidade de julgar o que era verdade e o que não era. Em uma das versões da verdade, ele nem tocou na mão de Branca. Mas em outra ele a violentou covardemente. Quanto mais pensava, menos Tsukuru entendia em qual das versões ele estava inserido agora.

Não conseguiu pegar no sono até as duas e meia da madrugada.

13

Nos finais de semana, Tsukuru vai à piscina da academia de ginástica. Ela fica a dez minutos de bicicleta do apartamento onde mora. Ele nada crawl num ritmo constante e faz mil e quinhentos metros em trinta e dois ou trinta e três minutos. Quando tem um nadador mais rápido em sua raia, ele se coloca para o lado e o deixa passar. Não é do feitio dele competir com ninguém. Nesse dia, como sempre, viu um nadador com velocidade parecida com a dele e entrou na mesma raia. Era um homem magro e jovem. Usava sunga preta de competição, touca preta e óculos.

Nadar aliviava o cansaço acumulado no corpo e relaxava a tensão dos músculos. Dentro d'água, a sensação de paz que sentia era maior que em qualquer outro lugar. Nadando duas vezes por semana, meia hora por dia, ele conseguia manter o equilíbrio tranquilo do corpo e da mente. Além disso, dentro d'água era um lugar apropriado para pensar. Era uma espécie de meditação zen; uma vez entrando no ritmo do movimento, podia deixar o pensamento vagar livremente. Era como soltar um cachorro num campo.

— Nadar é a segunda coisa mais gostosa de fazer depois de voar. — Ele explicara uma vez a Sara.

— Você já voou? — perguntara Sara.

— Ainda não — dissera Tsukuru.

Naquela manhã, enquanto nadava, ele pensou quase o tempo todo em Sara. Lembrou-se do rosto dela, do corpo dela, e do fato de não ter concretizado o ato como desejava. E se lembrou de alguns comentários dela. "Alguma coisa está entalada dentro de você, e isso talvez esteja interrompendo o fluxo natural", Sara dissera.

Talvez ela tenha razão, Tsukuru pensa.

A vida de Tsukuru Tazaki corre de vento em popa, sem grandes problemas. Muitas pessoas pensam assim. Ele se formou em um instituto tecnológico de renome, arranjou emprego em uma companhia ferroviária e realiza um trabalho qualificado. Seu trabalho é reconhecido na empresa. Os chefes confiam nele. Não tem preocupações financeiras. Quando seu pai faleceu, herdou um valor considerável. Possui um apartamento de um quarto em um bairro residencial conveniente e próximo do centro da cidade, e não tem um financiamento para pagar. Quase não bebe, não fuma e não tem nenhum hobby dispendioso. Melhor dizendo, na prática, quase não gasta dinheiro. Não significa que esteja economizando ou levando uma vida de abstinência; ele só não consegue pensar em uma forma de gastar dinheiro. Não precisa de carro, e poucas peças de roupa lhe são suficientes. De vez em quando compra livros e CDs, mas não gasta muito. Prefere cozinhar a comer fora, lava os próprios lençóis e até passa suas roupas.

Em geral é calado e não é muito bom em se relacionar com os outros, mas não significa que leve uma vida isolada. Até certo ponto ele consegue se adequar às pessoas ao seu redor no dia a dia. Não toma a iniciativa para sair atrás de mulheres, mas nunca sofreu especialmente da falta de namoradas. É solteiro, não é feio, é discreto e veste-se de forma asseada. Por isso as mulheres se aproximavam dele naturalmente, ou as pessoas ao seu redor lhe apresentavam alguma conhecida solteira (Sara foi uma das garotas que conheceu assim).

Aos trinta e seis anos aparentemente desfruta de uma vida confortável de solteiro. Saudável, sem gordura em excesso no corpo e nunca adoeceu. Uma vida sem tropeços; as pessoas normais devem pensar assim. Inclusive sua mãe e suas irmãs pensavam assim. "Para você, a vida de solteiro é confortável demais, é por isso que não tem vontade de se casar", elas diziam a Tsukuru. Até que desistiram de tentar arranjar alguém para ele. Os colegas de trabalho pensavam o mesmo.

De fato, Tsukuru Tazaki conseguiu tudo o que precisava na vida. Nunca passou pela experiência dolorosa de não conseguir o que desejava. Mas, por outro lado, até onde ele se lembra, nunca experimentou a alegria de obter a custo o que *realmente desejava*. Os quatro amigos que conheceu no primeiro ano do ensino médio provavelmente foram a coisa mais valiosa que ele conseguiu até então. Mas eles apareceram diante dele naturalmente, como uma dádiva de Deus, e não foi ele quem os escolheu por vontade própria. E ele já os perdeu há muito tempo — por motivos que não tinham a ver com sua vontade. Ou foram tomados dele.

Sara é uma das poucas coisas que ele deseja. Ele ainda não tem uma certeza inabalável, mas sente uma enorme atração por essa mulher dois anos mais velha. Toda vez em que a via, o sentimento ficava mais forte. Ele estava disposto a sacrificar muitas coisas para conquistá-la. Era raro ele ter um sentimento forte e cru como esse. Mesmo assim — por alguma razão — na hora H as coisas não fluíam de forma satisfatória. Algo aparecia e obstruía o fluxo. "Faça as coisas com calma. Eu posso esperar", disse Sara. Mas não é tão simples assim. As pessoas se deslocam e mudam de posição a cada dia. Ninguém sabe o que acontecerá no momento seguinte.

Enquanto tinha esses pensamentos aleatórios, Tsukuru atravessou a piscina de vinte e cinco metros em um ritmo que não tirava o seu fôlego. Inspirava rapidamente, levantando um pouco a cabeça para o lado, e expirava demoradamente dentro da água. Esse ciclo regular foi se tornando cada vez mais automático, à medida que nadava. O número de braçadas que dava na ida ficou exatamente igual ao da volta. Bastava ele se entregar a esse ritmo e contar o número de viradas.

Até que Tsukuru se deu conta de que a sola dos pés do homem que nadava na sua frente, na mesma raia, lhe era familiar. Era idêntica à sola dos pés de Haida. Ele respirou fundo involuntariamente, e o ritmo da respiração ficou descontrolado. Aspirou água pelo nariz e levou algum tempo até estabilizar a respiração outra vez, enquanto nadava. Dentro de sua caixa torácica, o coração batia produzindo um ruído rápido e duro.

Não há dúvida. É a sola dos pés de Haida, pensou Tsukuru. O tamanho, o formato, a pernada certeira e breve são exatamente iguais. Até a forma das bolhas de ar são iguais. Assim como o movimento dos pés, as bolhas também eram pequenas, delicadas e relaxadas. Enquanto nadava na piscina da faculdade atrás de Haida, ele sempre observava a sola dos pés dele, assim como o motorista que dirige na estrada à noite não tira os olhos das luzes traseiras do veículo da frente. O formato das solas estava gravado de forma vívida na memória dele.

Tsukuru parou de nadar, saiu da água e, sentado no bloco de partida, esperou o nadador voltar depois de dar a virada.

Não era Haida. Por causa da touca e dos óculos não conseguiu ver o rosto direito, mas, observando melhor, era alto demais e tinha músculos demais nas costas para ser Haida. O formato do pescoço também era diferente. Era muito novo também. Provavelmente um universitário. Haida deveria estar com quase trinta e cinco anos agora.

Mesmo sabendo que era outra pessoa, a batida do coração de Tsukuru demorou a diminuir o ritmo. Sentado na cadeira de plástico à beira da piscina, ele ficou observando por muito tempo o desconhecido nadar. O nado dele era belo, sem nenhum movimento excessivo. Todo o desenvolvimento era muito parecido com o de Haida. Idêntico, poderia até dizer. Não espirrava água e não produzia barulho desnecessário. O cotovelo se levantava de forma elegante no ar e o dedão mergulhava primeiro na água, silenciosamente. Sem nenhuma pressa. O intuito básico desse nado era manter a calma. Mas, por mais que a forma de nadar fosse parecida, não era Haida. Até que o homem parou de nadar, saiu da água, tirou os óculos e a touca pretos e se foi enxugando os cabelos curtos com a toalha. Ele tinha um rosto angular que causava uma impressão completamente diferente da de Haida.

Tsukuru desistiu de continuar nadando, foi ao vestiário e tomou banho. Voltou para casa de bicicleta e, enquanto tomava o café da manhã simples, pensou: *provavelmente Haida também é uma das coisas entaladas dentro de mim.*

Ele conseguiu tirar férias para viajar à Finlândia sem grandes problemas. Suas férias remuneradas estavam acumuladas praticamente sem serem usufruídas, como neve congelada sob o alpendre. Seu chefe apenas ficou perplexo: "Finlândia?" Uma colega da época da escola mora lá, e vou lhe fazer uma visita, Tsukuru explicou. Além de tudo, acho que não vou ter muitas oportunidades de visitar a Finlândia daqui para a frente.

— O que tem na Finlândia? — seu chefe perguntou.

— Sibelius, filmes de Aki Kaurismäki, Marimekko, Nokia, Mumin. — Tsukuru citou tudo o que lembrou.

Seu chefe balançou a cabeça. Parecia não se interessar por nada daquilo.

Tsukuru ligou para Sara e definiu a data de acordo com os voos diretos de Narita a Helsinque. Ele partiria em duas semanas, ficaria quatro noites em Helsinque e voltaria a Tóquio.

— Vai avisar a Preta que você está indo? — perguntou Sara.

— Não, farei como em Nagoia da última vez. Estou pensando em ir ao encontro dela sem avisar.

— A Finlândia é muito mais longe do que Nagoia. Você gasta muito tempo nos voos de ida e de volta. Chegando lá, pode descobrir que Preta foi a Maiorca nas férias de verão, três dias antes.

— Se acontecer isso, tudo bem. Vou fazer turismo na Finlândia com calma e volto a Tóquio.

— Se você pensa assim, não tem problema — disse Sara. — Mas, já que vai para tão longe, por que não passa também em outros lugares? Talim e São Petersburgo ficam bem pertinho.

— Não, só Finlândia está bom — disse Tsukuru. — De Tóquio vou a Helsinque, fico quatro noites e volto a Tóquio.

— Você tem passaporte, não é?

— Quando entrei na empresa, pediram para deixá-lo sempre válido para poder usá-lo no caso de imprevisto. Disseram que poderia surgir uma viagem internacional de trabalho a qualquer momento. Mas até hoje ele continua completamente em branco.

— Na cidade de Helsinque você consegue se virar praticamente só com inglês, mas não sei bem como é a situação no interior. Em Helsinque tem um pequeno escritório da nossa empresa. Tipo uma filial. Vou entrar em contato com eles e falar sobre você. Se tiver alguma dúvida, vá até lá. Tem uma moça finlandesa chamada Olga, e acho que ela será bastante útil.

— Obrigado — disse Tsukuru.

— Depois de amanhã vou a Londres a trabalho. Assim que conseguir reservar o hotel de Helsinque e a passagem aérea, envio os detalhes por e-mail. Mando também o endereço e o telefone do escritório da nossa representante em Helsinque.
— Está bem.
— Você vai *mesmo* a Helsinque se encontrar com ela, sem avisar? Para tão longe, atravessando o Círculo Polar Ártico?
— Estou sendo louco?
Ela riu. — Eu prefiro dizer *ousado*.
— Sinto que será melhor assim. É *algo como* uma intuição.
— Então te desejo boa sorte — disse Sara. — Vamos nos ver antes de você viajar? No início da semana que vem voltarei de Londres.
— Não — disse Tsukuru. — É claro que eu quero rever você. Mas sinto que é melhor eu ir primeiro à Finlândia.
— Isso também é uma intuição?
— É, é uma intuição.
— Você é do tipo que tem uma intuição boa?
— Não, acho que não. Até agora quase nunca decidi fazer algo seguindo minha intuição. Nunca fiz uma estação seguindo minha intuição. Para começar, nem sei se isso pode ser chamado de intuição. É algo que senti, por alguma razão.
— De qualquer forma, dessa vez você sente que é melhor fazer assim, não é? Independentemente de isso ser intuição ou não.
Tsukuru disse: — Enquanto nadava na piscina outro dia, pensei em várias coisas. Sobre você, sobre Helsinque. Como posso dizer?, como se estivesse seguindo uma intuição.
— Enquanto nadava?

— Consigo pensar melhor nadando.

Sara ficou um tempo em silêncio, parecendo impressionada. — Como um salmão.

— Não entendo muito de salmão.

— O salmão costuma viajar uma longa distância, seguindo algo especial — disse Sara. — Você já viu *Guerra nas estrelas*?

— Quando era criança.

— "Que a força esteja com você" — ela disse. — Para não perder do salmão.

— Obrigado. Quando voltar de Helsinque, entrarei em contato.

— Estarei esperando.

E ela desligou o telefone.

*

Alguns dias antes de pegar o voo para Helsinque, no entanto, Tsukuru viu Sara de novo, por uma pequena coincidência. Só que Sara não ficou sabendo disso.

Naquela tarde, ele foi a Aoyama comprar alguma lembrança para Preta. Um pequeno acessório para ela e livros infantis do Japão para as filhas dela. Havia uma loja onde encontraria esses itens em uma das ruas atrás da avenida Aoyama. Terminou a compra em mais ou menos uma hora e, pensando em descansar um pouco, entrou em um café envidraçado de frente para a avenida Omotesandô. Sentou-se à mesa perto da janela, pediu café e um sanduíche de salada de atum e observou a avenida tingida de luz do entardecer. A maioria das pessoas que passava à sua frente era de casais. Todos pareciam muito felizes. Pareciam caminhar na direção de um lugar especial, onde algo divertido lhes aguardava. A cena dessas pessoas tornava o coração dele cada vez mais sereno e estável. Era um sentimento silencioso, como uma árvore congelada na noite de inverno sem vento. Sem praticamente nenhuma dor. Ao longo dos anos, Tsukuru havia se familiarizado com essa imagem mental a ponto de não sentir mais nenhuma dor especial.

Mesmo assim, Tsukuru não pôde deixar de pensar: como seria bom se Sara estivesse aqui comigo. Mas não tem jeito; foi o próprio Tsukuru quem se negou a encontrá-la. Foi ele quem desejara aquilo. Foi ele quem congelou o próprio galho nu, naquele entardecer refrescante de verão.

Foi uma escolha correta?

Tsukuru não tem certeza. Essa *intuição* é confiável? Não passaria de uma impressão sem fundamento, em vez de intuição? "Que a força esteja com você", disse Sara.

Tsukuru permaneceu pensando por algum tempo nos salmões que viajam uma longa distância no mar escuro, seguindo o instinto ou a intuição.

Foi nessa hora que Sara entrou no campo de visão de Tsukuru. Ela usava o mesmo vestido de manga curta verde-hortelã, calçava o sapato marrom-claro e descia a ladeira suave da avenida Aoyama na direção de Jingûmae. Tsukuru ficou sem fôlego e franziu as sobrancelhas involuntariamente. Não conseguiu acreditar que fosse uma visão real. Por alguns segundos, pareceu-lhe que ela fosse uma miragem sofisticada, criada pelo seu próprio coração solitário. Mas sem sombra de dúvida era a Sara real, de carne e osso. Tsukuru se levantou da cadeira por reflexo e quase derrubou a mesa. O café caiu no pires. Mas logo teve de se sentar novamente.

Ao lado dela havia um homem de meia-idade. Era forte, não muito alto e usava uma jaqueta de cor escura, camisa azul e gravata azul-marinho de bolinhas pequenas. No cabelo bem penteado apareciam alguns fios brancos. Provavelmente tinha pouco mais de cinquenta anos. Seu queixo era levemente pontudo, mas o rosto causava boa impressão. Na sua fisionomia havia uma confiança calma e discreta que alguns homens dessa idade possuem. Os dois caminhavam na avenida de mãos dadas, parecendo bem íntimos. Tsukuru seguiu com os olhos os dois através do vidro, com a boca levemente aberta, como quem perdeu as palavras que estava tentando produzir na boca. Eles passaram devagar bem na frente de Tsukuru, mas Sara não olhou nenhuma vez na direção dele. Ela estava compenetrada conversando com aquele homem, e parecia não enxergar nada que acontecia à sua volta. O homem disse uma frase curta, e Sara riu abrindo a boca, a ponto de a curva dos dentes ficar bem à mostra.

Até que os dois foram engolidos pela multidão no crepúsculo. Tsukuru continuou observando por muito tempo a direção onde eles haviam desaparecido, através do vidro, com uma vaga esperança de que Sara pudesse voltar. Talvez de súbito ela se desse conta de que Tsukuru estava ali, e voltasse para explicar o que estava acontecendo. Mas ela não apareceu. Apenas pessoas de rostos variados e roupas variadas passavam na frente dele, uma em seguida à outra.

Ele se ajeitou na cadeira e tomou um gole de água com gelo. Restou apenas uma tristeza silenciosa. Sentiu uma dor lancinante no lado esquerdo do peito, como se tivesse sido apunhalado com uma faca afiada. Sentiu o calor desagradável do sangue escorrer. Provavelmente era sangue. Fazia tempo que não sentia esse tipo de dor. Talvez não sentisse aquilo desde o verão do segundo ano da faculdade, quando fora rejeitado pelos quatro grandes amigos. Ele fechou os olhos e vagueou por um tempo nesse mundo da dor, como se deixasse flutuar o corpo na água. Ainda é melhor sentir dor, ele procurou pensar. O pior é não sentir nem ao menos dor.

Vários barulhos se misturaram e se tornaram um só, resultando em um ruído agudo no fundo do ouvido. Era um ruído especial, que ele só conseguia escutar no silêncio infinitamente profundo. Não vinha de fora. Era um barulho produzido por ele mesmo no interior dos seus órgãos. Todas as pessoas vivem com esse barulho peculiar, mas quase nunca têm a oportunidade de ouvi-lo.

Quando abriu os olhos, sentiu que a configuração do mundo havia mudado. Mesa de plástico, xícara de café branca e simples, sanduíche pela metade, um velho Tag Heuer de corda automática no seu pulso esquerdo (lembrança do falecido pai), jornal da tarde que estava lendo, árvores que ladeiam a avenida, vitrine da loja da frente cuja luminosidade aumenta cada vez mais. Tudo pareceu deformado. O contorno das coisas ficou vago e nada estava correto. A escala também estava errada. Ele respirou fundo algumas vezes e acalmou aos poucos seus sentimentos.

A dor que sentia no coração não era provocada pelo ciúme. Tsukuru sabia como era o ciúme. Ele experimentara aquela sensação só uma vez, em sonho, de forma vívida. A sensação daquele momento ainda permanecia no seu corpo. Sabia quanto ela era asfixiante, quanto era desesperadora. Mas não era esse tipo de sofrimento que sentia agora. Ele sentia apenas tristeza. Tristeza de ser deixado sozinho no fundo de um buraco profundo e escuro. Mas, no final das contas, não passava de uma simples tristeza. Não passava de uma dor física. Isso deixou Tsukuru aliviado.

O que mais arrasou Tsukuru não foi o fato de Sara estar caminhando na avenida de mãos dadas com outro homem. Nem a possibilidade de Sara estar prestes a ter uma relação sexual com ele. Naturalmente era *duro* para Tsukuru imaginá-la tirando a roupa e indo para a cama com outro homem. Ele precisou se esforçar muito para expulsar aquela cena da cabeça. Mas Sara era uma mulher independente de trinta e oito anos, solteira e livre. Ela tinha a vida dela. Assim como Tsukuru tinha a própria vida. Ela tinha o direito de ir para onde quisesse, com quem quisesse, e fazer o que quisesse.

O que mais chocou Tsukuru foi o fato de ela parecer realmente feliz naquele momento. Ela exibia um sorriso de orelha a orelha enquanto falava com aquele homem. Quando estava com Tsukuru, ela nunca tinha mostrado uma expressão tão alegre e solta. Nenhuma vez. Em qualquer situação, mostrava a Tsukuru uma fisionomia fria, controlada. Esse fato partiu o coração de Tsukuru de forma severa e dolorosa, mais do que qualquer outra coisa.

De volta ao apartamento, ele fez os preparativos da viagem à Finlândia. Se ficasse ocupado, não precisaria pensar em mais nada. Entretanto, não havia muita coisa para levar. Roupas para alguns dias, nécessaire para artigos de higiene pessoal, alguns livros para ler no avião, roupa e óculos de natação (eles sempre estavam dentro da bolsa dele, onde quer que fosse), guarda-chuva dobrável, e só. Cabia tudo na bolsa de ombro que levaria como bagagem. Não levaria nem máquina fotográfica. Para que servem as fotografias? O que ele buscava eram pessoas de carne e osso e palavras vivas.

Depois de terminar a arrumação, ele apanhou *Anos de peregrinação*, de Liszt, depois de muito tempo. Álbum de três discos, interpretado por Lazar Berman. Deixado ali por Haida quinze anos antes. Ele ainda mantinha o toca-discos antiquado praticamente só para ouvir aqueles discos. Colocou o primeiro no prato giratório e abaixou a agulha no lado B.

Primeiro ano, Suíça. Ele se sentou no sofá, fechou os olhos e ouviu a música compenetrado. *Le mal du pays* é a oitava música do álbum, mas era a primeira do lado B. Muitas vezes ele começava por ela e ouvia até a quarta música de *Segundo ano, Itália: Soneto de Petrarca nº 47*. Quando terminava essa música, a agulha se levantava automaticamente.

Le mal du pays. Essa música melancólica, calma, oferecia aos poucos um contorno à tristeza indefinida que envolvia seu coração. Como se inúmeros grãos de pólen grudassem na superfície transparente de um ser que se esconde na atmosfera, e sua forma aparecesse silenciosamente diante de seus olhos. Dessa vez foi surgindo a figura de Sara. Sara, com vestido de manga curta verde-hortelã.

Sentiu novamente pontadas no peito. Não era uma dor intensa; era apenas a memória de uma dor intensa.

Não tem jeito, Tsukuru tentou se convencer. O que era vazio voltou a ser vazio, só isso. Iria reclamar a quem? Todos vêm até Tsukuru, verificam quão vazio ele é e depois se vão, deixando para trás Tsukuru Tazaki vazio, ou ainda mais vazio, e sozinho. Era só isso.

Mesmo assim, as pessoas às vezes deixavam para trás uma pequena recordação, como Haida e seu álbum *Anos de peregrinação*. Ele provavelmente o deixara no apartamento de Tsukuru intencionalmente. Não devia ter simplesmente o esquecido. E Tsukuru amava aquela música. Ela estava associada a Haida, mas também a Branca. Era uma veia que unia três pessoas distintas. Era uma veia fina e frágil, mas ainda corria nela o sangue vermelho e vivo. A força da música tornava isso possível. Toda vez que a ouvia, principalmente a faixa *Le mal du pays*, ele se lembrava dos dois de forma vívida. Às vezes sentia que estavam bem perto dele, respirando em silêncio.

Os dois partiram da vida de Tsukuru em determinado momento. Sem explicar o motivo, e de forma abrupta. Não, na verdade não partiram; é mais adequado dizer que eles o cortaram, o abandonaram. Nem era preciso dizer que aquilo havia machucado o coração de Tsukuru, e que a cicatriz ainda permanecia. Mas, em última análise, quem saiu machucado, ou quem foi prejudicado no verdadeiro sentido da palavra, talvez tenham sido os dois, e não Tsukuru Tazaki. Ele havia recentemente passado a pensar assim.

Talvez eu seja uma pessoa vazia, sem conteúdo, Tsukuru pensa. Mas justamente por não ter conteúdo, algumas pessoas encontram o seu lugar dentro dele, mesmo que seja temporariamente. Como pássaros noturnos solitários que buscam um lugar seguro para descansar durante o dia, em um sótão inabitado. Os pássaros provavelmente preferem esse espaço vazio, com pouca luminosidade e silencioso. Se assim for, talvez Tsukuru devesse se sentir feliz por ser vazio.

O último acorde de *Soneto de Petrarca nº 47* desapareceu no ar, o disco terminou, a agulha se levantou automaticamente, o braço deslizou na horizontal e voltou ao suporte. Ele colocou a agulha mais uma vez no início do mesmo lado. Ela fazia a leitura dos sulcos silenciosamente, e Lazar Berman repetiu sua execução. De forma infinitamente bela e sensível.

Depois de ouvir duas vezes seguidas o mesmo lado, Tsukuru colocou o pijama e se deitou na cama. Apagou a luz da cabeceira e agradeceu por carregar no coração apenas uma tristeza profunda, e não o pesado ciúme. Certamente este último tiraria o sono dele.

Até que o sono surgiu e o envolveu. Apenas por alguns segundos, ele conseguiu sentir em todo o corpo uma ternura familiar. Foi uma das poucas coisas pela qual Tsukuru sentiu gratidão naquela noite.

No sonho, ele ouviu o gorjear dos pássaros noturnos.

14

Quando desceu no aeroporto de Helsinque, a primeira coisa que Tsukuru fez foi trocar ienes por euros na casa de câmbio e, encontrando uma loja de telefonia celular, comprou um aparelho pré-pago cujo manuseio lhe pareceu dos mais fáceis. Depois, dirigiu-se ao ponto de táxi com a bolsa a tiracolo. Entrou em um Mercedes-Benz antigo e informou ao motorista o nome do hotel.

Ao sair do aeroporto e pegar a autoestrada, viu passar rapidamente pela janela uma floresta de um verde profundo e anúncios em finlandês, mas não teve a real sensação de estar no exterior, apesar de aquela ser sua primeira viagem internacional. Não era muito diferente de ir a Nagoia, embora a viagem tivesse sido um pouco longa. A única coisa diferente era o tipo de moeda na carteira. O jeito de se vestir não tinha mudado: calça larga, camisa polo preta, tênis e casaco de algodão marrom-claro. Só levara o mínimo de mudas de roupa. Se faltasse algo, bastava comprar.

— De onde você veio? — perguntou em inglês o motorista de meia-idade com barba cheia, olhando o rosto dele no espelho.

— Do Japão — Tsukuru respondeu.

— Apesar de vir de longe, você trouxe pouca bagagem.

— Não gosto de carregar peso.

O motorista riu. — Ninguém gosta de carregar peso. Mas, quando a gente se dá conta, está carregando muito. Assim é a vida. *C'est la vie.* — E riu alegremente.

Tsukuru também deu um sorriso.

— O que você faz? — perguntou o motorista.
— Construo estações ferroviárias.
— É engenheiro?
— Sou.
— Você veio à Finlândia construir uma estação?
— Não, estou de férias e vim visitar uma amiga.
— Isso é bom — disse o motorista. — Férias e amigos são as duas coisas mais formidáveis da vida.

Será que todos os finlandeses gostam de máximas perspicazes sobre a vida, ou será que só esse motorista tinha tendência para isso? Tsukuru desejou que fosse o segundo caso.

Quando o táxi chegou ao hotel em Helsinque, cerca de meia hora depois, ele se deu conta de que não verificara no guia quanto deveria dar de gorjeta e, para começar, se havia necessidade de gorjeta. (Pensando bem, ele não pesquisara nada de antemão sobre aquele país.) Por isso, acrescentou quase dez por cento ao valor que o taxímetro indicava. Como o motorista ficou contente e lhe entregou um recibo em branco, provavelmente não agiu errado. Mesmo que não tivesse agido corretamente, com certeza não o deixou chateado.

Sara havia escolhido para ele um hotel numa construção antiga no centro da cidade. Acompanhado por um atendente bonito de cabelos loiros, ele apanhou o elevador clássico e foi ao seu cômodo no quarto andar. Havia móveis antigos e uma grande cama, e o papel de parede desbotado tinha uma estampa de folhas delicadas de pinheiro. A banheira era antiga, com pés de metal, e a janela corria para cima. Havia uma grossa cortina decorada e uma fina cortina rendada. Sentiu cheiro de algo familiar. Da janela se via uma grande avenida por onde passavam bondes verdes no centro. Ele sentiu que ficaria à vontade ali. Não havia nem máquina de café nem TV de cristal líquido, mas ele não ia usá-los mesmo.

— Obrigado. Este quarto está bom — Tsukuru disse ao atendente, e lhe entregou duas moedas de um euro como gorjeta. O funcionário sorriu e saiu silenciosamente do quarto como um gato esperto.

Já era tarde quando ele terminou de tomar banho e trocar de roupa. Mas através da janela estava claro como meio-dia. Dava para ver no céu uma meia-lua branca, nítida. Parecia uma pedra-pomes gasta e velha. Alguém a havia atirado lá no alto, e por alguma razão ela permanecera ali.

Ele desceu ao saguão, dirigiu-se à mesa do *concierge* e pediu o mapa gratuito da cidade a uma mulher de cabelos ruivos. Em seguida informou o endereço do escritório local da agência de viagens de Sara e pediu que marcasse o lugar no mapa com caneta esferográfica. O escritório ficava a apenas três quarteirões do hotel. Seguindo a recomendação da atendente, ele comprou um passe comum para ônibus, metrô e bonde. Perguntou como usar os meios de transporte e pediu um mapa das linhas. Ela provavelmente tinha pouco mais de quarenta e cinco anos, tinha os olhos verde-claros e era muito atenciosa. Conversando com essa mulher mais velha, Tsukuru conseguiu recuperar seu sentimento tranquilo e natural de sempre. Parece que isso não mudaria em nenhum lugar do mundo.

Depois ele foi a um canto silencioso do saguão e telefonou para o apartamento de Preta em Helsinque, usando o celular comprado no aeroporto. Quem atendeu foi a secretária eletrônica. A voz grossa de um homem transmitiu uma mensagem em finlandês de cerca de vinte segundos. No final se ouviu um sinal, provavelmente para gravar uma mensagem. Tsukuru desligou o telefone sem nada dizer. Depois de um tempo ligou de novo para o mesmo número, mas ouviu a mesma mensagem. Ela fora deixada provavelmente pelo marido dela. Naturalmente ele não sabia o que ele dizia, mas a voz passava uma impressão alegre e positiva. Era a voz de um homem saudável, que leva uma vida confortável, sem passar necessidades.

Tsukuru desligou o celular e o guardou no bolso. Respirou fundo uma vez. Teve um pressentimento não muito bom. Talvez Preta não esteja no apartamento agora. Ela tem um marido e duas filhas pequenas. Já é julho. Talvez, como disse Sara, toda a família tenha ido a Maiorca de férias.

O relógio indicava seis e meia. O escritório da agência de viagens que Sara lhe indicara já devia estar fechado, mas não custava nada tentar. Ele tirou de novo o celular do bolso e discou o número. Inesperadamente alguém atendeu.

A voz de mulher disse algo em finlandês.

— A sra. Olga está? — perguntou Tsukuru em inglês.

— Eu sou Olga — respondeu a mulher num inglês fluente, sem sotaque.

Tsukuru disse o seu nome. Falou que Sara lhe dera aquele número.

— Sim, sr. Tazaki. Sara falou do senhor — disse Olga.

Ele explicou a situação. Viera encontrar uma amiga, mas o telefone da casa dela caía na secretária eletrônica e ele não conseguia entender a mensagem em finlandês.

— Sr. Tazaki, o senhor está no hotel agora?

— Estou — respondeu Tsukuru.

— Estou fechando o escritório agora. Em trinta minutos posso chegar ao hotel. Podemos nos encontrar no saguão?

Olga era uma moça loira que vestia jeans apertados e uma camiseta branca de manga comprida. Provavelmente tinha pouco mais de vinte e cinco anos. Media cerca de um metro e setenta e seu rosto era rechonchudo, com uma coloração saudável. Dava a impressão de vir de uma família próspera de agricultores, e de ter crescido junto com um bando de gansos barulhentos. Usava os cabelos presos, e no ombro carregava uma bolsa preta de verniz. Entrou no hotel em passos largos e postura reta, como uma entregadora de correspondências.

Os dois se cumprimentaram com um aperto de mão e se sentaram no grande sofá no meio do saguão.

Sara havia visitado Helsinque algumas vezes, e nessas ocasiões costumava trabalhar com Olga. Parecia que ela sentia simpatia por Sara, considerando-a mais que uma parceira de negócios.

— Faz tempo que não vejo Sara, ela está bem? — perguntou Olga.

— Está bem. Parece que está muito ocupada com o trabalho, e está sempre viajando pra lá e pra cá — respondeu Tsukuru.

— Ela disse no telefone que você é um amigo particular e próximo.

Tsukuru sorriu. *Um amigo particular e próximo*, repetiu ele, mentalmente.

— Gostaria de ajudá-lo no que for possível. Pode me pedir qualquer coisa — disse Olga sorridente, olhando no fundo dos olhos dele.

— Obrigado. — Ele tinha a impressão de estar sendo avaliado se merecia ou não ser o namorado de Sara. Seria bom se conseguisse nota suficiente para ser aprovado, ele pensou.

— Deixe eu ouvir a mensagem da secretária eletrônica — falou Olga.

Tsukuru tirou o celular e digitou o número do apartamento de Preta. Enquanto isso, Olga pegou da bolsa uma folha de anotações e uma caneta esferográfica dourada e fina, e as colocou no colo. Quando o telefone começou a chamar, ele entregou o celular a Olga. Ela prestou atenção na mensagem com fisionomia séria, e anotou rapidamente as informações necessárias. Desligou. Ela parecia ser uma mulher eficiente. Devia se dar bem com Sara.

— Parece que quem deixou a mensagem foi o marido dela — disse Olga. — Ele e a família deixaram o apartamento de Helsinque na sexta-feira passada e foram a uma casa de verão. Só voltam em meados de agosto. Ele deixou o número de telefone da casa de verão.

— É longe?

Ela balançou a cabeça. — Não sei onde fica. Pela mensagem só dá para saber que é na Finlândia, e o número de telefone. Acho que posso telefonar e tentar descobrir o endereço.

— Eu agradeceria se você fizesse isso, mas tenho um pedido a fazer — disse Tsukuru. — Não queria que você falasse o meu nome no telefone. Se puder, queria visitá-los sem avisar.

Uma leve curiosidade surgiu no rosto de Olga.

Tsukuru explicou: — Ela foi minha amiga próxima na escola, e não a vejo há muitos anos. Acho que ela nem imagina que eu viria até aqui para encontrá-la. Quero fazer uma surpresa, batendo na porta sem avisar.

— Uma surpresa — ela disse. E abriu as mãos no colo, com as palmas para cima. — Parece muito divertido.

— Espero que ela ache divertido também.

Olga disse: — Ela foi sua namorada?

Tsukuru balançou a cabeça. — Não, não é nada disso. Nós fazíamos parte de um mesmo grupo de amigos. É só isso. Mas éramos muito ligados.

Ela inclinou a cabeça de leve. — Amigos de escola são preciosos. Eu também tenho uma amiga dessa época. Até hoje me encontro e converso muito com ela.

Tsukuru acenou com a cabeça. Olga disse:

— Essa sua amiga se casou com um finlandês e se mudou para cá. E faz tempo que você não a vê. É isso?

— Não a vejo há dezesseis anos.

Olga passou a ponta do indicador na têmpora algumas vezes. — Entendi. Vou tentar descobrir o endereço sem falar o seu nome. Vou pensar em um jeito. Como ela se chama?

Tsukuru escreveu o nome de Preta na folha de anotações.

— Em qual cidade do Japão ficava o colégio de vocês?

— Nagoia — respondeu Tsukuru.

Olga pegou novamente o celular de Tsukuru e digitou o número deixado na secretária eletrônica. Depois de alguns toques, alguém atendeu. Olga começou a falar muito cordialmente em finlandês. Ela explicou algo, a outra pessoa fez uma pergunta e ela respondeu em poucas palavras. O nome Eri foi mencionado algumas vezes. Depois de mais algumas perguntas e respostas, pareceu que a outra pessoa havia se convencido. Olga apanhou a caneta esferográfica e anotou algo no papel. E desligou agradecendo educadamente.

— Deu certo — disse Olga.

— Que bom.

— O sobrenome deles é Haatainen. O nome do marido dela é Edvard. Eles têm uma casa de verão à beira do lago no subúrbio de uma cidade chamada Hämeenlinna, a noroeste de Helsinque, e passam o verão lá. Eri, o marido e as filhas.

— Como conseguiu descobrir tudo isso sem falar o meu nome?

Olga esboçou um sorriso travesso. — Menti um pouco. Fingi que era da FedEx. Disse que tinha uma encomenda para Eri de Nagoia, Japão, e perguntei para onde deveria enviá-la. Foi o marido dela que atendeu e, quando expliquei isso, ele logo me passou o endereço. Aqui está.

Assim, ela lhe entregou a folha de anotações. Em seguida se levantou, foi à mesa da *concierge* e pediu um mapa do sul da Finlândia. Ela abriu o mapa e marcou com a caneta onde ficava a cidade de Hämeenlinna.

— Aqui fica ela. Vamos pesquisar no Google o local exato da casa deles. Hoje o nosso escritório está fechado, então vou imprimir o mapa amanhã.

— Quanto tempo leva até Hämeenlinna?

— Deixe-me ver, são cerca de cem quilômetros daqui, e de carro deve levar uma hora e meia aproximadamente, com certa folga. Tem uma autoestrada que vai direto para lá. Você pode pegar um trem até a cidade, mas precisa de carro para ir até a casa deles.

— Vou alugar um carro.

— Em Hämeenlinna há um belo castelo à beira do lago, e também a casa onde nasceu Sibelius. Mas acho que tem um assunto mais importante para resolver. Você poderia ir ao meu escritório amanhã? Ele abre às nove. Tem uma agência de aluguel de carros perto de lá, vou providenciar para que você possa alugar o carro assim que chegar.

— Você está me ajudando bastante, obrigado — disse Tsukuru.

— Um amigo próximo da Sara é também meu amigo — respondeu Olga, piscando. — Espero que você encontre Eri. E que ela fique bem surpresa.

— É, vim aqui praticamente só para isso.

Olga hesitou um pouco, mas por fim perguntou:
— Não é da minha conta, mas você veio de tão longe para se encontrar com ela porque tem algum assunto importante a tratar?

— Talvez para mim seja importante — disse Tsukuru. — Mas para ela nem tanto. Vim até aqui praticamente só para verificar isso.

— Parece algo complicado.

— Talvez seja um assunto complicado demais para eu explicar com o meu inglês.

Olga sorriu: — Há coisas na vida que são complicadas demais para explicar em qualquer língua.

Tsukuru concordou com a cabeça. Talvez fosse mesmo peculiaridade dos finlandeses pensar em máximas a respeito da vida. Talvez, quem sabe, houvesse alguma relação com o longo inverno. Mas ela tinha razão. É uma questão que não tinha relação com a língua. Provavelmente.

Quando ela se levantou do sofá, Tsukuru também se levantou, e os dois apertaram as mãos.

— Então vou esperá-lo amanhã de manhã. Há uma diferença grande de fuso horário, a noite permanece clara até tarde, e quem não está acostumado talvez não consiga dormir bem. Para garantir, é melhor você pedir o serviço de despertador ao hotel.

— Vou fazer isso — disse Tsukuru. Ela colocou a bolsa no ombro, cruzou o saguão com os mesmos passos largos e saiu do hotel. Olhando em frente, sem se virar nenhuma vez.

Tsukuru dobrou a folha que ela lhe entregara e a guardou na carteira. Colocou o mapa no bolso. Em seguida saiu do hotel e caminhou sem rumo pela cidade.

Pelo menos havia descoberto o paradeiro de Eri. Ela está lá. Com o marido e as duas filhas pequenas. A questão agora é se ela vai recebê-lo ou não. Mesmo que ele tenha viajado de avião para vê-la, atravessando o Círculo Polar Ártico, ela pode se recusar a recebê-lo. Há uma grande chance de isso acontecer. Segundo Azul, no caso do estupro foi Preta quem primeiro ficou do lado de Branca e exigiu que Tsukuru fosse excluído do grupo. Depois que Branca foi assassinada e que o grupo fora desfeito, ele nem imaginava que tipo de sentimento ela tinha por ele. Talvez ela não queira mais saber dele. Só lhe restava ir ao encontro dela para verificar.

O relógio marcava mais de oito da noite, mas, como dissera Olga, não havia sinal de que fosse escurecer. Muitas lojas ainda estavam abertas e as pessoas perambulavam pela avenida clara como o dia. Nos cafés, os fregueses tomavam cerveja ou vinho e conversavam animadamente. Caminhando na antiga avenida pavimentada de pedras redondas, sentiu cheiro de peixe assado vindo de algum lugar. Parecia o cheiro de carapau assado dos restaurantes japoneses populares. Tsukuru sentiu fome e entrou em uma rua lateral estreita, como se seguisse o cheiro, mas não conseguiu identificar de onde ele vinha. Depois de ir e voltar na avenida algumas vezes, o cheiro diminuiu e desapareceu.

Como não estava muito a fim de pensar em onde jantar, ele entrou em uma pizzaria, sentou-se à mesa do lado de fora e pediu chá gelado e pizza marguerita. Podia ouvir o riso de Sara bem perto dos seus ouvidos. Você pegou um avião e foi até a Finlândia só para comer pizza marguerita?, ela diria, achando graça. Mas a pizza era saborosa, e superou as suas expectativas. A massa era fina, crocante e tinha um aroma delicioso de tostado; devia ter sido assada num genuíno forno a lenha.

Aquela pizzaria despretensiosa estava praticamente lotada de famílias e casais jovens. Havia um grupo de estudantes também. Todos estavam com um copo de cerveja ou uma taça de vinho na mão. Muitos fumavam sem reservas. Olhando ao redor, Tsukuru notou que só ele tomava chá gelado e comia pizza, calado, sozinho. As pessoas conversavam animadamente em voz alta, e toda conversa que ouvia era (provavelmente) em finlandês. Todos pareciam ser locais. Foi só então que ele se deu conta, finalmente, de que estava em um país estrangeiro, bem longe do Japão. Geralmente, em qualquer lugar, ele estava sempre sozinho quando comia. Por isso a situação não o incomodava muito. Mas lá ele não estava simplesmente *sozinho*. Estava sozinho no duplo sentido. Era um estrangeiro, e todas as pessoas à sua volta conversavam em uma língua que ele não compreendia.

Era um tipo de solidão diferente da que costumava sentir no Japão. Não é tão mal assim, pensou Tsukuru. Ser sozinho em duplo sentido talvez resulte em uma negação dupla da solidão. Ou seja, o fato de ele, que era estrangeiro, estar isolado ali, fazia todo o sentido. Não era de surpreender. Assim pensando, ele se sentiu tranquilo. Estou realmente no lugar certo. Ergueu a mão para chamar o garçom e pediu vinho tinto.

Pouco depois de a taça de vinho chegar à mesa, um velho tocador de acordeão com chapéu-panamá e colete desgastado se aproximou, acompanhado de um cão de orelhas pontudas. Com as mãos habilidosas, prendeu a corda do cão ao poste de luz, como quem prende um cavalo, e, de pé, encostado no poste, começou a tocar músicas tradicionais escandinavas. Tocava de modo experiente. Algumas pessoas começaram a cantar acompanhando o acordeão. Atendendo a pedidos, tocou a seguir uma versão em finlandês de *Dont't be cruel*, de Elvis Presley. O cão preto e magro permaneceu sentado, indiferente, observando em silêncio um ponto no ar como se lembrasse de algo. Nem sequer mexia as orelhas.

"Há coisas na vida que são complicadas demais para explicar em qualquer língua", dissera Olga.

Ela tem razão, pensou Tsukuru, tomando o vinho. Não só explicar a outras pessoas; é complicado demais explicar a si mesmo. Se tentar forçar a explicação, acabará mentindo em algum ponto. De qualquer forma, amanhã muitas coisas devem ficar mais claras. Basta esperar. Se não forem esclarecidas, está tudo bem, também. Não tem jeito. O incolor Tsukuru Tazaki continuará levando sua vida sem cor. Não vai incomodar ninguém vivendo assim.

Ele pensou em Sara. Pensou no vestido verde-hortelã dela, no riso alegre e no homem de meia-idade com quem ela andava de mãos dadas. Mas esses pensamentos também não o levaram a lugar nenhum. O coração das pessoas é um pássaro noturno; permanece esperando algo silenciosamente e, quando chega a hora, alça voo seguindo na sua direção.

Ele fechou os olhos e prestou atenção no som do acordeão. A melodia simples chegava aos ouvidos dele atravessando as vozes animadas das pessoas, como a sirene de nevoeiro abafada pelo barulho do mar.

Tsukuru tomou só metade do vinho e se levantou, deixando algumas notas e moedas. Depositou um euro no chapéu diante do tocador de acordeão e, como faziam os outros, afagou a cabeça do cão preso no poste de luz quando passou por ele. Mesmo assim o animal não se mexeu, como se fingisse ser um ornamento. Em seguida, ele andou devagar na direção do hotel. No caminho parou em um quiosque e comprou água mineral e um mapa mais detalhado da região sul da Finlândia.

No parque no meio da avenida principal havia várias mesas de pedra com o desenho de tabuleiros de xadrez, e as pessoas jogavam com as próprias peças. Eram todos homens, a maioria mais velha. Ao contrário dos fregueses da pizzaria, eles eram muito calados. As pessoas que assistiam às partidas estavam igualmente quietas. As considerações cuidadosas necessitam de um profundo silêncio. Muitos dos que caminhavam pela rua levavam seus cães. Os cães também estavam quietos. Andando na avenida, ele sentia de vez em quando o cheiro de peixe assado e de kebab carregados pelo vento. Já eram quase nove da noite, mas a floricultura ainda estava aberta, e flores de verão de diversas cores estavam expostas. Como se tivessem esquecido o que era a noite.

Na recepção do hotel, pediu para ser acordado às sete da manhã. E perguntou, lembrando-se de súbito: — Tem alguma piscina aqui perto?

O funcionário franziu a testa de leve, pensou um momento e balançou negativamente a cabeça, de forma educada. Como se pedisse desculpas por uma falha em sua história nacional. — Sinto muito, mas não há piscina alguma aqui perto.

Ele voltou ao quarto, fechou bem a espessa cortina para bloquear a luz externa, despiu-se e subiu na cama. Mesmo assim, a luz penetrava sorrateiramente, como uma lembrança antiga que não podia ser apagada facilmente. Olhando o teto do quarto vagamente iluminado, teve uma estranha sensação ao pensar que ele, prestes a visitar a Preta, não estava em Nagoia, mas em Helsinque. A claridade peculiar da noite escandinava proporcionava um tremor curioso em seu coração. O corpo desejava o sono, mas a cabeça queria ficar mais tempo desperta.

Em seguida ele pensou em Branca. Fazia tempo que não sonhava com ela. Antigamente tinha muitos sonhos em que ela aparecia. Geralmente eram sonhos eróticos, e ele gozava intensamente dentro dela. Quando acordava, era tomado por sentimentos complexos enquanto lavava na pia sua cueca suja de sêmen. Era uma sensação estranha, na qual se misturavam um pouco de culpa e de desejo. Era provavelmente um sentimento especial, que só nascia em um lugar escuro e desconhecido, onde a realidade e a irrealidade se fundiam em segredo. Curiosamente ele sentiu saudades dessa sensação. Não importava o tipo de sonho, nem o tipo de sentimento que o dominaria; ele queria sonhar de novo com Branca.

Até que ele finalmente adormeceu, mas não sonhou.

15

O telefone para despertá-lo tocou às sete, e só então ele acordou. Tinha a sensação de ter dormido por muito tempo e de forma profunda, e todo o corpo estava agradavelmente dormente. Essa dormência continuou até ele terminar de tomar uma ducha, fazer a barba e escovar os dentes. O céu estava levemente nublado, mas não havia sinal de que fosse chover. Tsukuru trocou de roupa e tomou um café da manhã simples no bufê do restaurante do hotel.

Depois das nove, foi ao escritório de Olga. O pequeno escritório ficava no meio de uma ladeira e, além dela, havia só mais um homem alto com os olhos que pareciam de peixe. Ele explicava algo no telefone. Na parede havia pôsteres coloridos de várias regiões da Finlândia. Olga entregou a Tsukuru alguns mapas impressos. A casa de verão dos Haatainen ficava em um pequeno povoado seguindo o caminho à beira do lago, passando a cidade de Hämeenlinna. O lugar estava marcado com um X. O lago era estreito e comprido e seguia em curvas para muito longe, como se fosse um canal. Provavelmente fora escavado dezenas de milhares de anos antes pelas geleiras em movimento.

— Você deve achar o caminho com facilidade — disse Olga. — A Finlândia é diferente de Tóquio ou Nova York. Não tem muito tráfego, e se você seguir a sinalização e não atropelar nenhum alce conseguirá chegar ao destino.

Tsukuru lhe agradeceu. Olga continuou:

— Aluguei um carro. É um Golf da Volkswagen que só rodou dois mil quilômetros. Consegui um desconto por ele.

— Obrigado. Que maravilha.

— Estou rezando para que as coisas deem certo, já que você veio de tão longe para isso — disse Olga, com um sorriso. — Se tiver algum problema, me ligue.

— Vou ligar — respondeu Tsukuru.

— E cuidado com os alces. Eles são meio tontos. Não corra muito.

Eles se despediram apertando as mãos.

Ele retirou o Golf novo azul-marinho na locadora de carros e pediu à moça do balcão uma explicação de como pegar a autoestrada a partir do centro de Helsinque. Era preciso ter um pouco de atenção, mas não era muito difícil. Chegando à autoestrada, o resto era fácil.

Ouvindo música na rádio FM, Tsukuru seguiu para o oeste na autoestrada a uma velocidade média de cem quilômetros por hora. A maioria dos carros o ultrapassava, mas ele não ligou. Fazia tempo que não dirigia, e o volante ficava no lado esquerdo. Além disso, gostaria de chegar à casa dos Haatainen depois do almoço. Tinha muito tempo. Não precisava se apressar. A rádio especializada em músicas clássicas tocava animados concertos para trompete.

A maior parte da autoestrada era ladeada por florestas. Tsukuru teve a impressão de que todo o país era coberto de um verde rico e vívido. A maioria das árvores era de bétulas brancas, e havia também pinheiros, abetos e bordos. O pinheiro era uma espécie avermelhada de tronco reto, e os galhos das bétulas brancas caíam em curvas acentuadas. Eram espécies que não se viam no Japão. Entre elas havia algumas árvores de folhas mais longas. Um pássaro com grandes asas sobrevoava devagar o céu, entregando-se ao vento, à procura de presas na terra. De tempos em tempos Tsukuru avistava telhados de casas rurais. Eram construções grandes, e, através das cercas ao longo de colinas suaves, ele podia ver o gado pastando. O capim havia sido aparado e compactado mecanicamente em grandes fardos cilíndricos.

    Chegou à cidade de Hämeenlinna antes do meio-dia. Tsukuru deixou o carro no estacionamento e caminhou pela cidade por uns quinze minutos. Depois se sentou à mesa de um café em frente à praça central, tomou um café e comeu um croissant. O croissant era doce demais, mas o café estava forte e saboroso. Todo o céu de Hämeenlinna também estava levemente nublado, como o de Helsinque. Não se podia ver o sol. Só se via o contorno de uma mancha alaranjada no meio do céu. O vento que soprava na praça era um pouco frio, e ele vestiu um suéter fino por cima da camisa polo.

    Quase não se viam turistas em Hämeenlinna. Somente pessoas com roupas do dia a dia, com sacolas de compras, iam e vinham. As lojas da avenida no centro da cidade também não eram voltadas aos turistas, e a maioria era de alimentos e artigos diversos para os habitantes locais ou pessoas que passavam a temporada nas casas de veraneio. No lado oposto da praça havia uma grande igreja. Ela era robusta, com teto verde abobadado. Bandos de pássaros negros voavam de telhado em telhado, atarefados, como ondas na praia. Gaivotas brancas saltitavam sem pressa sobre as pedras na praça, espiando à volta com olhos atentos.

    Perto dali havia alguns carrinhos que vendiam verduras e frutas, e ele comprou um saco de cerejas e as comeu sentado no banco. Nisso, duas meninas de dez ou onze anos se aproximaram e ficaram observando-o de um lugar um pouco afastado. Provavelmente não eram muitos os orientais que visitavam a cidade. Uma era alta, magra e branca, e a outra tinha sardas no rosto bronzeado. As duas usavam maria-chiquinha. Tsukuru sorriu para elas.

Elas se aproximaram aos poucos dele, como gaivotas cautelosas.

— Chinês? — perguntou a mais alta em inglês.

— Sou japonês — respondeu Tsukuru. — É perto, mas um pouco diferente.

Elas fizeram cara de que não entenderam direito.

— Vocês são russas? — perguntou Tsukuru.

Elas balançaram a cabeça negativamente algumas vezes.

— Finlandesas — disse a de sardas, com a fisionomia séria.

— É a mesma coisa — disse Tsukuru. — É perto, mas um pouco diferente.

As duas acenaram com a cabeça.

— O que você faz aqui? — perguntou a de sardas, como se treinasse o inglês. Provavelmente estava aprendendo na escola e queria testar com um estrangeiro.

— Vim visitar uma amiga — disse Tsukuru.

— São quantas horas de viagem do Japão até aqui? — perguntou a mais alta.

— Mais ou menos onze horas de avião — disse Tsukuru. — Durante a viagem, comi duas vezes e vi um filme.

— Que filme?

— *Duro de matar 12*.

Então as meninas pareceram satisfeitas. Saíram correndo pela praça, de mãos dadas, as saias esvoaçantes, como tufos de capim soprados pelo vento, sem observações ou máximas sobre a vida. Tsukuru ficou aliviado e continuou comendo as cerejas.

Tsukuru chegou à casa de verão dos Haatainen à uma e meia. Encontrá-la não foi tão fácil como previra Olga, pois não havia nada que pudesse ser chamado de estrada propriamente dita. Se não fosse por um velhinho gentil, talvez nunca encontrasse a casa.

Vendo-o completamente perdido com o mapa do Google em uma das mãos e o carro estacionado na beira da estrada, um velhinho baixinho de bicicleta se aproximou. Ele usava um boné velho e botas de borracha. Pelos brancos saíam das suas orelhas, e os olhos estavam avermelhados, como se estivesse com muita raiva de alguma coisa. Tsukuru lhe mostrou o mapa e disse que estava procurando a casa de verão do sr. Haatainen.

— É perto. Vou lhe mostrar — disse o velhinho primeiro em alemão, depois em inglês. Ele encostou a bicicleta preta que parecia pesada em uma árvore próxima e entrou no Golf pelo lado do passageiro, apressadamente, sem mesmo esperar a resposta. E com o dedo, que parecia um velho e áspero toco de árvore, indicou o caminho que deveria seguir. À beira do lago havia uma estrada de terra que atravessava a floresta. Era mais apropriado chamar de trilha, formada somente de rastros de pneus. Entre os dois rastros, o capim verde crescia em abundância. Seguindo essa trilha, chegaram a uma bifurcação. Nos troncos das árvores estavam pregadas algumas placas com nomes escritos com tinta, e em uma das da direita se lia "Haatainen".

Seguindo um pouco a trilha da direita, chegaram a um lugar mais aberto. Podiam ver um lago entre os troncos de bétulas brancas. Havia um pequeno cais onde um bote mostarda de plástico estava amarrado. Era um bote simples de pesca. Havia uma aconchegante cabana de madeira no meio das árvores, e do seu telhado despontava uma chaminé quadrada de tijolos. Ao lado da cabana estava estacionada uma van branca da Renault com placa de Helsinque.

— Aquela é a casa dos Haatainen — informou o velhinho em voz grave. E, como se fosse sair no meio da nevasca, ajeitou bem o boné e cuspiu no chão. Era um catarro que parecia duro como cascalho.

Tsukuru agradeceu. — Vou levar o senhor até onde deixou a bicicleta. Agora já sei o caminho.

— Não, não precisa. Posso voltar a pé — disse o velhinho, como se estivesse bravo. Pelo menos era o que ele parecia ter dito; Tsukuru não entendia nada daquela língua. Pelo som, tampouco soava como finlandês. E ele desceu apressadamente do carro, sem ao menos dar oportunidade a Tsukuru de lhe estender a mão, e começou a andar a passos largos. Nem olhou para trás. Como o anjo da morte que já tinha informado ao falecido o caminho para o mundo do além.

Do Golf estacionado no meio do capim de verão, à beira da estrada, Tsukuru continuou observando as costas do velhinho. Em seguida desceu do carro e respirou fundo. Parecia que o ar era mais puro que o de Helsinque. Parecia ar que acabara de ser fabricado. Uma brisa suave balançava as folhas das bétulas brancas, e de tempos em tempos se ouvia o leve baque do bote batendo no cais. Um pássaro gorjeou em algum lugar. Era um gorjear breve e sonoro.

Tsukuru olhou o relógio de pulso. Será que já tinham terminado de almoçar? Hesitou um pouco, mas, como não pensou em nada para fazer, decidiu bater na porta dos Haatainen. Ele caminhou em linha reta na direção da cabana, pisando no capim verde de verão. O cão que dormia na varanda se levantou e olhou para ele. Era um pequeno cão marrom de pelos longos. Latiu algumas vezes. Não estava preso, mas, como o latido não era ameaçador, Tsukuru seguiu andando.

Pouco antes de chegar à casa, provavelmente porque ouviu o latido, a porta se abriu e um homem mostrou a cara. Tinha barba bem loira e cheia, e estava na casa dos quarenta e cinco anos. Não era muito alto. Os ombros eram retos e largos como um cabide grande, e o pescoço era comprido. O cabelo também era bem loiro, parecendo uma vassoura enroscada. Dele saíam orelhas na lateral. Usava camisa de manga curta xadrez e jeans de trabalho. Com a mão esquerda na maçaneta da porta, ele observou Tsukuru se aproximar. Em seguida chamou o cão e o fez parar de latir.

— *Hello* — disse Tsukuru.

— Olá — disse o homem em japonês.

— Olá — Tsukuru também respondeu em japonês. — É a casa do sr. Haatainen?

— Sim, é a casa dos Haatainen — disse o homem em japonês fluente. — Eu sou Edvard Haatainen.

Chegando à escadaria da varanda, Tsukuru estendeu a mão. O homem também estendeu a sua e os dois se cumprimentaram.

— Eu sou Tsukuru Tazaki — disse Tsukuru.

— Tsukuru, de construir coisas?

— É, esse mesmo.

O homem sorriu. — Eu também construo coisas.

— Que bom — disse Tsukuru. — Eu também.

O cão se aproximou e esfregou a cabeça no pé do homem. Aproveitando, fez o mesmo no pé de Tsukuru. Esse deveria ser o ritual de boas-vindas. Tsukuru estendeu a mão e afagou a cabeça do cão.

— O que você constrói?

— Estações de trem — disse Tsukuru.

— É mesmo? Você sabia que a primeira linha férrea da Finlândia ligava Helsinque a Hämeenlinna? Por isso, os moradores daqui têm orgulho da estação. Assim como têm orgulho da cidade, onde nasceu Jean Sibelius. Então você veio ao lugar certo.

— É mesmo? Não sabia. E você, o que constrói?

— Faço cerâmicas — disse Edvard. — Comparadas com as estações, são muito pequenas. Entre, por favor, sr. Tazaki.

— Não vou incomodar?

— Nem um pouco — disse Edvard. E abriu os braços. — Aqui, todas as pessoas são bem-vindas. Se constrói coisas, é meu companheiro. Recebo com mais prazer ainda.

Não havia ninguém na cabana. Sobre a mesa havia somente uma caneca de café e um livro de bolso em finlandês, aberto. Parecia que ele estava tomando o café depois do almoço, sozinho, lendo o livro. Ele ofereceu uma cadeira a Tsukuru e se sentou à sua frente. Fechou o livro inserindo um marcador de página e o colocou de lado.

— Aceita café?

— Aceito — disse Tsukuru.

Edvard foi à cafeteira, encheu uma caneca com café fervente e a colocou na frente de Tsukuru.

— Aceita açúcar e creme?

— Não, tomo café puro — disse Tsukuru.

A caneca cor de creme era feita a mão. A asa era distorcida e tinha um formato curioso. Mas era fácil de segurar e, tocando-a, tinha-se uma sensação íntima. Como uma piada interna que só os membros da família entendem.

— Foi minha filha mais velha quem fez essa caneca — disse Edvard sorrindo. — Naturalmente, quem a cozinhou no forno fui eu.

Ele tinha olhos cinza-claros com ar generoso, que combinavam bem com os cabelos e a barba loiros. Tsukuru conseguiu sentir uma simpatia natural por ele. Era um tipo que combinava mais com a vida na floresta ou no lago do que na cidade.

— Você deve ter vindo encontrar a Eri, não é? — perguntou Edvard.

— Sim, vim encontrar a Eri — disse Tsukuru. — Ela está aqui agora?

Edvard assentiu. — Eri está aqui. Almoçou e foi fazer uma caminhada com as nossas filhas. Devem estar na beira do lago. Tem uma trilha muito boa. Como sempre, o cão voltou um pouco antes. Por isso, elas também devem estar chegando.

— Você fala japonês muito bem — disse Tsukuru.

— Morei cinco anos no Japão. Em Gifu e Nagoia. Estudei cerâmica japonesa. Sem saber japonês, não conseguiria fazer nada.

— Conheceu a Eri nessa época?

Edvard riu alegremente. — Sim. Logo nos apaixonamos. Casamos em Nagoia oito anos atrás, e voltei à Finlândia com ela. Atualmente trabalho com cerâmicas aqui. Trabalhei um tempo na empresa Arabia como designer logo que cheguei à Finlândia, mas a vontade de trabalhar sozinho era muito forte, e virei autônomo dois anos atrás. Também dou aulas em uma universidade de Helsinque, duas vezes por semana.

— Vocês costumam passar o verão aqui?

— Sim, ficamos aqui do início de julho até meados de agosto. Há um pequeno ateliê aqui perto que uso com meus companheiros. Vou bem cedo, pois trabalho lá na parte da manhã, e sempre volto para casa para almoçar. Geralmente passo as tardes com a família aqui. Fazendo caminhadas, lendo livros. Às vezes vamos todos juntos pescar.

— É um lugar encantador.

Edvard sorriu feliz. — Obrigado. Aqui é muito silencioso, e consigo adiantar o trabalho. Levamos uma vida simples. As crianças também gostam daqui. Temos muito contato com a natureza.

Uma estante embutida de madeira ocupava uma parede inteira de argamassa branca da sala, do chão até quase o teto, e nela estavam dispostas cerâmicas que provavelmente ele fizera. Fora isso, não havia nada na sala que pudesse ser chamado de decoração. Havia um relógio redondo e simples na parede, e no armário de madeira antigo e robusto havia um aparelho de som compacto e alguns CDs.

— Cerca de um terço das peças dessa estante é da Eri — disse Edvard. Havia um tom de orgulho em sua voz. — Como posso dizer, ela tem um talento natural. De nascença. Esse talento aflora nas peças dela. Algumas lojas de Helsinque vendem as nossas peças e, dependendo da loja, os trabalhos dela fazem mais sucesso que os meus.

Tsukuru ficou um pouco assustado. Nunca ouvira falar que Preta tivesse interesse por cerâmica.

— Não sabia que ela fazia cerâmica — disse Tsukuru.

— Eri passou a se interessar por cerâmica depois dos vinte anos e, após se formar em uma universidade normal, ingressou no departamento de desenho industrial da Universidade de Artes de Aichi. Foi onde nos conhecemos.

— É mesmo? Praticamente só a conheci adolescente.

— É amigo da época do ensino médio?

— Sou.

— Sr. Tsukuru Tazaki — falando esse nome, Edvard estreitou os olhos e tentou resgatar a memória. — Estou lembrando que a Eri falou de você. Você fazia parte do grupo de cinco amigos muito unidos de Nagoia. Não é?

— Sim. Nós fazíamos parte do mesmo grupo.

— No nosso casamento em Nagoia, três do grupo estavam presentes. Vermelho, Branca e Azul. Estou certo? Os coloridos.

— Exatamente — disse Tsukuru. — Não pude comparecer ao casamento, infelizmente.

— Mas estamos nos conhecendo agora. — Ao dizer isso, ele mostrou um sorriso caloroso. Os pelos da bochecha balançaram como a chama íntima de uma fogueira. — Você está passeando pela Finlândia?

— Estou — disse Tsukuru. Se fosse lhe contar o verdadeiro motivo, a explicação ficaria longa. — Vim passear na Finlândia, e pensei que poderia encontrar a Eri, pois faz muitos anos que não nos vemos, e resolvi vir até aqui. Sinto muito por não ter avisado antes. Espero que não esteja incomodando.

— Não, você não está incomodando. É um grande prazer recebê-lo. Que bom que veio nos visitar de tão longe. Você teve sorte de ter me encontrado em casa. Eri com certeza vai ficar contente.

Espero que sim, Tsukuru pensou.

— Posso ver as peças? — Tsukuru perguntou a Edvard, apontando as cerâmicas da estante.

— Claro. Pode tocar nelas à vontade. As minhas e as da Eri estão misturadas, mas, como a impressão que causam é muito diferente, acho que você vai saber identificar facilmente qual é de quem, mesmo sem eu dizer.

Tsukuru foi à parede e observou cada uma das cerâmicas expostas. A maioria era de louças, como pratos, tigelas ou copos, que podiam ser usadas numa refeição. Fora isso havia alguns vasos e potes.

Como dissera Edvard, Tsukuru notou desde o início a diferença entre as obras dele e as de Eri. As em tom pastel e textura lisa eram do marido. A intensidade da cor ficava mais forte ou fraca dependendo do local, e tinham uma sombra sutil, como o fluir do vento ou da água. Nenhuma trazia um desenho; a própria variação das cores formava a estampa. Mesmo Tsukuru, que era completamente leigo em cerâmica, conseguia imaginar que, para produzir aquelas cores, era preciso dominar uma técnica avançada. O desenho, sem ornamentos desnecessários, e a textura, lisa e elegante, eram a peculiaridade das obras dele. Basicamente eram de estilo escandinavo, mas essa simplicidade parecia ter uma influência clara da cerâmica japonesa. Ao segurá-las, eram inesperadamente leves e se encaixavam bem na mão. Até os detalhes recebiam atenção cuidadosa. De qualquer forma, era um trabalho manual que só os profissionais de primeira linha conseguiam fazer. Numa grande empresa, de produção em massa, o talento dele não poderia ser mostrado tão claramente.

Em comparação, o estilo das peças de Eri era bem mais simples. Do ponto de vista técnico, elas ficavam muito aquém da precisão e do refinamento das obras do marido. No geral eram espessas, a curvatura da borda era levemente desigual e não havia uma beleza afiada e sofisticada. Mas possuíam uma peculiaridade calorosa que por alguma razão apaziguava o coração de quem as via. A leve falta de uniformidade e a textura áspera proporcionavam uma tranquilidade silenciosa, como a sensação de tocar um tecido natural ou de observar as nuvens correrem no céu, sentado num alpendre.

Ao contrário das obras do marido, a peculiaridade das obras dela estava na pintura. Todas elas tinham um desenho delicado, como folhas de árvore sopradas pelo vento, às vezes dispersas, às vezes próximas. Dependendo da disposição dos desenhos, a impressão da obra como um todo era ora de solidão, ora de júbilo. Seu refinamento lembrava a estampa delicada de um quimono antigo. Tsukuru aproximava a vista para ver o que cada uma das figuras representava, mas não conseguia identificá-las. Eram figuras curiosas. Mas, vendo de longe, só enxergava folhas de árvore caídas no chão da floresta. Folhas que animais anônimos pisam sorrateiramente, sem ninguém saber.

As cores das obras dela, ao contrário das do marido, não passavam de pano de fundo. Como dar vida à estampa, como tornar visível a estampa, essa era a função delas. Elas desempenhavam esse papel sutil com êxito.

Tsukuru comparou as louças de Edvard e as de Eri pegando-as na mão alternadamente. Esse casal deve viver em equilíbrio também na vida real. Havia um contraste agradável que o fazia pensar assim. O estilo dos dois era diferente, mas cada um estava procurando aceitar a peculiaridade do outro.

— Talvez não seja correto que eu, o marido dela, elogie tanto o trabalho da minha mulher — disse Edvard, olhando Tsukuru. — Como se fala isso em japonês mesmo? *Favorecer os parentes próximos?*

Tsukuru apenas sorriu, sem nada dizer.

— Mas eu gosto das peças da Eri, não porque sou marido dela. Deve haver muitas pessoas no mundo que fabricam cerâmicas mais bonitas e de forma mais habilidosa do que ela. Mas no trabalho dela não há *estreiteza*. Dá para sentir uma amplitude do coração. Gostaria de conseguir me expressar melhor.

— Entendo muito bem o que está dizendo — disse Tsukuru.

— É uma coisa recebida dos céus — e ele apontou para o teto. — Um dom. Com certeza ela irá se aperfeiçoar ainda mais daqui para a frente. Eri ainda tem muita margem para isso.

O cão latiu do lado de fora. Era um latido íntimo e especial.

— Parece que Eri e as meninas voltaram — disse Edvard, virando-se. Em seguida ele se levantou e foi em direção à entrada.

Tsukuru devolveu a louça de Eri cuidadosamente à estante e, permanecendo de pé onde estava, esperou ela aparecer na porta.

16

Quando viu Tsukuru, Preta deu a impressão de não entender nada do que estava acontecendo. A expressão que tinha no rosto desapareceu, tornando-o vazio. Ela levantou os óculos escuros que usava e, sem nada dizer, apenas fitou Tsukuru. Tinha saído para caminhar com as filhas depois do almoço e, na volta para casa, vira aquele homem que parecia um japonês, em pé ao lado do marido. Um rosto que ela não reconhecia.

Ela segurava a mão da filha menor. Deveria ter três anos, mais ou menos. Ao lado dela, havia uma menina um pouco maior, dois ou três anos mais velha. As duas usavam vestidos de mesma estampa floral e sandálias de plástico parecidas. A porta estava aberta e lá fora o cão latia agitadamente. Edvard espiou da porta e deu uma bronca rápida nele. Logo o cão parou de latir e se deitou no chão da varanda. Assim como a mãe, as filhas continuaram caladas e observavam o rosto de Tsukuru.

A aparência geral de Preta não estava muito diferente de dezesseis anos antes, quando a viu pela última vez. Só que o semblante rechonchudo de menina já havia desaparecido, sendo substituído por um contorno franco e eloquente. Desde adolescente ela tinha caráter forte, e agora os olhos sinceros e límpidos lhe conferiam uma certa introspecção. Certamente os olhos dela tinham visto muitas coisas inesquecíveis desde então. Os lábios estavam firmemente comprimidos e as bochechas e a testa tinham um bronzeado saudável. Cabelos bem negros e fartos caíam lisos até os ombros, e a franja estava presa com um grampo para não cair na testa. Os seios pareciam ter ficado maiores. Usava um vestido de algodão azul, sem estampas, e um xale creme por cima. Calçava tênis brancos.

Preta olhou para o marido como se pedisse uma explicação. Mas Edvard não disse nada. Apenas balançou a cabeça, de forma breve. Ela olhou novamente Tsukuru. E mordeu os lábios de leve.

Tsukuru estava agora diante de uma mulher saudável que vivera uma vida completamente diferente da dele. Tsukuru não pôde deixar de sentir esse peso. Diante dela, teve a impressão de ter compreendido finalmente o peso de dezesseis anos passados. No mundo há coisas que só podem ser transmitidas através da figura de uma mulher.

O rosto de Preta, ainda fitando Tsukuru, se contorceu de forma sutil. Os lábios tremeram como pequenas ondas, e uma das extremidades se torceu. Uma pequena covinha surgiu na bochecha direita. Mas não era bem uma covinha. Era uma pequena cavidade para ser preenchida com uma alegre amargura. Tsukuru se lembrava muito bem dessa expressão. Ela a exibia sempre que estava prestes a soltar uma ironia. Mas ela não estava tentando esboçar uma ironia; apenas procurava atrair uma hipótese longínqua.

— Tsukuru? — finalmente ela expressou essa hipótese em palavras.

Tsukuru assentiu.

A primeira coisa que ela fez foi puxar para perto de si a filha menor, como se tentasse protegê-la de alguma ameaça. A filha encostou o corpo firmemente na perna da mãe, e continuou olhando para cima, fitando Tsukuru. A filha maior permaneceu de pé em um lugar um pouco afastado. Edvard se aproximou dela e acariciou seus cabelos. Ela tinha cabelos bem loiros. A menor tinha cabelos pretos.

Sem dizer uma palavra, os cinco permaneceram nessa posição por um tempo. Edvard acariciando os cabelos da filha loira, Preta com a mão no ombro da filha de cabelos negros, e Tsukuru em pé, sozinho, do outro lado da mesa. Como se fizessem pose para uma pintura. E quem estava no meio era Preta. Ela, ou o corpo dela, estava no centro desse cenário dentro da moldura.

Foi ela quem se mexeu primeiro. Soltou a filha menor, tirou os óculos escuros da cabeça e os colocou sobre a mesa. Em seguida pegou a caneca do marido e tomou um gole de café frio que restava. E fez uma careta como quem não tivesse gostado. Parecia não estar entendendo o que acabara de tomar.

— Quer café? — perguntou o marido em japonês.

— Quero, sim — respondeu Preta sem se virar. E se sentou na cadeira à mesa.

Edvard foi à cafeteira e pressionou o botão para aquecê-la. As irmãs imitaram a mãe e se sentaram juntas no banco de madeira perto da janela. Apenas observavam Tsukuru.

— É você mesmo, Tsukuru? — disse Preta em voz baixa.

— Sou eu mesmo — disse Tsukuru.

Ela estreitou os olhos e fitou o rosto dele.

— Parece que você está vendo um fantasma — disse Tsukuru. Ele tentou brincar, mas as palavras não soaram como brincadeira nem para ele.

— Sua aparência mudou bastante — disse Preta, com a voz seca.

— Todos que me veem depois de um tempo falam a mesma coisa.

— Você está muito magro e parece bem mais... adulto.

— Acho que é porque eu já sou adulto — disse Tsukuru.

— Talvez — disse Preta.

— Você praticamente não mudou.

Ela balançou a cabeça levemente, mas não disse nada.

O marido trouxe café e o colocou sobre a mesa. Era uma caneca pequena, que parecia ter sido feita por ela. Ela colocou uma colher de açúcar no café quente, mexeu e tomou um gole, cuidadosamente.

— Vou à cidade com as meninas — disse Edvard com a voz alegre. — Preciso comprar mantimentos e encher o tanque do carro.

Preta virou-se para ele e acenou com a cabeça. — Você pode fazer isso? — ela disse.

— Quer que eu compre algo?

Ela fez que não com a cabeça em silêncio.

Edvard colocou a carteira no bolso, apanhou a chave do carro pendurada na parede e disse algo às filhas em finlandês. Elas logo se levantaram do banco felizes. "Sorvete", elas disseram. Provavelmente o pai lhes prometera sorvete entre as compras.

De pé na varanda, Tsukuru e Preta observaram os três entrarem na van Renault. Quando Edvard abriu a porta dupla traseira e deu um breve assovio, o cão correu feliz e saltou lá dentro. Do assento do motorista Edvard esticou o pescoço, e acenou com a mão, e em seguida a van branca desapareceu entre as árvores. Os dois continuaram olhando um tempo o ponto de onde a van saíra.

— Você veio naquele Golf? — perguntou Preta, apontando o carro azul-marinho um pouco afastado dali.

— Sim, de Helsinque.

— Por que você veio a Helsinque?

— Para ver você.

Preta estreitou os olhos e fitou o rosto de Tsukuru como se tentasse decifrar um diagrama complexo. —

Você teve o trabalho de vir à Finlândia para me ver? *Só para isso?*

— Exatamente.

— Depois de ficarmos sem nenhum contato por dezesseis anos? — ela disse, pasma.

— Para falar a verdade, foi a minha namorada que me disse que já estava na hora de eu encontrar você.

Os lábios de Preta formaram a curva familiar. Na sua voz havia um leve toque de humor.

— Entendi. Sua namorada te disse que já estava na hora de me encontrar. Então você pegou um voo de Narita até a longínqua Finlândia. Sem me avisar, sem nenhuma garantia de que pudesse me encontrar.

Tsukuru permaneceu calado. O barulho do bote batendo no cais ainda continuava, apesar de a brisa ser suave e de não parecer que as ondas fossem fortes.

— Pensei que, se avisasse, talvez você decidisse não me receber.

— Claro que receberia — disse Preta, assustada. — Nós somos amigos.

— Nós éramos amigos. Mas não sei bem se ainda continuamos amigos.

Ela soltou um suspiro silencioso, olhando para o lago aparente entre as árvores. — Eles só voltam da cidade daqui a duas horas. Temos muito o que conversar nesse tempo.

Eles voltaram para dentro e se sentaram à mesa, um de frente para o outro. Ela soltou o grampo do cabelo e a franja caiu na testa. O rosto de Preta ficou mais parecido com o de antigamente.

— Tenho um pedido a fazer — disse Preta. — Não me chame mais de Preta. Me chame de Eri. Nem chame a Yuzuki de Branca. Se possível, não quero mais que você nos chame assim.

— Esses apelidos são coisa do passado, né?

Ela assentiu.

— Eu posso continuar sendo *Tsukuru*?

— Você sempre vai ser *Tsukuru* — disse Eri, sorrindo silenciosamente. — Tudo bem você continuar assim. Tsukuru, o que constrói coisas. Tsukuru Tazaki, o incolor.

— Fui a Nagoia em maio e encontrei Azul e Vermelho, um em seguida do outro — disse Tsukuru. — Azul e Vermelho podem continuar sendo chamados assim?

— Podem. Só quero que eu e a Yuzu sejamos chamadas pelo nome de verdade.

— Encontrei e conversei com os dois separadamente. Mas não por muito tempo.

— Eles estavam bem?

— Pareciam estar — disse Tsukuru. — Parecia que o trabalho deles ia bem também.

— Então quer dizer que, na saudosa Nagoia, Azul está vendendo carros Lexus com afinco, e Vermelho continua a formar trabalhadores obedientes e dedicados.

— Exatamente.

— E você? Está vivendo sem problemas?

— De certa forma, estou — disse Tsukuru. — Trabalho em uma companhia ferroviária de Tóquio, construindo estações.

— Um passarinho me contou isso um tempo atrás. Que Tsukuru Tazaki estava se dedicando à construção de estações ferroviárias em Tóquio — disse Eri. — E que tem uma namorada inteligente.

— Por enquanto.

— Então ainda é solteiro?

— Sou.

— Você está sempre vivendo no seu ritmo.

Tsukuru permaneceu calado.

— Em Nagoia, você conversou sobre o que com os dois? — perguntou Eri.

— Falamos sobre o que aconteceu conosco — disse Tsukuru. — Sobre o que aconteceu dezesseis anos atrás, sobre o que aconteceu nesses dezesseis anos.

— Por acaso você se encontrou e conversou com os dois porque sua namorada disse que era melhor você fazer isso?

Tsukuru assentiu. — Ela diz que eu preciso resolver muitas coisas. Que eu tenho de rever o passado, senão... não vou conseguir me livrar dele.

— Ela sente que você tem algum problema.

— É, ela sente isso.

— E acha que esse algo pode prejudicar o relacionamento de vocês dois.

— Provavelmente — disse Tsukuru.

Eri envolveu a caneca com as mãos e verificou seu calor. Em seguida, tomou mais um gole de café.

— Quantos anos ela tem?

— Ela é dois anos mais velha que eu.

Eri acenou com a cabeça. — Entendi. Você deve se dar melhor com mulheres mais velhas.

— Talvez — disse Tsukuru.

Os dois permaneceram calados por um tempo.

— Todos nós vivemos carregando muitas coisas — disse Eri finalmente. — Uma coisa está sempre ligada a muitas outras. Quando tentamos resolver uma delas, inevitavelmente as outras também acabam sendo envolvidas. Talvez não seja tão fácil se livrar delas. Tanto para você quanto para mim.

— Talvez não seja fácil nos livrarmos delas, de fato. Mas, mesmo assim, acho que não é bom deixar os problemas pendentes — disse Tsukuru. — Podemos encobrir a memória, mas não podemos esconder a história. Foi o que a minha namorada disse.

Eri se levantou, foi à janela e a abriu, empurrando-a para cima. Em seguida voltou à mesa. O vento balançou a cortina, e ouviu-se o barulho irregular do bote batendo. Ela afastou a franja da testa com os dedos, colocou as mãos sobre a mesa e fitou o rosto de Tsukuru. Disse: — Talvez alguma tampa já esteja tão bem fechada que não possamos mais abri-la.

— Ela não precisa ser aberta à força. Não estou pedindo isso. Mas, pelo menos, quero verificar com meus próprios olhos como é a tampa.

Eri continuou olhando as próprias mãos sobre a mesa. Elas eram bem maiores e mais carnudas do que ele se lembrava. Os dedos eram longos, e as unhas, curtas. Ele imaginou os dedos dela fazendo cerâmica na roda de oleiro.

— Você disse que minha aparência mudou bastante — falou Tsukuru. — Eu também acho que mudei. Dezesseis anos atrás, quando fui expulso do grupo, durante um tempo, por cinco meses para ser exato, vivi pensando só em morrer. Pensei só nisso, *seriamente, de verdade*. Não conseguia pensar em quase mais nada. Não quero exagerar, mas acho que cheguei perto do ponto crítico. Fui até a borda do abismo, dei uma espiada nele e não consegui mais desviar os olhos. Mas a muito custo consegui retornar ao mundo original. Podia ter morrido de verdade naquele momento. Pensando agora, acho que minha cabeça não estava bem. Neurose, depressão, não sei como os médicos chamam isso. Mas naquela época minha cabeça não estava normal. Isso é certo. Apesar disso, eu não estava confuso. Minha mente estava lúcida. Estava bem silenciosa, não tinha um ruído sequer. Mesmo lembrando agora, foi um estado muito curioso.

Observando as mãos quietas de Eri, Tsukuru continuou:

— Depois desses cinco meses, meu rosto ficou muito diferente de antes. Meu corpo também mudou, a ponto de eu não poder mais usar praticamente nenhuma roupa de antes. Me vendo no espelho, parecia que estava dentro de um recipiente que não era eu. Não sei, pode ser que eu fosse passar de qualquer modo por uma fase assim da vida. Entraria de qualquer forma em um período em que a minha cabeça não ia funcionar bem, em que o meu rosto e o meu corpo iam mudar muito. Mas o que precipitou tudo isso foi o fato de o grupo ter me abandonado. Esse acontecimento causou uma grande transformação em mim.

Eri ouvia o que ele dizia em silêncio.

Tsukuru continuou: — Como posso dizer, senti como se tivesse sido jogado sozinho ao mar à noite, de repente, do convés de um navio em movimento.

Depois de dizer isso, ele percebeu que era a expressão usada por Vermelho outro dia. Fez uma pausa e continuou:

— Não sei bem se alguém me empurrou, ou se caí sozinho. De qualquer forma, o navio continua seguindo viagem e, de dentro da água gelada e escura, eu observo a luz do convés se afastar cada vez mais. Nem a tripulação, nem os passageiros, nem ninguém do navio sabe que eu caí no mar. Não tem nada em que me segurar à volta. Até hoje carrego o medo dessa hora. O temor de ter a própria existência negada abruptamente, de ser jogado sozinho ao mar à noite, sem fazer ideia do motivo. Talvez por isso eu não consiga ter um relacionamento profundo com as pessoas. Passei a manter sempre certa distância dos outros.

Ele correu as mãos sobre a mesa, indicando uma largura de cerca de trinta centímetros.

— Claro que talvez esse seja o meu temperamento de nascença; de manter intuitivamente um espaço para amortecimento contra outras pessoas: talvez eu já tivesse tendência para isso. Mas na época do ensino médio, quando estava com vocês, eu não pensava nessa distância. Pelo menos até onde me lembro. Parece que estou falando de algo que aconteceu em um passado muito distante.

Eri ergueu as mãos e esfregou o rosto devagar, como se o lavasse. — Você quer saber o que aconteceu dezesseis anos atrás. Toda a verdade.

— Quero saber — disse Tsukuru. — Mas, antes, quero deixar claro que eu não fiz nada de errado com a Branca, ou melhor, com a Yuzu.

— É claro que sei disso — ela disse. E parou de esfregar o rosto. — Você não ia estuprar a Yuzu. É óbvio.

— Mas no começo você acreditou no que ela disse. Assim como o Azul e o Vermelho.

Eri balançou a cabeça. — Não, desde o começo eu não acreditei nisso. Não sei o que o Azul e o Vermelho pensaram. Mas eu não acreditei. É óbvio, não é? Você nunca seria capaz de fazer isso.

— Então, por quê...?

— Por que não me levantei para defendê-lo? Por que acreditei nas palavras da Yuzu e expulsei você do grupo? É isso?

Tsukuru fez que sim com a cabeça.

— Porque eu tinha que proteger a Yuzu — disse Eri. — E, para isso, eu realmente tinha que cortar você. Na prática, era impossível defender você e proteger a Yuzu ao mesmo tempo. A única opção que eu tinha era aceitar cem por cento um dos dois, e cortar cem por cento o outro.

— O problema psicológico dela era grave a esse ponto. É isso?

— É, o problema psicológico dela era grave a esse ponto. Falando claramente, o estado dela era crítico. Alguém tinha que protegê-la integralmente, e esse *alguém* tinha que ser eu.

— Você poderia ter me explicado isso.

Ela balançou a cabeça devagar algumas vezes. — Para ser franca, não tínhamos condições de fazer isso naquela época. "Tsukuru, me desculpe, mas podia fingir por um tempo que você estuprou a Yuzu? Você tem que fazer isso agora. Yuzu está um pouco estranha, e por ora temos que resolver esse problema. Depois vamos dar um jeito, mas aguente um pouco. Vamos ver, pelo menos por uns dois anos." Isso não podia sair da minha boca. Sentíamos muito, mas tínhamos que fazer você se virar sozinho. O momento era crítico a esse ponto. Além do mais, não era mentira que Yuzu havia sido estuprada.

Tsukuru se assustou e fitou o rosto de Eri. — Por quem?

Eri balançou a cabeça de novo. — Não sei por quem. Mas o fato é que ela tinha sido obrigada a ter uma relação sexual com alguém, provavelmente à força. Porque ela estava grávida. E ela afirmou que foi você quem a estuprou. Disse claramente, Foi Tsukuru Tazaki. E descreveu como tinha acontecido de forma realista e em detalhes, a ponto de nos deixar deprimidos. Por isso, não tínhamos outra opção se não aceitar totalmente a versão dela. Mesmo sabendo, no fundo, que você não seria capaz de fazer isso.

— Estava grávida?

— Estava. Com certeza. Eu acompanhei ela a uma clínica de obstetrícia. Claro que não fomos à do pai dela, mas a uma bem longe.

Tsukuru soltou um suspiro. — E depois?

— Aconteceram várias coisas, e ela perdeu o filho no final do verão. É só. Mas não era uma gravidez psicológica. Ela estava grávida *de verdade*, e perdeu o filho *de verdade*. Posso garantir isso.

— Se perdeu, então significa que...

— É, ela pretendia ter o filho e criá-lo sozinha. Não tinha a menor intenção de abortar. Independentemente das circunstâncias, ela não seria capaz de matar algo que estava vivo. Você entende, não é? Ela sempre censurou muito o pai dela porque ele fazia abortos. Nós discutimos bastante sobre isso.

— Alguém mais sabia da gravidez e do aborto dela?

— Eu sabia. A irmã mais velha da Yuzu também. Ela é de guardar segredos. E foi ela quem arranjou algum dinheiro para Yuzu. Mais ninguém. Os pais dela não sabem, nem o Azul nem o Vermelho. Era um segredo bem guardado entre nós três. Acho que não tem problema revelá-lo agora, principalmente a você.

— E a Yuzu afirmou que fui eu quem a estuprou.

— De forma categórica — disse Eri.

Tsukuru comprimiu os olhos e fitou por um tempo a caneca de café que ela segurava. — Mas de onde surgiu essa história? Por que tinha que ser eu? Não faço a menor ideia de por que ela falou isso.

— Eu também não sei — disse Eri. — Posso pensar em vários motivos, mas nenhum é convincente. Nenhum oferece uma explicação plausível. Mas talvez um dos motivos fosse porque eu gostava de você. Isso pode ter sido uma das causas.

Tsukuru fitou o rosto de Eri assustado. — *Você gostava de mim?*

— Não sabia?

— Claro que não. Nem desconfiava.

Eri torceu levemente os lábios. — Vou confessar pela primeira vez, mas sempre gostei de você. Eu sentia forte atração por você. Resumindo, estava apaixonada. Claro que eu não expressava isso em palavras, e escondia esse sentimento no fundo do coração. Provavelmente Azul e Vermelho não perceberam. Mas claro que Yuzu sabia. Entre meninas, não conseguimos guardar esse tipo de segredo.

— Eu nem desconfiava — disse Tsukuru.

— É porque você era um bobo — disse Eri, pressionando a têmpora com a ponta do indicador. — Ficávamos tanto tempo juntos que eu tentava mandar alguns *sinais*. Se o seu cérebro funcionasse um pouco, você teria notado.

Tsukuru tentou se lembrar de algum *sinal*. Mas não conseguiu de jeito nenhum.

— Depois das aulas, você costumava me ensinar matemática — disse Eri. — Eu me sentia muito feliz nessas horas.

— Mas você nunca entendeu o princípio do Cálculo — disse Tsukuru. De súbito, ele se lembrou de que Eri ficava com o rosto corado de vez em quando. — Você tem razão. Eu sou devagar em perceber as coisas, mais do que os outros.

Eri disse, com um leve sorriso: — Principalmente quando se tratava desse assunto. Além do mais, você gostava da Yuzu.

Tsukuru tentou dizer algo, mas Eri o interrompeu: — Não precisa se justificar. Não era só você. Qualquer um se sentia atraído pela Yuzu. Era natural. Ela era muito bonita e pura. Como a Branca de Neve da Disney. Mas eu era diferente. Quando estava com ela, eu sempre fazia o papel de um dos sete anões. Não tinha jeito. Yuzu e eu éramos muito amigas desde antes do ensino médio. Eu tinha que me adaptar bem a esse papel.

— Então quer dizer que Yuzu ficou com ciúmes de mim? Porque você gostava de mim?

Eri balançou a cabeça. — Só quero dizer que *talvez* esse tenha sido um dos motivos. Não entendo muito de psicanálise. De qualquer forma, Yuzu acreditou até o final que aquilo tinha acontecido de verdade com ela. Que você roubara a virgindade dela à força, na sua casa em Tóquio. Essa era a versão definitiva para ela, que não se abalou até o fim. Até hoje não entendo de onde surgiu essa fantasia, e por que a versão foi reformulada na cabeça dela. Provavelmente ninguém mais poderá esclarecer. Mas penso que alguns sonhos são bem mais reais e sólidos do que a própria realidade. Ela acabou tendo um sonho desses. Talvez seja isso. O que foi uma infelicidade para você.

— Será que ela se sentia atraída por mim?

— Não — respondeu Eri, seca. — Yuzu nunca se interessou por nenhum homem nesse sentido.

Tsukuru franziu a testa. — Quer dizer que ela era lésbica?

Eri balançou a cabeça de novo. — Não, não era isso também. Ela não tinha nenhuma inclinação para isso. Sem dúvida. Ela sempre teve uma forte repulsa por assuntos relacionados a sexo, desde nova; chegava até a ter medo. Não sei de onde surgiu essa aversão. Nós conversávamos de praticamente qualquer assunto de modo bastante franco, mas quase não falávamos de sexo. Eu era de falar abertamente sobre isso, mas Yuzu sempre mudava de assunto.

— Depois do aborto, o que aconteceu com Yuzu? — quis saber Tsukuru.

— Primeiro ela trancou a matrícula da faculdade. Não estava em condições de sair de casa. Ela alegou motivos de saúde. Passou a ficar trancafiada em casa, sem dar um passo para fora. Depois ficou anoréxica. Vomitava praticamente tudo o que comia, e o que restava no estômago ela tirava com enemas. Se continuasse daquele jeito, sem dúvida teria morrido antes. Mas a fizemos ter sessões com um terapeuta especializado, até que ela se livrou da anorexia. Acho que levou cerca de meio ano. Por um tempo o estado dela foi grave, e chegou a pesar menos de quarenta quilos. Nessa época ela parecia um fantasma.

Mas ela se esforçou bastante e conseguiu se recuperar. Eu também fiz tudo o que podia, visitava-a quase todos os dias para conversar com ela e encorajá-la. Assim, ela conseguiu se recuperar até poder voltar à faculdade, depois de um ano.

— Por que ela ficou anoréxica?

— É muito simples. Porque ela queria parar de menstruar — disse Eri. — Se ela perdesse peso até o extremo, não teria mais menstruação. Ela queria isso. Não queria mais engravidar, provavelmente queria deixar de ser mulher. Se possível, queria tirar o útero.

— Então era mesmo bem grave — disse Tsukuru.

— É, era muito grave. Por isso, não tive outra opção senão cortar você do grupo. Sabia que seria muito difícil para você, e sabia muito bem que o que eu estava fazendo era cruel. Para mim também, foi muito duro não poder mais ver você. Não é mentira. Senti meu coração dilacerado. Como já disse, era apaixonada por você.

Eri fez uma pausa e fitou as mãos sobre a mesa, como se organizasse os próprios sentimentos. E continuou:

— Mas antes de tudo eu tinha que fazer a Yuzu se recuperar. Nesse momento, era a minha prioridade máxima. Ela estava com um problema grave que colocava em risco a própria vida, e precisava da minha ajuda. Não tinha outra opção senão deixar você nadar até o fim, sozinho, no mar gelado à noite. E achei que você seria capaz de fazer isso; que você tinha forças para isso.

Os dois ficaram um tempo em silêncio. Pela janela as folhas das árvores balançaram ao vento produzindo um barulho que lembrava o das ondas.

Tsukuru abriu a boca: — Yuzu conseguiu se recuperar da anorexia e se formou na faculdade. E depois?

— Ela continuou tendo sessões com o terapeuta uma vez por semana, mas estava conseguindo levar uma vida próxima do normal. Pelo menos não parecia mais um fantasma. Mas a essa altura ela já não era a Yuzu de antigamente.

Eri respirou fundo e escolheu as palavras. Continuou:

— Ela mudou. Muitas coisas se soltaram do coração dela, uma a uma, e o interesse pelo mundo externo diminuiu rapidamente. Perdeu completamente o interesse por música também. Foi muito duro vê-la nesse estado, de perto. Só não deixou de gostar de ensinar música às crianças, como antes. Ela não tinha perdido essa paixão. Mesmo quando o estado psicológico dela estava muito prejudicado, mesmo quando estava fraca a ponto de não conseguir nem se levantar, continuou indo à escola alternativa da igreja uma vez por semana, para ensinar piano às crianças que tinham interesse por música. Ela continuou se dedicando a esse trabalho voluntário sozinha. Talvez por causa dessa motivação ela tenha conseguido sair do fundo do poço, a muito custo. Caso contrário, ela provavelmente não teria conseguido se reerguer.

Eri se virou para a janela, olhou o céu que se estendia acima das árvores e depois virou para a frente novamente, fitando o rosto de Tsukuru. O céu ainda estava coberto por uma fina camada de nuvens.

— Mas nessa época Yuzu já não se relacionava comigo da mesma forma íntima de antes — disse Eri. — Ela disse que estava muito grata a mim. Por tudo o que eu tinha feito por ela. Acho que ela sentia gratidão de verdade. Mas, ao mesmo tempo, ela já tinha perdido o *interesse por mim também*. Como já disse, Yuzu tinha perdido interesse por praticamente tudo, e eu estava incluída nesse "praticamente tudo". Para mim, foi duro reconhecer isso. Fomos melhores amigas por muito tempo, e eu tinha um carinho muito grande por ela. Mas essa era a verdade; eu já não era mais indispensável para ela.

Eri permaneceu observando um ponto imaginário em lugar nenhum sobre a mesa. E disse:

— Yuzu já não era mais a Branca de Neve. Ou talvez estivesse cansada de ser a Branca de Neve. E eu também estava um pouco cansada de ser um dos sete anões.

Eri apanhou a caneca de café quase inconscientemente, e a devolveu novamente à mesa.

— De qualquer forma, nessa época, aquele grupo fascinante, o grupo de quatro, sem você, quero dizer, já não ia bem como antes. Todos haviam se formado e estavam atarefados com o cotidiano. E, o que é natural, já não éramos mais colegiais. Nem é preciso dizer que todos nós carregávamos a ferida no coração, por termos abandonado você. Essa ferida não era rasa, de jeito nenhum.

Tsukuru continuou prestando atenção nas palavras dela, em silêncio.

— Você não estava mais entre nós, mas você sempre esteve conosco — disse Eri.

Houve um breve silêncio novamente.

— Eri, quero saber mais de você — disse Tsukuru. — Primeiro, quero saber o que a trouxe até aqui.

Eri apertou os olhos e inclinou levemente a cabeça. — Para ser sincera, desde um pouco antes dos vinte até vinte e poucos anos, vivi praticamente em função de Yuzu. Quando me dei conta e olhei ao redor, me encontrava em uma situação em que minha própria vida praticamente não existia. Eu queria ser escritora. Gostava de escrever desde criança. Queria escrever romances ou poesia. Você sabia disso, não é?

Tsukuru concordou com a cabeça. Ela sempre levava um grosso caderno consigo e, toda vez que tinha vontade, fazia anotações nele.

— Mas, na faculdade, eu não tinha nenhuma condição de escrever. Além de assistir às aulas e cuidar de Yuzu, não dava tempo para mais nada. Na faculdade tive dois namorados, mas não deu certo com nenhum deles. Para começar, eu não tinha tempo de me encontrar com eles, pois estava ocupada cuidando de Yuzu. De qualquer forma, nada do que eu fazia dava certo. Parei um instante, olhei à minha volta e pensei: o que estou fazendo aqui? Não enxergava mais metas na vida. Todos os esforços viravam pó, e eu estava perdendo a autoconfiança. Claro que deve ter sido duro para Yuzu, mas para mim também foi difícil.

Eri estreitou os olhos, como se vislumbrasse uma paisagem distante.

— Nessa época uma amiga da faculdade me chamou para assistir a uma aula de cerâmica, e a acompanhei meio que por diversão. Foi aí que descobri que era isso o que eu estava buscando durante tanto tempo. Com as mãos na roda de oleiro, eu conseguia ser sincera comigo mesma. Conseguia me concentrar somente em moldar, e me esquecia completamente de vários outros acontecimentos. Desse dia em diante, fiquei completamente fascinada pela olaria. Enquanto era estudante isso era só um hobby, mas decidi seguir carreira e, depois de me formar, passei um ano fazendo trabalhos temporários e entrei no departamento de desenho industrial da universidade de artes. Adeus, romances; bem-vinda, cerâmica. Enquanto me dedicava a esse curso, conheci Edvard, que era estudante de intercâmbio da universidade. Depois de um tempo acabamos nos casando e vim parar aqui. É curioso. Se naquele momento minha amiga não tivesse me convidado para a aula de cerâmica, provavelmente minha vida teria sido completamente diferente da de agora.

— Parece que você tem talento — disse Tsukuru, apontando as cerâmicas da estante. — Não tenho muito conhecimento sobre cerâmica, mas, ao olhar suas peças, ao tocar nelas, sinto algo incrível.

Eri sorriu. — Não entendo muito de talento. Mas até que as minhas peças têm saída aqui. Não significa que deem muito dinheiro, mas é legal saber que as pessoas têm certa necessidade das coisas que eu fabrico.

— Entendo — disse Tsukuru. — Afinal, eu também construo coisas. Mas as coisas que construímos são bem diferentes.

— Tão diferentes quanto estações e pratos.

— Mas igualmente necessários nas nossas vidas.

— Claro — disse Eri. E permaneceu pensativa por um tempo. O sorriso dos lábios dela foi diminuindo aos poucos. — Gosto daqui. Quem sabe, vou passar o resto da vida aqui.

— Não vai mais voltar ao Japão?

— Tenho nacionalidade finlandesa, e já estou falando razoavelmente bem o finlandês. O inverno daqui é longo, mas justamente por isso podemos ler muitos livros. Talvez em breve fique com vontade de escrever algo. As crianças também estão acostumadas com essa terra, e tenho amigos aqui. Edvard é uma pessoa muito boa. A família dele me trata bem, e o meu trabalho está indo bem.

— E as pessoas precisam de você aqui.

Eri levantou o rosto e fitou os olhos de Tsukuru.

— Decidi que podia viver o resto da vida aqui quando soube que Yuzu tinha sido assassinada. Foi Azul quem me ligou e deu a notícia. Naquela época eu estava grávida da minha filha mais velha, e nem pude ir ao funeral. Isso foi *muito* duro para mim. Parecia que o meu coração estava se partindo de verdade com o fato de Yuzu ter sido assassinada cruelmente em algum lugar que eu não conhecia, de ter sido cremada e virado cinzas. O fato de eu nunca mais poder vê-la. Nessa hora decidi: se nascesse uma menina, iria se chamar Yuzu. E que eu não voltaria mais ao Japão.

— Ela se chama Yuzu.

— Yuzu Kurono Haatainen — ela disse. — Pelo menos no som desse nome parte de Yuzu continua viva.

— Mas por que será que Yuzu foi sozinha a Hamamatsu?

— Yuzu se mudou para lá logo depois que vim para a Finlândia. Não sei a razão. Nós trocávamos cartas regularmente, mas ela não me explicou nada sobre o motivo da mudança. Só disse que se mudaria para Hamamatsu por causa do trabalho. Ela teria conseguido outros trabalhos em Nagoia e, para ela, ir morar sozinha em uma cidade desconhecida era como se cometesse suicídio.

Yuzu foi estrangulada com algo parecido com um cordão de roupa no próprio apartamento onde morava, em Hamamatsu. Tsukuru leu os detalhes nas reportagens de jornais e revistas antigos. Fez uma busca na internet também.

Não foi um crime relacionado com roubo. A carteira com dinheiro fora deixada intacta, em lugar visível. E ela não tinha sinais de ter sido violentada. O quarto estava bem arrumado, e ela não parecia ter reagido. Os moradores do mesmo andar não ouviram nenhum barulho suspeito. No cinzeiro havia tocos de cigarro de mentol, mas eram de Yuzu (Tsukuru fez uma careta involuntária. Ela estava fumando?). Foi assassinada supostamente entre dez e meia-noite, e, apesar de ser maio, nesse dia caíra uma chuva fria desde a tarde até a madrugada. Ela foi encontrada morta três dias depois, à tarde. Durante três dias continuou na mesma posição, caída no piso de vinil da cozinha.

Não se descobriu o motivo do assassinato. Alguém invadiu o apartamento dela à noite, estrangulou-a sem fazer barulho e deixou o local sem roubar nem tocar em nada. A porta tinha uma trava automática. Não se soube se ela tinha aberto a porta por dentro ou se o assassino tinha uma cópia da chave. Ela morava sozinha. Segundo os colegas de trabalho e vizinhos, ela não tinha amigos próximos. A irmã mais velha e a mãe vinham de

Nagoia para visitá-la de vez em quando, mas fora isso estava sempre sozinha. Usava roupas discretas e causava a impressão de ser uma mulher de poucas palavras, quieta. Era dedicada ao trabalho e tinha boa reputação entre os alunos, mas, fora do trabalho, não se relacionava com ninguém.

  Ninguém saberia dizer por que ela fora estrangulada. Sem suspeitos, a investigação da polícia foi definhando até ser interrompida. As notícias relacionadas ao crime também foram diminuindo, até que desapareceram. Foi um caso triste e doloroso. Como uma chuva fria que cai incessantemente até a madrugada.

  — Ela estava possuída por um mau espírito — disse Eri em voz baixa, como se revelasse um segredo. — Esse espírito ficava atrás da Yuzu, mantendo uma distância cuidadosa, pressionando-a aos poucos, soprando ar gelado na nuca dela. Muitas coisas não têm explicação, a não ser que pensemos que têm. Tanto no caso do estupro quanto no da anorexia, ou no de Hamamatsu. Eu preferia não tocar nesse assunto. Se o expressasse em palavras, sentia que *aquilo* passaria a existir de verdade. Por isso, até agora guardei isso só no meu coração. Pretendia não falar a ninguém, até morrer. Mas vou tomar coragem e falar. Talvez nunca mais nos vejamos de novo. Acho que você precisa estar ciente disso. Era um mau espírito. Ou algo *parecido com um mau espírito*. E Yuzu não conseguiu se livrar dele até o final.

  Eri deu um suspiro profundo e fitou as mãos sobre a mesa. Dava para ver que elas tremiam muito. Tsukuru desviou os olhos das mãos dela, virou-se para a janela e olhou a paisagem através da cortina que balançava. O silêncio que caiu na sala era sufocante, preenchido de uma profunda tristeza. O pensamento silencioso que havia ali era pesado e solitário, como as geleiras ancestrais que escavaram a superfície terrestre e formaram o lago profundo.

— Você se lembra de *Anos de peregrinação*, de Liszt? Tinha uma música que Yuzu costumava tocar — Tsukuru perguntou, para quebrar o silêncio.

— *Le mal du pays*. Claro que me lembro — disse Eri. — Até hoje eu a ouço de vez em quando. Quer ouvir?

Tsukuru assentiu.

Eri se levantou, foi até o aparelho de som pequeno da estante, escolheu um entre os vários CDs empilhados e o colocou na bandeja do leitor de disco. Do alto-falante começou a vir a melodia simples da abertura de *Le mal du pays*, tocada suavemente com uma mão. Ela voltou a se sentar de frente para ele na mesa e ouviram a música com silêncio concentrado.

A música, ouvida na beira do lago, na Finlândia, tinha um encanto um tanto diferente da que ele ouvia no apartamento de Tóquio. Mas, onde quer que a escutasse, mesmo com a diferença entre um CD e um disco de vinil antigo, era uma música igualmente bela. Tsukuru se lembrou de quando Yuzu a tocava no piano da sala de casa. Ela se curvava sobre o teclado, de olhos fechados, com a boca levemente aberta, e procurava palavras que não emitiam som. Nessa hora ela se afastava do próprio corpo. Ia a algum outro lugar.

A peça acabou e, depois de um breve intervalo, veio a próxima. *Les cloches de Genève*. Eri abaixou o volume com o controle remoto.

— Ela me deu uma impressão um pouco diferente da interpretação que ouço sempre em casa — disse Tsukuru.

— Quem é o pianista?

— Lazar Berman.

Eri balançou a cabeça. — Não conheço a interpretação dele.

— Talvez a dele seja um pouco mais elegante. Essa que ouvimos foi muito boa, mas tem um estilo que a faz parecer mais uma sonata para piano de Beethoven do que uma música de Liszt.

    Eri sorriu. — É Alfred Brendel, então talvez não seja tão elegante. Mas eu gosto da interpretação dele. Talvez seja porque eu só ouça essa, e os meus ouvidos já estão acostumados.

    — Yuzu interpretava essa música de uma forma bonita. Com emoção.

    — É. Ela tocava muito bem músicas com essa duração. Quando a música era muito longa, ela acabava perdendo o fôlego no meio. Mas cada um tem seu ponto forte. Eu sempre sinto que parte de Yuzu ainda vive nessa música. É muito vibrante, muito luminosa.

    Enquanto Yuzu dava aulas de piano às crianças na escola alternativa, Tsukuru e Azul geralmente jogavam bola com os meninos no campinho próximo. Eles se dividiam em dois times e cada um tentava chutar a bola no gol do adversário (normalmente improvisado com caixas de papelão). Enquanto passava a bola, Tsukuru prestava atenção involuntariamente no treino das escalas musicais que ecoava pelas janelas.

    O tempo passado se transformou em um longo e afiado espeto e perfurou seu coração. Sentiu uma dor silenciosa e brilhante, que transformou sua espinha dorsal em um pilar de gelo congelado. Essa dor permaneceu ali, sem mudar de intensidade. Ele parou de respirar, fechou bem os olhos e aguentou a dor em silêncio. Alfred Brendel continuou sua bela interpretação. De *Primeiro ano: Suíça* o CD avançou para *Segundo ano: Itália*.

    Foi então que ele finalmente conseguiu aceitar tudo. Na camada mais profunda da alma, Tsukuru Tazaki compreendeu. O coração das pessoas não está unido apenas pela harmonia. Pelo contrário, ele está unido profundamente pelas feridas. Está ligado pela dor, pela fragilidade. Não há silêncio sem grito desesperado, não há perdão sem derramamento de sangue, não há aceitação sem travessia por uma perda dolorosa. É isso o que há no fundo da harmonia verdadeira.

— Tsukuru, ela continua vivendo em vários lugares, *de verdade* — disse Eri do outro lado da mesa, como se espremesse a voz rouca. — Sinto isso. No som de todas as coisas, na luz, nas formas à nossa volta, e em todas as...

Assim dizendo, Eri cobriu o rosto com as mãos. Não falou mais. Tsukuru não sabia se ela estava chorando. Se chorava, era em silêncio.

Enquanto Azul e Tsukuru jogavam bola, Eri e Vermelho faziam de tudo o que estava ao alcance deles para chamar a atenção das crianças que tentavam atrapalhar as aulas de piano de Yuzu. Liam livros, organizavam jogos, cantavam no pátio. Mas muitas vezes essas tentativas fracassavam. As crianças tentavam atrapalhar a aula de música a todo instante. Afinal, era bem mais divertido do que qualquer outra coisa. Era engraçado ver de perto os dois tentando desesperadamente distrair as crianças.

Tsukuru se levantou quase que inconscientemente, foi para o outro lado da mesa e colocou a mão no ombro de Eri, em silêncio. Ela ainda cobria o rosto firmemente com as mãos. Ao tocá-la, percebeu que o corpo dela tremia de leve. Era um tremor imperceptível aos olhos.

— Tsukuru — a voz de Eri vazou entre os dedos. — Tenho um pedido a fazer.

— Qual é? — disse Tsukuru.

— Poderia me abraçar?

Tsukuru fez Eri se levantar da cadeira e a envolveu. Seu par de seios fartos se colou ao peito dele como se fosse testemunho de algo. Nas costas, sentiu a palma quente das mãos dela. A bochecha molhada e macia tocou o pescoço dele.

— Acho que nunca mais vou poder voltar ao Japão — Eri sussurrou baixinho. A respiração quente e úmida dela tocou seu ouvido. — Em tudo o que eu vir, irei me lembrar da Yuzu. E do nosso...

Sem nada dizer, Tsukuru abraçou fortemente o corpo de Eri.

Provavelmente a cena dos dois abraçados em pé pode ser vista da janela aberta. Talvez alguém passe lá fora. Talvez Edvard e as crianças voltem agora mesmo. Mas isso não tem importância. Não tem problema alguém pensar algo. Ele e Eri precisam se abraçar aqui e agora, até se satisfazerem. Precisam juntar as peles e se livrar da longa sombra do espírito mau. Provavelmente ele veio até aqui para isso.

Por muito tempo — quanto tempo? — os dois continuaram abraçados. A cortina branca da janela continuou balançando de modo irregular pela brisa que soprava sobre o lago, ela continuou molhando o próprio rosto, Alfred Brendel continuou tocando *Segundo ano: Itália. Soneto 47 de Petrarca* e *Soneto 104 de Petrarca*. Tsukuru havia memorizado essas músicas até nos mínimos detalhes. A ponto de conseguir cantarolar. Pela primeira vez ele se deu conta de quão profundamente voltara seu coração e seus ouvidos àquelas melodias.

Os dois não se falaram mais. As palavras não possuíam força nessa hora. Como dançarinos que interromperam os movimentos, eles apenas se abraçaram silenciosamente, entregando-se ao fluxo do tempo. Era um tempo no qual se misturavam o passado e o presente, provavelmente um pouco do futuro. Os corpos dos dois estavam colados firmemente, e a respiração quente dela tocava o pescoço dele em intervalos regulares. Tsukuru fechou os olhos, entregou-se ao som da música e prestou atenção no bater do coração de Eri. Ele se sobrepunha ao bater do pequeno bote amarrado no cais.

17

Os dois se sentaram novamente à mesa e falaram o que guardavam no coração, um de cada vez. Coisas reservadas bem no fundo da alma, sem ser expressas em palavras por muito tempo. Eles ergueram a tampa do coração, abriram a porta da memória, revelando os sentimentos abertamente, e ouvindo em silêncio e com atenção o que o outro tinha a dizer.

Eri disse:

— No final das contas, eu abandonei Yuzu. Queria fugir dela de todo jeito. Queria ir para o mais longe possível daquela coisa que a possuía, seja lá o que fosse. Por isso, fiquei fascinada pela cerâmica, me casei com Edvard e vim para a Finlândia. Claro que, para mim, foi uma sucessão bem natural de eventos. Não fiz isso intencionalmente. Mas não posso dizer que não pensei que, daquela forma, não precisaria mais cuidar de Yuzu. Eu gostava dela mais do que de qualquer outra pessoa, e a considerei parte de mim mesma por muito tempo. Por isso, queria apoiá-la de todo jeito. Por outro lado, estava muito cansada. Estava exausta de cuidar o tempo todo dela. Por mais que me esforçasse, não conseguia impedir que ela retrocedesse cada dia mais da realidade, e isso foi muito doloroso para mim. Se tivesse continuado em Nagoia, talvez eu mesma tivesse enlouquecido. Mas isso não passa de desculpa, não é?

— Você só está falando francamente o que sente. Não é desculpa.

Eri mordeu os lábios por um tempo. — Mas não muda o fato de que eu a abandonei. E Yuzu foi sozinha a

Hamamatsu e foi assassinada cruelmente. Ela tinha um pescoço realmente delicado e bonito. Você se lembra? Como o de um belo pássaro, e parecia que se quebraria facilmente, com a menor força. Se eu estivesse no Japão, provavelmente uma crueldade assim não teria acontecido. Eu não a teria deixado ir a uma cidade desconhecida, sozinha.

— Poderia não ter acontecido. Mas, mesmo não acontecendo naquele momento, a mesma coisa poderia ter acontecido algum dia, em outro lugar. Você não era guardiã de Yuzu. Não podia acompanhá-la vinte e quatro horas por dia. Você tinha sua própria vida. O que você podia fazer era limitado.

Eri balançou a cabeça. — Eu tentei me convencer disso. Várias vezes. Mas não adiantou nada. É inegável que eu, de certa forma, para me proteger, me afastei de Yuzu. Independentemente de ela ter sido salva ou não, tive de lutar com minha própria consciência. Além disso, nesse processo, acabei perdendo até você. Priorizando o problema de Yuzu, eu tive de abandonar Tsukuru Tazaki, que não tinha culpa. Só por conveniência minha, eu lhe feri profundamente. Apesar de gostar tanto de você...

Tsukuru permaneceu em silêncio.

— Mas não é só isso — disse Eri.

— Não é só isso?

— Não. Para ser sincera, eu abandonei você não só pensando em Yuzu. Essa é apenas uma desculpa superficial. Eu fiz isso porque, na verdade, era medrosa. Não tinha confiança em mim mesma como mulher. Por mais que gostasse de você, sabia que não daria bola para mim. Achava que seu coração estava voltado para Yuzu. Por isso, consegui cortar você do grupo sem piedade, daquele jeito. Ou seja, era para romper completamente com o meu sentimento em relação a você. Se eu tivesse um pouco mais de autoconfiança e coragem, e não tivesse um orgulho bobo, acho que não teria cortado você daquele jeito, tão friamente, apesar das circunstâncias. Mas, naquela hora, minha cabeça não estava normal. Realmente acho que fui cruel com você. Peço desculpas do fundo do coração.

Houve um momento de silêncio.

— Eu tinha de ter pedido desculpas a você antes — disse Eri. — Sei muito bem disso. Mas não consegui. Tinha muita vergonha de mim.

— Não precisa se preocupar mais comigo — disse Tsukuru. — Eu superei essa fase mais perigosa. Também consegui nadar sozinho até o final, no mar, à noite. Cada um de nós sobreviveu ao seu modo, dando o melhor de si. E, numa perspectiva de longo prazo, mesmo que tivéssemos tomado decisões diferentes, optado por agir de forma diferente, talvez, no final das contas, estaríamos mais ou menos no mesmo lugar. Sinto isso.

Eri mordeu os lábios e ficou pensativa por um tempo. Disse: — Você me responde uma coisa?

— Claro.

— Supondo que naquela época eu tivesse tomado coragem e confessado que estava apaixonada por você, você iria namorar comigo?

— Mesmo que você tivesse confessado isso de repente, bem na minha frente, provavelmente eu não teria acreditado — disse Tsukuru.

— Por quê?

— Nem imaginava que alguém estivesse apaixonada por mim e quisesse namorar comigo.

— Você era atencioso, legal, tranquilo, e já naquela época tinha o próprio estilo de vida. E era bonito.

Tsukuru balançou a cabeça. — Meu rosto é muito sem graça. Nunca gostei dele.

Eri sorriu. — Pode ser. Talvez você tivesse mesmo um rosto meio sem graça, e minha cabeça não estava normal. Mas, pelo menos para uma garota boba de dezesseis anos, você era suficientemente bonito. Como seria legal se eu tivesse um namorado como você, eu pensava.

— Eu não tinha nada parecido com uma personalidade.

— Todo mundo tem uma personalidade. Basta a pessoa estar viva. Só que existem pessoas com personalidades bem visíveis, e outras, não muito. — Eri estreitou os olhos e fitou o rosto de Tsukuru: — Então, qual é a sua resposta? Você iria namorar comigo?

— Claro — respondeu Tsukuru. — Eu gostava muito de você. Sentia forte atração por você, e era diferente da atração que eu sentia pela Yuzu. Se você tivesse me revelado seus sentimentos naquela época, claro que eu teria namorado com você. E certamente a gente teria se dado bem.

Os dois provavelmente seriam namorados íntimos, e teriam uma relação sexual bem rica, Tsukuru pensou. Tsukuru e Eri com certeza possuíam muitas coisas para compartilhar. Aparentemente a personalidade deles era muito diferente (Tsukuru era tímido, de falar pouco, e Eri era sociável e geralmente tagarela), mas ambos queriam construir coisas que tivessem forma, que tivessem significado, com as próprias mãos. Mas talvez o período em que o coração deles estivesse unido não duraria muito. Ele teve essa impressão. Com o tempo, surgiria inevitavelmente algo como uma *lacuna* entre o que Eri e ele buscavam. Os dois ainda eram adolescentes. Eles certamente se desenvolveriam firmes na direção que almejavam, até que o caminho deles chegasse a uma bifurcação, e um fosse para a esquerda, e o outro, para a direita. Provavelmente sem brigas, sem se machucarem, de forma natural e tranquila. E, no final das contas, Tsukuru estaria construindo estações em Tóquio, e Eri, casada com Edvard e morando na Finlândia.

Não seria surpresa se isso tivesse acontecido. Era algo que tinha grande chance de acontecer. Essa experiência certamente não seria negativa na vida deles. Mesmo que não fossem mais namorados, eles provavelmente continuariam sendo bons amigos. Mas isso não aconteceu *na realidade*. O que aconteceu na realidade na vida dos dois foi bem diferente. Hoje, esse fato possui um grande significado, mais do que qualquer outra coisa.

— Mesmo que seja mentira, fico feliz que você tenha dito isso — disse Eri.

— Não é mentira — disse Tsukuru. — Não falo coisas irresponsáveis quando se trata disso. Acho que nós dois teríamos passado um tempo fascinante juntos. Foi uma pena não ter acontecido. Estou falando de coração.

Eri sorriu. Não havia ironia naquele sorriso.

Ele lembrou que tinha frequentemente sonhos eróticos nos quais Yuzu aparecia. Neles, Eri também surgia. As duas estavam sempre juntas. Mas, no sonho, ele sempre gozava dentro de Yuzu. Nenhuma vez gozara dentro de Eri. Talvez isso tivesse algum significado. Mas ele não podia contar isso a Eri. Por mais que abrisse o coração, algumas coisas não podiam ser reveladas.

Ao pensar nesses sonhos, Tsukuru não conseguia dizer com total convicção que era tudo invenção de Yuzu, que ele não se lembrava de nada, principalmente quando ouvia que ela alegara que fora estuprada por ele (e que consequentemente estava grávida de um filho dele). Mesmo que não passassem de acontecimentos dentro do sonho, ele não conseguia abandonar o pensamento de que tinha certa responsabilidade por eles. Não, não só no caso do estupro. No caso do assassinato dela também. Naquela noite chuvosa de maio, *algo* de dentro dele foi a Hamamatsu, sem ele mesmo perceber, e apertou o pescoço dela, um pescoço fino e belo como o de um pássaro.

Ele imaginou a cena em que batia na porta do apartamento de Yuzu, dizendo: "Você pode abrir? Preciso falar com você." Ele vestia uma capa de chuva preta e molhada, e exalava um perfume pesado de chuva noturna.

— Tsukuru? — dizia Yuzu.

— Preciso falar com você de qualquer jeito. É um assunto muito importante. Por isso vim a Hamamatsu. Vai ser rápido. Pode abrir a porta? — assim ele dizia. E continuava falando, através da porta fechada: — Desculpe ter vindo de repente, sem avisar. Mas, se eu tivesse avisado antes, você provavelmente não iria me receber.

Yuzu hesitava um pouco e soltava a corrente da porta, em silêncio. A mão direita dele segurava com firmeza o cordão dentro do bolso.

Tsukuru fez uma careta. Por que estou imaginando um absurdo desses? Por que eu teria que estrangular Yuzu?

Naturalmente ele não tinha nenhum motivo para fazer isso. Tsukuru nunca desejou matar ninguém. Mas, simbolicamente, talvez ele tenha tentado matar Yuzu. O próprio Tsukuru não fazia a menor ideia de como eram as trevas ocultas no seu coração. O que ele sabia era que, dentro de Yuzu, provavelmente havia as mesmas trevas densas. E essa escuridão talvez estivesse ligada à escuridão do próprio Tsukuru em algum lugar, bem no limite do subterrâneo. E talvez ele tivesse apertado o pescoço de Yuzu porque era *isso* o que ela desejava. Talvez ele tivesse ouvido o desejo dela através das trevas interligadas.

— Está pensando em Yuzu? — disse Eri.

Tsukuru disse: — Até agora, sempre achei que eu fosse a vítima. O tempo todo pensei que tivesse sofrido uma crueldade sem nenhuma razão. Que por isso meu coração ficou profundamente ferido, e isso prejudicou o fluxo natural da minha vida. Para ser sincero, uma época fiquei com raiva de vocês quatro. Pensei: por que só eu tenho que passar por uma situação dolorosa como essa? Mas acho que eu estava errado. Eu não era apenas vítima; talvez, ao mesmo tempo, sem saber, eu tenha machucado as pessoas ao meu redor. E, com essa mesma espada, feri a mim mesmo.

Eri fitava o rosto de Tsukuru sem nada dizer.

— E talvez eu tenha matado Yuzu — disse Tsukuru de forma franca. — Naquela noite, talvez tenha sido eu quem bateu na porta do apartamento dela.

— Em certo sentido — disse Eri.

Tsukuru acenou com a cabeça.

— Em certo sentido, eu também matei Yuzu — disse Eri. E desviou o rosto. — Naquela noite, talvez *eu* tenha batido na porta do apartamento dela.

Tsukuru observou seu perfil bronzeado. Ele sempre gostara do formato do nariz dela, um pouco arrebitado.

— Cada um de nós carrega esse sentimento — disse Eri.

Parecia que o vento havia parado momentaneamente, e a cortina branca da janela estava imóvel. Não se ouvia nem o barulho do bote. Ouvia-se somente o gorjear dos pássaros. Eles entoavam uma melodia curiosa, nunca ouvida antes.

Ela ficou prestando atenção ao som dos pássaros por um tempo e, em seguida, pegou o grampo e prendeu novamente a franja. Pressionou levemente a testa com a ponta dos dedos. — O que você acha do trabalho de Vermelho? — perguntou. O fluxo do tempo ficou um pouco mais ameno, como se um peso tivesse sido retirado.

— Não sei — disse Tsukuru. — O mundo em que ele vive está muito distante do mundo em que eu vivo. Não é fácil julgar o que é certo e o que é o errado.

— Não consigo gostar muito do que Vermelho faz. Isso é certo. Mas nem por isso posso romper minha relação com ele. Afinal, numa época ele foi um dos meus melhores amigos. E ainda hoje continua sendo próximo, apesar de não nos vermos há uns sete, oito anos.

Ela tocou na franja mais uma vez. E disse:

— Todo ano Vermelho doa uma quantia considerável para aquela igreja católica; para manter aquela escola. O pessoal de lá é muito grato a ele. Afinal, ela mal consegue se manter. Mas ninguém sabe que ele é o doador. E Vermelho insiste em continuar sendo um patrocinador anônimo. Provavelmente, fora o pessoal envolvido diretamente, só eu sei disso. Fiquei sabendo por acaso. Tsukuru, ele não é uma pessoa má, de jeito nenhum. Entenda isso. Ele só *finge* ser mau. Não sei por quê, mas ele tem que fazer isso.

Tsukuru concordou com a cabeça.

— Acontece o mesmo com o Azul — disse Eri. — Ele continua tendo um coração puro. Sei muito bem disso. Só que é difícil sobreviver neste mundo real. E nele cada um dos dois está conseguindo resultados acima da média. Dando o melhor de si à maneira deles, de forma honesta. Tsukuru, não foi em vão o fato de termos sido o que éramos. O fato de termos formado uma unidade, como um grupo. É o que eu penso. Mesmo que tenha sido por um tempo limitado, que tenha durado só alguns anos.

Eri cobriu o rosto com as mãos outra vez. Houve um momento de silêncio. Depois ela ergueu o rosto e continuou:

— Como podemos ver, nós sobrevivemos. Tanto eu quanto você. E as pessoas que sobreviveram têm responsabilidades que precisam assumir. É continuar sobrevivendo assim, firmemente, dando o melhor de si. Mesmo que só consigam fazer muitas coisas de forma imperfeita.

— O que posso fazer é apenas continuar a construir estações.

— Tudo bem. Você pode continuar construindo estações. Você provavelmente está construindo estações bem feitas, seguras, que as pessoas usam com prazer.

— Desejo construir estações assim, na medida do possível — disse Tsukuru. — Na verdade, não é permitido, mas, nas estações em que eu sou o responsável pelas obras, sempre gravo o meu nome em algum lugar. Escrevo em concreto que não está completamente seco, com prego: Tsukuru Tazaki. Em um lugar escondido.

Eri riu. — Mesmo depois que você deixar de existir, as suas estações encantadoras vão continuar existindo. É como eu, que coloco as iniciais do meu nome no verso dos pratos.

Tsukuru ergueu o rosto e olhou Eri. — Posso falar da minha namorada?

— Claro — disse Eri, com um sorriso charmoso nos lábios. — Eu também quero muito saber da sua namorada sábia e mais velha.

Tsukuru falou de Sara. Por uma razão misteriosa ele se sentiu atraído por ela desde o primeiro encontro, e no terceiro encontro mantiveram relação sexual. Ela quis saber do grupo de cinco de Nagoia, e o que acontecera com ele depois. Da última vez em que se encontraram, por alguma razão, ele não conseguiu obter potencial sexual suficiente. Não conseguiu entrar nela. Ele tomou coragem e contou até isso, com franqueza. Além disso, Sara incentivou Tsukuru a ir a Nagoia e depois à Finlândia. Caso contrário, o problema emocional dele provavelmente não se resolveria, ela disse. Tsukuru acha que ama Sara. Sente que quer se casar com ela. Provavelmente era a primeira vez que tinha esse sentimento em relação a alguém. Mas parece que ela tem outro namorado mais velho. Sara parecia muito feliz caminhando na avenida com esse homem. Talvez Tsukuru não tenha condições de deixá-la tão feliz assim.

Eri ouviu com atenção o que ele dizia. Não o interrompeu nenhuma vez. No final, falou:

— Tsukuru, você tem que conquistá-la. Aconteça o que acontecer. É o que eu penso. Se você perdê-la agora, talvez nunca mais consiga conquistar alguém.

— Mas eu não tenho confiança em mim mesmo.

— Por quê?

— Porque provavelmente eu não tenho personalidade. Não tenho uma peculiaridade marcante, nem uma cor vibrante. Não possuo nada para poder oferecer. Esse é um problema que carrego desde criança. Sempre senti que eu era como um recipiente vazio. Talvez eu apresente algum formato de recipiente, mas dentro não possuo nada que possa ser chamado de conteúdo. Não consigo me ver como uma pessoa digna para ela. Acho que com o tempo Sara vai ficar cada vez mais decepcionada comigo, quanto mais me conhecer. E ela vai se afastar de mim.

— Tsukuru, você tem que ter mais autoconfiança e coragem. Afinal, eu já gostei de você. Por um tempo, até cheguei a pensar que podia me entregar a você. Pensei em fazer tudo o que você desejasse. Uma garota com muito sangue quente correndo dentro dela chegou a pensar seriamente nisso. Você tem esse valor. Você não é vazio, de jeito nenhum.

— Fico contente que você esteja falando isso — disse Tsukuru. — De coração. Mas eu não sei como sou *agora*. Estou com trinta e seis anos, mas quando começo a pensar seriamente em mim mesmo fico tão perdido quanto antes, ou melhor, até mais do que antes. Não consigo me decidir. Especialmente porque é a primeira vez na vida que tenho um sentimento tão forte em relação a alguém.

— Mesmo que você seja um recipiente vazio, tudo bem — disse Eri. — Mesmo assim, você é um recipiente muito encantador, atraente. Ninguém sabe na verdade *quem é* realmente. Não concorda? Então, basta você ser um recipiente com formato infinitamente belo. Um recipiente muito simpático, que desperte em alguém o desejo de colocar algo importante dentro.

Tsukuru pensou a respeito. Compreendeu o que ela queria dizer. Independentemente de se adequar bem ao caso dele ou não.

Eri disse: — Logo que voltar a Tóquio, confesse tudo a ela. É o que você deve fazer. Abrir o coração sempre produz o melhor resultado. Você só não pode falar que a viu junto com outro homem. Guarde isso dentro do seu coração. Há certas coisas que as mulheres não querem que os outros vejam. Fora isso, é melhor confessar de forma franca o que você sente, sem esconder nada.

— Tenho medo. De fazer algo errado, ou dizer algo errado, e, como resultado, talvez perder tudo, fazer evaporar tudo no espaço.

Eri balançou a cabeça, devagar. — É a mesma coisa que construir estações. Se algo tiver um significado ou objetivo, ele não se arruinará ou evaporará completamente no espaço por causa de um pequeno erro. Mesmo que não seja perfeita, a estação precisa ser construída, antes de tudo. Não é? Caso contrário, o trem não poderá parar. Nem poderá receber alguém importante. Se for descoberto algum problema depois, basta consertar conforme a necessidade. Primeiro, construa a estação. Uma estação especial para ela. Uma estação onde o trem deseje parar, mesmo sem ter necessidade. Imagine uma estação assim, e lhe atribua uma cor e um formato concretos. E na sua fundação crave o seu nome com prego, e sopre vida nela. Você tem essa capacidade. Afinal, conseguiu nadar sozinho no mar gelado à noite, até o final.

*

Eri o convidou para ficar até o jantar.

— Aqui perto pescamos muitas trutas gordas e frescas. Basta temperá-las com ervas aromáticas e passar na frigideira que ficam muito gostosas, apesar de ser um prato simples. Fique para o jantar com a minha família.

— Obrigado. Mas acho que está na hora de voltar. Quero chegar a Helsinque antes de escurecer.

Eri riu. — Antes de escurecer? Estamos no verão da Finlândia. Por aqui fica claro e iluminado até meia-noite.

— Mesmo assim — disse Tsukuru.

Eri entendeu o que ele sentia. Falou: — Obrigada por ter vindo me visitar de tão longe. Fiquei feliz em conversar com você. É verdade. Parece que o que estava entalado no peito por muito tempo saiu. Claro que não significa que tudo tenha se resolvido completamente, mas, para mim, foi uma grande ajuda.

— Para mim também — disse Tsukuru. — Você me ajudou bastante. Conheci seu marido e suas filhas, e deu para saber que tipo de vida você leva aqui. Só por isso já valeu a pena ter vindo à Finlândia.

Os dois saíram da cabana e caminharam até o Golf devagar, como se verificassem o significado de cada passo. E, no final, abraçaram-se novamente. Dessa vez ela já não estava mais chorando. Ele sentiu no pescoço o sorriso tranquilo dela, e seus seios estavam cheios de energia para continuar vivendo. Os dedos dela que apertavam suas costas eram muito fortes e reais.

Foi então que Tsukuru lembrou que trouxera presentes do Japão para Eri e as filhas. Ele os pegou da bolsa que deixara no carro e os entregou a ela. Uma presilha de buxo japonês para Eri e livros infantis para as crianças.

— Obrigada, Tsukuru — disse Eri. — Você não mudou. Sempre gentil.

— Não são grande coisa — disse Tsukuru. E lembrou que viu Sara caminhando com um homem na avenida Omotesandô na tarde em que comprara as lembranças. Se não tivesse resolvido comprá-las, não teria visto aquela cena. Que curioso.

— Adeus, Tsukuru Tazaki. Volte com cuidado — disse Eri se despedindo. — Cuidado para não ser apanhado pelos duendes maus.

— Duendes maus?

Eri comprimiu os olhos e seus lábios se entortaram de leve, travessos, como antigamente. — Costumamos falar assim por aqui. Cuidado para não ser apanhado pelos duendes maus. Porque, nas florestas daqui, vivem muitas criaturas desde eras muito antigas.

— Entendi — Tsukuru riu. — Vou tomar cuidado para não ser apanhado pelos duendes maus.

— Se tiver oportunidade, diga a Azul e Vermelho — falou Eri — que estou bem.

— Vou dizer.

— Acho que você deveria se encontrar com os dois de vez em quando. Ou se reunir com os dois. Tanto para você quanto para eles, acho que isso vai fazer bem.

— É, talvez sim — disse Tsukuru.

— E provavelmente para mim também — disse Eri. — Eu não vou estar junto, mas mesmo assim.

Tsukuru concordou com a cabeça. — Depois que as coisas se acalmarem, vou tentar marcar algo, com certeza. Para o seu bem também.

— Mas é curioso — disse Eri.

— O quê?

— Que aquela fase encantadora passou, e nunca mais vai voltar. Que muitas possibilidades belas foram sugadas pelo fluxo do tempo, e desapareceram.

Tsukuru concordou em silêncio. Pensou que devia falar algo, mas não conseguiu encontrar as palavras.

— O inverno daqui é muito longo — disse Eri, olhando a superfície do lago, como se falasse a si mesma de um lugar bem distante. — A noite é longa, e parece que nunca vai acabar. Tudo fica completamente congelado e duro. Parece que a primavera não vai chegar nunca. Por isso, acabo pensando em muitas coisas negativas, sem querer. Por mais que tente não pensar nelas.

Mesmo assim, ele não conseguiu se exprimir em palavras. Tsukuru observou em silêncio a superfície do lago que ela olhava. Ele só pensaria no que deveria ter dito muito tempo depois, após afivelar o cinto, dentro do voo para Narita. Por alguma razão as palavras corretas chegam sempre atrasadas.

Ele girou a chave e deu a partida. O motor de quatro cilindros do Volkswagen despertou do breve sono e deu batidas compassadas e firmes.

— Adeus — disse Eri. — Cuide-se. E conquiste Sara. Você precisa muito dela. É o que eu penso.

— Vou tentar.

— Tsukuru, lembre-se de uma coisa. Você não é incolor. Aquilo era só um nome. Está certo que nós caçoamos muito de você por causa disso, mas era tudo uma brincadeira boba. Você é Tsukuru Tazaki, sempre colorido e maravilhoso. E continua construindo estações encantadoras. Hoje é um cidadão saudável de trinta e seis anos, com título eleitoral, paga impostos, e até consegue vir à Finlândia sozinho, de avião, para me ver. Não há nada que falte em você. Tenha autoconfiança e coragem. É só disso que você precisa. Você não pode perder uma pessoa importante por causa de orgulho bobo e medo.

Ele posicionou a alavanca do câmbio na posição dirigir e pisou no acelerador. Acenou pela janela aberta. Eri também acenou e continuou assim por mais um tempo, com o braço muito erguido.

Até que ela desapareceu por entre as árvores. Só o verde profundo do verão da Finlândia era refletido no espelho. Começara a ventar novamente, e pequenas ondas brancas surgiram em vários pontos do extenso lago. Um caiaque com um rapaz alto e jovem passou silenciosamente diante dele, como um grande besouro-d'água.

Provavelmente nunca mais voltaria àquele local. Talvez nunca mais voltasse a encontrar Eri. Os dois devem continuar seguindo cada um o seu caminho, em lugares distintos. Como disse Azul, *já não podem mais voltar atrás*. Quando se deu conta disso, a tristeza avançou silenciosamente, como água. Era uma tristeza transparente, sem forma. A tristeza era dele mesmo, mas, ao mesmo tempo, se encontrava em algum lugar distante, longe do seu alcance. O peito doeu como se parte dele tivesse sido arrancada, e se sentiu sufocado.

Quando chegou à estrada pavimentada, parou o carro no acostamento, desligou o motor e, apoiando-se no volante, fechou os olhos. Precisou respirar fundo algumas vezes para acalmar o coração. Percebeu então, de súbito, que em seu corpo havia algo duro e frio: algo como um núcleo de solo rígido e congelado, que não derrete ao longo do ano. Era isso que gerava a dor do peito e a sensação asfixiante. Até então ele não sabia que dentro dele havia tal elemento.

Mas essa dor do peito era *necessária*, e a sensação asfixiante também era *necessária*. Ele precisava senti-las. Daqui para frente, ele precisava derreter esse núcleo gelado aos poucos. Talvez levasse tempo, mas era o que ele precisava fazer. E, para derreter esse solo congelado, Tsukuru precisava do calor de outra pessoa. O calor do corpo dele não era suficiente.

Primeiro, vou voltar a Tóquio. Esse é o primeiro passo. Ele girou a chave e deu partida no motor mais uma vez.

No caminho de volta a Helsinque, Tsukuru rezou do fundo do coração para que Eri não fosse apanhada pelos duendes maus no meio da floresta. O que ele podia fazer ali, naquele momento, era só rezar.

18

Tsukuru passou os dois dias restantes caminhando pela cidade de Helsinque sem rumo. De tempos em tempos caía uma chuva fina que não chegava a incomodá-lo. Caminhando, ele pensou em várias coisas. Havia muitas coisas em que precisava pensar. Antes de voltar a Tóquio, queria organizar os sentimentos. Quando se cansava de andar, ou quando se cansava de pensar, entrava em um café, tomava café e comia um sanduíche. Perdeu-se uma vez, ficou sem saber direito onde estava, mas nem isso o incomodou. Não era uma cidade muito grande, e a linha do bonde passava por todo lugar. Além do mais, perder-se lhe dava uma sensação prazerosa naquele momento. Na tarde do último dia, foi à estação central de Helsinque, sentou-se num banco e passou as horas simplesmente observando os trens que partiam e chegavam.

    Da estação, telefonou a Olga do celular, para lhe agradecer. Consegui encontrar a casa dos Haatainen, e ela de fato ficou surpresa quando me viu. E Hämeenlinna é uma cidade encantadora. Que bom, que maravilha, disse Olga. Parecia que a alegria dela era sincera. Se tiver tempo, queria convidá-la para jantar em algum lugar, como forma de agradecimento, Tsukuru disse. Fico feliz pelo convite, mas hoje é aniversário de minha mãe, e prometi que ia jantar em casa com meus pais, disse Olga. Mande lembranças a Sara. Vou mandar sim, e obrigado por tudo, disse Tsukuru.

    À noite, ele pediu peixe num restaurante perto do porto recomendado por Olga, e tomou meia taça de Chablis gelado. E pensou nos Haatainen. Certamente os quatro também estavam sentados ao redor de uma mesa a essa hora. Será que continuava ventando no lago? Em que Eri estaria pensando agora? A sensação quente da respiração dela ainda permanecia em seus ouvidos.

Ele retornou a Tóquio na manhã de sábado. Desfez a bolsa de viagem, tomou banho com calma e passou o resto do dia sem fazer nada em especial. Logo ao chegar, pensou em ligar para Sara. Chegou a pegar o telefone e discar o número, mas acabou devolvendo o fone ao gancho. Ele precisava de mais tempo para organizar os sentimentos. A viagem foi curta, mas aconteceram várias coisas. Ainda não conseguia ter a real sensação de estar de volta a Tóquio. Parecia que pouco tempo antes estava prestando atenção no som transparente do vento, à beira do lago no subúrbio de Hämeenlinna. Independentemente do que fosse falar para Sara, ele precisaria escolher bem as palavras.

Lavou roupa, passou os olhos nos jornais acumulados e saiu antes de escurecer, para comprar comida, apesar de não sentir fome. Provavelmente por causa do fuso horário, sentiu muito sono quando ainda estava claro, deitou-se na cama às oito e meia e logo caiu no sono, mas despertou antes da meia-noite. Tentou continuar a leitura do livro que começara no avião, mas sua cabeça não funcionava bem. Por isso arrumou o quarto. Deitou-se na cama mais uma vez antes do amanhecer e acordou antes do horário de almoço de domingo. Parecia que seria um dia quente. Ligou o ar-condicionado, preparou e tomou café e comeu torrada com queijo.

Depois de tomar uma ducha, ligou para a casa de Sara. Mas caiu na secretária eletrônica: "Após o sinal, deixe sua mensagem", ela dizia. Hesitou um pouco, mas desligou sem falar nada. Os ponteiros do relógio da parede marcavam mais de uma da tarde. Pensou em ligar para o celular dela, mas desistiu.

Talvez ela estivesse no meio do almoço de domingo com o namorado. Ainda era um pouco cedo para estarem na cama fazendo amor. Tsukuru se lembrou do homem de meia-idade que andava de mãos dadas com Sara na avenida Omotesandô. Por mais que tentasse expulsar essa cena da mente, ela o perseguia. Deitou-se no sofá e, pensando nessas coisas involuntariamente, sentiu como se uma agulha afiada espetasse suas costas. Era uma agulha fina, invisível aos olhos. A dor era leve e não houve sangramento, ele achava. Mas, mesmo assim, dor é dor.

Ele foi à academia de bicicleta e nadou a distância de sempre na piscina. Uma dormência curiosa ainda permanecia em todo o corpo, e teve a sensação de que dormia de tempos em tempos, de repente, enquanto nadava. Naturalmente, não era possível dormir enquanto se exercitava; era apenas uma sensação. Mas, quando nadava, o corpo parecia entrar no piloto automático, e conseguiu ficar um tempo sem se lembrar de Sara e do homem, o que o deixou aliviado.

Voltando da piscina, dormiu por cerca de meia hora. Teve um sono denso, sem sonhos, como se a consciência tivesse sido completamente bloqueada. Depois passou alguns lenços e camisas a ferro e preparou o jantar. Fez um salmão com ervas no forno, espremeu limão sobre ele e o comeu com uma salada de batatas. Fez também sopa de missô com tofu e cebolinha verde. Tomou metade de uma lata de cerveja gelada e assistiu ao noticiário da noite na TV. Depois se deitou no sofá e leu seu livro.

Recebeu uma ligação de Sara um pouco antes das nove da noite.

— Como vai o jet lag? — ela disse.

— O sono está meio confuso, mas estou bem — disse Tsukuru.

— Pode falar agora? Não está com sono?

— Estou com sono, sim, mas estou pensando em aguentar mais uma hora antes de dormir. Amanhã começo a trabalhar, e na empresa não dá pra cochilar.

— É melhor fazer isso — disse Sara. — Foi você quem me ligou no telefone de casa à uma da tarde mais ou menos, não foi? Tinha esquecido de checar a secretária eletrônica, e só percebi agora.

— Fui eu.

— Bem nessa hora eu tinha saído para fazer compras perto de casa.

— Foi? — disse Tsukuru.

— Mas você não deixou mensagem.

— Não gosto de deixar mensagem. Sempre fico nervoso, e as palavras não saem direito.

— Pode ser, mas você consegue falar pelo menos seu nome, não consegue?

— Consigo. Poderia ter deixado pelo menos meu nome.

Ela deu um tempo. — Eu estava muito preocupada, queria saber se tinha dado tudo certo na viagem. Você poderia ter deixado pelo menos uma mensagem curta, não acha?

— Desculpe. Deveria ter deixado — Tsukuru disse. — E o que você fez hoje, no resto do dia?

— Lavei roupa e fiz compras. Cozinhei, limpei a cozinha e o banheiro. Eu também preciso de um domingo tranquilo como esse — ela disse, e ficou em silêncio por um tempo. — E o assunto da Finlândia, conseguiu resolver?

— Encontrei Preta — disse Tsukuru. — Consegui conversar a sós com ela, com calma. Olga me ajudou muito.

— Que bom. Ela é eficiente, não é?
— Muito.

Ele contou que fora encontrar Eri (ou Preta) à beira de um belo lago a cerca de uma hora e meia de carro de Helsinque. Que ela passava o verão nessa casa com o marido, duas filhas pequenas e um cão. Que ela fazia cerâmicas junto com o marido num pequeno ateliê perto dali, todos os dias.

— Ela parecia feliz. A vida na Finlândia deve combinar com ela — disse Tsukuru. Exceto por algumas noites longas e escuras de inverno: mas ele não mencionou isso.

— Você acha que valeu a pena ter ido à longínqua Finlândia só para se encontrar com ela? — perguntou Sara.

— É, acho que valeu. Alguns assuntos só podem ser discutidos pessoalmente. Graças a isso, muitos fatos foram esclarecidos. Não significa que fiquei completamente satisfeito, mas, para mim, teve um grande significado. Para o meu coração, quero dizer.

— Que bom. Fico contente em ouvir isso.

Houve um breve silêncio. Um silêncio sugestivo, como se tentasse estimar a direção do vento. Depois, Sara disse:

— O tom da sua voz está um pouco diferente do normal, ou é só impressão minha?

— Não sei. Talvez minha voz esteja estranha porque estou cansado. Foi a primeira vez na vida que passei tanto tempo dentro de um avião.

— Então não significa que teve algum problema em especial?

— Não tive nenhum problema. Tenho muitas coisas para te contar, mas, se começar, acho que não vou terminar tão cedo. Acho melhor nos encontrarmos em breve para eu contar o que aconteceu, na ordem certa.

— É, vamos nos encontrar, sim. De qualquer forma, que bom que você não perdeu viagem indo à Finlândia.

— Obrigado. Foi tudo graças a você.

— De nada.

Houve mais um breve silêncio. Tsukuru prestou atenção cuidadosamente. A sensação de algo não dito ainda pairava no ar.

— Tenho uma pergunta a fazer — disse Tsukuru, decidido. — Talvez seria melhor não tocar nesse assunto. Mas sinto que é melhor ser sincero com os meus próprios sentimentos.

— Claro — disse Sara. — Concordo que é melhor você ser sincero com os seus sentimentos. Pode perguntar o que você quiser.

— Não sei direito como falar sobre isso, mas tenho a impressão de que, além de mim, você tem uma relação com outro homem. Já faz um tempo que isso está me incomodando.

Sara ficou um tempo em silêncio. — Tem a impressão? — ela perguntou. — Significa que você tem uma *sensação vaga*?

— É, significa apenas que tenho essa sensação vaga — disse Tsukuru. — Como já disse antes, não tenho uma intuição muito boa. Minha cabeça é feita basicamente para construir coisas que tenham forma, como meu próprio nome diz. A estrutura de minha cabeça é bem simples. Não entendo muito bem do funcionamento da mente das pessoas. Ou melhor, parece que não entendo direito nem como funciona minha mente. Frequentemente cometo erros em relação a questões delicadas como essa. Por isso, procuro não pensar sobre assuntos mais complexos. Mas é uma coisa que me incomoda faz tempo. E achei que seria melhor perguntar francamente a você do que ficar remoendo na minha cabeça.

— Entendi — disse Sara.

— Então, você gosta de outro homem além de mim?

Ela ficou em silêncio.

Tsukuru disse: — Quero que você entenda que, mesmo que a resposta seja sim, não a estou censurando. Talvez não seja um assunto em que eu deva me intrometer. Você não tem nenhuma obrigação comigo, e eu não tenho o direito de exigir algo de você. Eu só queria saber se a minha sensação está errada ou não.

Sara deu um suspiro. — Eu preferiria que você não falasse de obrigação ou direito. Parece que estamos discutindo a revisão da constituição.

— Entendi — disse Tsukuru. — Acho que o modo como falei não foi muito adequado. Mas, como disse antes, eu sou uma pessoa bem simples. Com uma sensação assim, acho que não vou conseguir fazer as coisas direito.

Sara ficou em silêncio de novo. Dava para imaginá-la perfeitamente, seus lábios firmemente cerrados, o telefone na mão.

Depois de um tempo, ela disse, com a voz serena: — Você não é uma pessoa simples. Você só está tentando achar que é.

— Se você diz isso, talvez seja verdade. Eu não sei bem. Mas é certo que, pelo meu temperamento, uma forma simples de viver combina mais comigo. Especialmente em se tratando de um relacionamento. Eu fiquei ferido algumas vezes, e não queria mais passar por isso.

— Entendi — disse Sara. — Já que você está sendo franco, eu também quero ser franca com você. Mas você poderia me dar mais um pouco de tempo?

— Quanto tempo?

— Deixe-me ver... uns três dias. Hoje é domingo, então na quarta-feira acho que podemos conversar. Acho que posso responder a sua pergunta. Você está livre na quarta à noite?

— Estou livre, sim — disse Tsukuru. Nem precisava abrir a agenda para confirmar. Depois de escurecer, ele não tinha nenhum compromisso.

— Vamos jantar, e aí falamos de vários assuntos, abertamente. Tudo bem?

— Tudo bem — disse Tsukuru.

Desligaram o telefone.

Naquela noite, Tsukuru teve um sonho longo e estranho. Ele estava sentado diante do piano, tocando uma sonata. Era um grande piano de cauda novo, e as teclas brancas eram muito brancas, e as pretas, muito pretas. No suporte, havia uma enorme partitura aberta. Uma mulher de vestido preto justo e sem brilho estava ao lado dele, virando as páginas da partitura para ele de forma ágil, com seus longos dedos brancos. O momento de cada virada era preciso. Seus cabelos eram muito negros e batiam na cintura. Parecia que nesse lugar tudo era composto de gradações de preto e branco. Não havia nenhuma outra cor.

Ele não sabia quem era o compositor daquela sonata para piano. De qualquer forma, era uma música muito longa. A partitura era grossa como uma lista telefônica. Estava preenchida de notas musicais, e as páginas eram literalmente muito escuras. Era uma música difícil, com estrutura complexa, que exigia uma técnica de interpretação avançada. Além do mais, ele nunca a ouvira antes. Mesmo assim, só de olhar uma vez a partitura, Tsukuru conseguia compreender instantaneamente o mundo expresso nela e transformá-lo em som. Era como interpretar uma planta complexa em 3D. Ele tinha esse dom especial. E seus dedos bem treinados corriam sobre o teclado de ponta a ponta, como se fossem um vendaval. Era realmente sensacional, e lhe dava vertigem, a experiência de conseguir decifrar corretamente e mais rápido que qualquer pessoa o mar de códigos emaranhados, e oferecer uma forma correta a eles.

Enquanto executava absorto essa música, seu corpo foi atingido ferozmente por uma inspiração que parecia um raio numa tarde de verão. Era uma música com uma ampla estrutura virtuosística, mas também introspectiva e bela. Ela representava de forma direta, delicada e completa o ato de viver. Era um aspecto importante do mundo que podia ser expresso somente através da música. Ele sentiu orgulho por conseguir interpretar com as próprias mãos esse tipo de música. Uma intensa alegria fez estremecer sua coluna.

Mas, infelizmente, os ouvintes diante dele pareciam não compartilhar a mesma opinião. Eles estavam inquietos, e pareciam entediados e irritados. O som das cadeiras rangendo e das tosses chegava aos seus ouvidos. Que coisa, essas pessoas não compreendiam em absoluto o valor daquela música.

Ele tocava em um lugar parecido com um grande salão de uma corte. O chão era de mármore liso, e o teto era alto, com uma bela claraboia no centro. As pessoas ouviam a música sentadas em cadeiras elegantes. Talvez houvesse umas cinquenta pessoas. Todas eram refinadas e se vestiam bem. Provavelmente eram cultas. Mas, infelizmente, não tinham capacidade para compreender a essência formidável daquela música.

Com o tempo, o ruído produzido pelas pessoas foi aumentando e se tornando cada vez mais irritante. Ficava cada vez mais incontrolável, chegando a se sobressair ao próprio som da música. Nem ele próprio conseguia escutar direito o que tocava. Ele ouvia apenas o ruído, a tosse e os gemidos de insatisfação amplificados a ponto de serem grotescos. Mesmo assim seus olhos liam a partitura como se a absorvessem, e seus dedos continuavam percorrendo o teclado energicamente, como se possuídos.

Em determinado momento ele se deu conta de que a mulher de vestido preto que virava as páginas da partitura tinha seis dedos nas mãos. O sexto dedo tinha quase o tamanho do mindinho. Ele ficou atônito e seu coração tremeu. Ele queria levantar os olhos e ver o rosto da mulher de pé ao seu lado. Como ela era? Será que ele a conhecia? Mas, até que terminasse aquele movimento, ele não podia tirar os olhos nem por um instante da partitura. Mesmo que ninguém mais estivesse ouvindo a música.

Foi então que Tsukuru despertou. O mostrador verde do relógio digital da cabeceira marcava duas e trinta e cinco. Ele estava todo suado e o coração ainda marcava o tempo de forma seca. Ele saiu da cama, tirou o pijama, se enxugou com uma toalha, vestiu uma camiseta e uma cueca limpas e se sentou no sofá da sala. No meio da escuridão, pensou em Sara. Ele se arrependeu de todas as palavras que dissera a ela no telefone pouco tempo antes. Ele não deveria ter tocado naquele assunto.

Ele queria telefonar para Sara imediatamente e retirar tudo o que dissera. Mas não podia ligar para ela pouco antes das três da madrugada, e muito menos fazer com que ela se esquecesse completamente de todas as palavras que foram ditas. Talvez eu a perca de vez, Tsukuru pensou.

Em seguida, ele pensou em Eri. Eri Kurono Haatainen. Mãe de duas filhas pequenas. Ele pensou no lago azul que se estendia por trás das bétulas brancas e no som do pequeno bote a bater no cais. Cerâmicas com belos desenhos, gorjear dos pássaros e latido do cão. E *Anos de peregrinação* executado com beleza por Alfred

Brendel. A sensação dos seios fartos de Eri pressionados silenciosamente contra o corpo dele. Respiração quente e bochechas molhadas de lágrimas. Várias possibilidades perdidas e um tempo que já não volta mais.

Em determinado momento os dois estavam na mesa e simplesmente ouviam em silêncio os pássaros cantando lá fora, sem tentar procurar palavras. Era um canto peculiar e curioso. O mesmo canto se repetiu várias vezes na floresta.

"Os pais estão ensinando os filhotes a cantar daquele jeito", disse Eri. E sorriu. "Até vir morar aqui, eu não sabia que os pássaros tinham que aprender o canto com os pais."

A vida é como uma partitura complexa, pensa Tsukuru. Ela está repleta de semicolcheias e fusas, com muitos códigos esquisitos e anotações ininteligíveis. É um trabalho árduo decifrá-los corretamente e, mesmo conseguindo fazer isso e conseguindo convertê-los em sons corretos, nem sempre o significado contido neles será compreendido e reconhecido corretamente pelas pessoas. Nem sempre trará felicidade às pessoas. Por que a ação humana precisa ser algo tão complicado?

"Conquiste a Sara. Você precisa dela. Aconteça o que acontecer, você não pode perdê-la", disse Eri. "Não há nada que falte em você. Tenha autoconfiança e coragem. É só disso que você precisa."

E cuidado para não ser apanhado por duendes maus.

Ele pensou em Sara, e pensou que ela podia estar entre os braços desnudos de alguém. Não, não é de *alguém*. Ele viu o homem com os próprios olhos. Junto dele, Sara estava com uma expressão muito feliz. Os dentes alinhados e bonitos escapavam pelo sorriso dela. Ele fechou os olhos no meio da escuridão e pressionou as têmporas com os dedos. Não posso continuar vivendo com esse sentimento, ele pensou. Mesmo que seja só por mais três dias.

Tsukuru apanhou o telefone e digitou o número de Sara. Os ponteiros do relógio indicavam um pouco antes das quatro. O telefone tocou doze vezes, até que Sara atendeu.

— Por favor, me desculpe por estar ligando a essa hora — disse Tsukuru. — Mas queria falar com você de qualquer jeito.

— Agora? Que horas são?

— Quase quatro da manhã.

— Poxa, eu nem lembrava que esse horário existia — disse Sara. Pela voz, ela parecia ainda não ter despertado completamente. — Então, quem morreu?

— Ninguém morreu — disse Tsukuru. — Ninguém morreu ainda. Mas eu queria falar uma coisa para você ainda essa noite, de qualquer jeito.

— O que é?

— Amo você, Sara, e desejo você do fundo do meu coração.

Houve um barulho de procurar algo do outro lado da linha. Depois ela deu uma tossida e soltou algo que parecia um suspiro.

— Posso falar agora? — perguntou Tsukuru.

— Claro — disse Sara. — Afinal, não são nem quatro da manhã, ninguém está ouvindo a essa hora. Pode falar tudo o que quiser. Está todo mundo dormindo pesado.

— Eu realmente amo você, e desejo você — Tsukuru repetiu.

— É isso que você queria falar para mim no telefone antes das quatro da manhã?

— É.

— Você andou bebendo?

— Não, estou completamente sóbrio.

— É mesmo? — disse Sara. — Para um sujeito de exatas, você até que consegue ser bem impulsivo.

— É porque é a mesma coisa que construir estações.

— Como assim, a mesma coisa?

— É simples. Se não existir a estação, o trem não pode parar. O que eu preciso fazer antes de tudo é imaginar a estação e dar a ela cor e forma concretas. Esse é o primeiro passo. Se houver algum defeito, basta consertar depois. E eu estou acostumado com trabalhos desse tipo.

— Porque você é um engenheiro formidável.

— Eu quero ser.

— E você está construindo uma estação especial para mim, até quase de manhã, trabalhando duro, sem descansar?

— É — disse Tsukuru. — Porque amo você, e desejo você.

— Eu também gosto muito de você. Toda vez que encontro com você, me sinto mais atraída — disse Sara. E, como se abrisse uma lacuna na página, ela fez uma pequena pausa. — Mas agora não são nem quatro da manhã, e os pássaros ainda estão dormindo. Não posso dizer que minha cabeça esteja funcionando bem. Por isso, você pode esperar só mais três dias?

— Tudo bem. Mas só mais três dias — disse Tsukuru. — Acho que esse é o meu limite. Por isso te liguei a essa hora.

— Três dias são suficientes, Tsukuru. Vou cumprir o prazo. Vamos nos encontrar na quarta à noite.

— Me desculpe por ter te acordado.

— Tudo bem. Foi bom ter descoberto que às quatro da madrugada o tempo corre direitinho. Está claro lá fora?

— Ainda não. Mas daqui a pouco vai começar a clarear. Os pássaros vão começar a cantar também.

— Os pássaros que acordam cedo conseguem pegar muitos bichinhos.

— Teoricamente.

— Mas provavelmente não vou conseguir verificar isso.

— Boa noite — ele disse.

— Ei, Tsukuru — disse Sara.

— Hum?

— Boa noite — disse Sara. — Fique tranquilo e durma bem.

E ela desligou.

19

Shinjuku é uma estação gigantesca. Quase três e meio milhões de pessoas passam todos os dias por ela. O Guinness Book reconheceu oficialmente que JR Shinjuku é a estação com maior número de passageiros do mundo. Várias linhas se cruzam dentro dela. Citando apenas as principais, temos: Chûo, Sôbu, Yamanote, Saikyô, Shônan Shinjuku e Narita Express. Seus trilhos se cruzam e se combinam de forma assustadoramente complexa. São dezesseis plataformas no total. Além disso, duas linhas privadas, Odakyû e Keiô, e três linhas de metrô se conectam a ela como se fossem cabos de tomadas. É um verdadeiro labirinto. No horário de pico, esse labirinto vira um mar de gente. O mar forma bolhas, revolteia, urra e avança na direção das entradas e saídas. O fluxo de pessoas que tenta fazer a baldeação cruza intrincadamente aqui e acolá, gerando redemoinhos perigosos. Seria impossível para qualquer profeta, por mais grandioso que fosse, dividir esse mar feroz, turbulento.

É difícil de acreditar que esse número esmagador de pessoas é ordenado habilmente e sem grandes problemas cinco vezes por semana, duas vezes por dia, de manhã e à tarde, pelos funcionários da estação cujo número não pode ser considerado suficiente. Em especial, o horário de pico da manhã é um problema. As pessoas estão seguindo apressadas rumo aos respectivos destinos; precisam bater o relógio de ponto até um horário determinado. O humor não deve ser dos melhores. Ainda não conseguiram se livrar direito do sono, e os vagões lotados sem praticamente nenhum vão torturam seu corpo e seus nervos. Somente quem tem muita sorte consegue se sentar. É incrível que não ocorra nenhum motim, nenhum acidente que cause uma tragédia sanguinária, pensa Tsukuru, sempre impressionado. Não há margem para dúvida de que, se as estações ou vagões lotados forem alvo do ataque de terroristas organizados e fanáticos, acontecerá uma tragédia. Os danos serão imensuráveis. Será um pesadelo inimaginável tanto para os funcionários das companhias ferroviárias quanto para a polícia, e naturalmente para os passageiros. Apesar disso, no momento não há praticamente nenhum meio de prevenir uma calamidade assim. Esse pesadelo aconteceu *de verdade* em Tóquio, na primavera de 1995.

Com alto-falante na mão, o funcionário da estação continua gritando, implorando, o sinal de partida do trem continua tocando quase que ininterruptamente e as máquinas das catracas continuam fazendo a leitura silenciosa das vastas informações dos cartões, dos bilhetes e dos passes. Os longos trens que chegam e partem em ciclos de alguns segundos vomitam as pessoas sistematicamente como se fossem gado acostumado e paciente, para em seguida sugarem tantas outras, e partem para a próxima estação fechando as portas impacientemente. Se alguém tiver o próprio pé pisado pela pessoa de trás no meio da multidão, subindo ou descendo a escada, e perder um dos sapatos, será impossível recuperá-lo. Ele irá desaparecer engolido pela areia movediça violenta chamada horário de pico. Ele ou ela terá de passar o longo dia sem um dos calçados.

No início da década de 1990, quando o Japão ainda vivia numa bolha econômica, um influente jornal americano publicou uma grande foto das pessoas descendo a escadaria da estação de Shinjuku no horário de pico numa manhã de inverno (talvez tenha sido da estação de Tóquio, mas não faz diferença). Como se tivessem combinado, todas as pessoas da foto que se dirigiam ao trabalho estavam cabisbaixas, com a fisionomia sem vida e sombria, como peixes enlatados. O artigo dizia: "Talvez o Japão tenha ficado rico. Mas a maioria dos japoneses está cabisbaixa e parece infeliz." A foto ficou famosa.

Tsukuru não sabe bem se a maioria dos japoneses é mesmo infeliz. Mas o verdadeiro motivo de todos os trabalhadores descerem a escadaria lotada da estação de Shinjuku cabisbaixos, de manhã, era porque estavam preocupados com os pés, e não porque eram infelizes. Para não pisarem em falso, para não perderem os sapatos: desafio importante na gigantesca estação ferroviária no horário de pico. Não havia explicação desse motivo pragmático na foto. E, em geral, as pessoas que andam olhando para baixo de casaco escuro não parecem felizes. É claro que é possível considerar infeliz a sociedade em que as pessoas não conseguem ir ao trabalho sem se preocupar em não perder os sapatos toda manhã.

Quantas horas as pessoas gastam no trajeto para o trabalho no dia a dia? Tsukuru tenta mensurar. Em média uma hora a uma hora e meia só para ir, ele calcula. Quando um assalariado comum que trabalha no centro de Tóquio, casado e com um ou dois filhos, deseja comprar uma casa, inevitavelmente precisa ser no *subúrbio*, e isso o faz levar esse tempo nos deslocamentos. Nas vinte e quatro horas do dia, cerca de duas a três horas são gastas *somente* no ato de se locomover em função do trabalho. No trem lotado, se a pessoa tiver sorte talvez consiga ler um jornal ou um livro de bolso. Talvez seja até possível estudar espanhol ou ouvir a sinfonia de Haydn no iPod. Dependendo da pessoa, talvez consiga ficar absorta em longas especulações metafísicas, de olhos fechados. Mas, em geral, deve ser difícil considerar que essas duas ou três horas do dia sejam o momento mais valioso e de melhor qualidade da vida de cada um. Quantas horas da vida são tomadas em função da locomoção (provavelmente) sem sentido e desapareçem? Em que medida esse tempo esgota e desgasta as pessoas?

Mas esse não é um problema com que Tsukuru Tazaki, que trabalha em uma companhia ferroviária e lida principalmente com o projeto de estações, deva se preocupar. Cada pessoa deve cuidar da sua vida. Afinal, a vida é *delas*, e não de Tsukuru Tazaki. Cada pessoa deve julgar individualmente quanto a sociedade em que vive é feliz ou infeliz. O que ele precisa pensar é apenas em como guiar de forma adequada e segura o fluxo de certo número de pessoas. Não são exigidas dele reflexões. Só lhe é exigida eficácia. Ele não é um pensador nem um sociólogo, mas um mero engenheiro.

Tsukuru Tazaki gostava de observar a estação de Shinjuku.

Na estação de Shinjuku, ele compra o bilhete de entrada na máquina automática e geralmente sobe até as plataformas 9 e 10. É de onde partem os trens expressos da linha Chûo. São trens de longa distância com destino a Matsumoto ou Kôfu. Comparadas com outras plataformas, onde passam principalmente os assalariados, o número de passageiros é bem menor, e os trens não chegam nem partem com tanta frequência. Sentado num banco, é possível observar com calma o movimento da estação.

Ele visitava as estações ferroviárias como as demais pessoas vão a concertos, cinemas, discotecas, estádios ou shoppings. Quando tinha tempo livre e não sabia o que fazer, ele costumava ir à estação sozinho. Quando se sentia perturbado ou queria pensar, seus pés o levavam naturalmente à estação. Ele se sentava no banco da plataforma e verificava a partida e a chegada dos trens, comparando-as com o pequeno folheto de horários que carregava sempre na bolsa, imóvel, tomando café comprado num quiosque. Assim, ele conseguia passar várias horas ali. Quando era estudante, verificava a configuração das estações, o fluxo dos passageiros e os movimentos dos funcionários, e anotava em detalhes os pontos que percebia, mas hoje ele não faz mais isso.

    O trem expresso reduz a velocidade e para na plataforma. As portas se abrem e os passageiros descem um atrás do outro. Somente observando essa cena ele conseguia se sentir satisfeito e tranquilo. Ao verificar que os trens partem e chegam exatamente no horário definido, sem atraso, ele sentia orgulho, apesar de não ser uma estação da companhia em que trabalhava. Era um orgulho tranquilo e modesto. A equipe de limpeza entra rapidamente no trem que acabou de chegar, recolhe o lixo e ajeita as poltronas. Os condutores com boné e uniforme assumem o turno e se preparam para a próxima partida. A placa de destino do vagão muda e o trem recebe um novo número. Tudo é feito em sequência, sem desperdiçar tempo e sem imprevistos, em questão de segundos. Esse era o mundo ao qual Tsukuru Tazaki pertencia.

    Ele fez a mesma coisa na estação central de Helsinque. Pegou uma tabela simples de horários dos trens, sentou-se no banco e observou os trens de longa distância que chegavam e partiam, enquanto tomava café pelando num copo de papel. Verificou no mapa o destino e a origem dos trens. Observou os passageiros que desciam um atrás do outro dos vagões e os que caminhavam apressadamente na direção da plataforma desejada. Seguiu com os olhos os funcionários da estação e os condutores uniformizados. Assim, conseguiu sentir a tranquilidade habitual. O tempo corria de forma homogênea e suave. Era como se estivesse na estação de Shinjuku, exceto pelo fato de não ouvir os anúncios lá. Provavelmente os procedimentos básicos da gestão de uma estação ferroviária sejam os mesmos no mundo todo. Profissionalismo preciso e eficiente. Essa cena provocou no coração dele uma simpatia natural. Havia uma sensação segura de que ele estava no lugar correto.

Terça-feira, quando Tsukuru Tazaki terminou o trabalho, o relógio da parede indicava mais de oito horas. Só restava ele no escritório. Não tinha nenhum trabalho urgente que exigisse hora extra. Mas, como tinha combinado de encontrar Sara na noite seguinte, não queria deixar nenhum serviço pendente.

Ele terminou o trabalho, desligou o computador, trancou os discos e documentos importantes na gaveta e apagou a luz da sala. Em seguida saiu pela porta dos fundos e cumprimentou o guarda que conhecia de vista.

— Bom descanso — disse o guarda.

Pensou em jantar em algum lugar, mas não sentia fome. Entretanto, não estava a fim de voltar direto para casa. Por isso, ele foi à estação de JR Shinjuku. Comprou um café no quiosque da estação, como sempre. Era uma noite abafada e quente, típica do verão de Tóquio, e ele estava com as costas suadas, mas mesmo assim preferiu tomar café puro e quente a uma bebida gelada. Era questão de hábito.

Na plataforma 9, o último trem expresso com destino a Matsumoto estava se preparando para sair, como sempre. O condutor verificava se não havia nenhum problema ao longo do trem, de forma habitual, mas com olhos atentos. O trem era o familiar modelo E257. Não era exuberante e vistoso como um trem-bala, mas ele simpatizava com sua forma firme e modesta. O trem seguia na linha principal Chûo até Shiojiri, e em seguida corria na linha Shinonoi até Matsumoto. Chegava a Matsumoto às cinco para a meia-noite. Até Hachiôji era zona urbana e precisava conter o ruído, e depois seguia na área montanhosa, em geral com muitas curvas, e não podia correr muito. Por isso, apesar da curta distância, levava muito tempo.

Faltava mais um pouco para o embarque, mas os passageiros compravam apressadamente uma refeição rápida — salgadinhos e latas de cerveja — e também arranjavam algumas revistas. Tinha gente que já tinha garantido um pequeno mundo só seu para viajar, com os fones brancos do iPod no ouvido. As pessoas manuseavam habilmente o smartphone ou gritavam no celular, competindo com os anúncios das estações, tentando se comunicar com alguém. Havia um casal jovem que parecia viajar junto. Os dois estavam sentados no banco juntinhos e sussurravam, felizes. Gêmeos de cinco ou seis anos com olhos sonolentos atravessaram com passos largos na frente de Tsukuru, puxados pelos braços pelos pais. Cada um tinha um game portátil na mão. Havia dois rapazes estrangeiros com mochilas que pareciam pesadas nas costas. Havia também uma moça com um estojo para violoncelo. Ela tinha um perfil bonito. Pessoas que viajavam para um ponto distante no trem expresso noturno: Tsukuru sentiu uma pitada de inveja delas. Elas têm um lugar para ir.

Tsukuru Tazaki não tinha nenhum lugar especial para ir.

Pensando bem, ele nunca foi a Matsumoto, Kôfu ou Shiojiri. Para começar, nunca foi sequer a Hachiôji. Apesar de ter observado inúmeros trens expressos com destino a Matsumoto naquela plataforma da estação de Shinjuku, nenhuma vez pensou na possibilidade de embarcar nele. Nem sequer passou pela sua cabeça. Por que será?

Tsukuru se imaginou apanhando agora esse trem para Matsumoto. Não era impossível, em absoluto. E não lhe pareceu uma má ideia. Afinal, ele decidira de súbito ir à Finlândia. Não seria impossível viajar a Matsumoto se ele assim desejasse. Como é a cidade? Que tipo de vida as pessoas levam lá? Mas ele balançou a cabeça e abandonou a ideia. Seria impossível voltar de Matsumoto a Tóquio até o início do expediente na manhã seguinte. Mesmo não verificando o horário dos trens, ele sabia disso. E à noite ele tinha um encontro com Sara. Para ele, seria um dia importante. Não podia ir a Matsumoto agora.

Ele tomou o resto do café que já estava morno e jogou o copo de papel no cesto de lixo próximo.

Tsukuru Tazaki não tem um lugar para ir. Era como uma tese na vida dele. Ele não tem um lugar para ir, nem um lugar para voltar. Ele nunca teve um, e mesmo agora continua não tendo. Ele só tem o *lugar onde está agora*.

Não, não é verdade, ele pensa.

Pensando bem, só uma vez na vida ele teve um lugar definido para ir. Na época do ensino médio, Tsukuru desejava estudar as estações ferroviárias de forma especializada em um instituto tecnológico de Tóquio. Esse era o *lugar para onde ele deveria ir*. E para isso estudou desesperadamente. O professor lhe anunciou friamente: com as suas notas, você tem oitenta por cento de chance de ser reprovado no vestibular dessa faculdade. Mas ele se esforçou e conseguiu superar o desafio a muito custo. Foi a primeira vez que estudou com tanto afinco. Ele não gostava de competir com os outros em notas ou classificações, mas, se tivesse uma meta concreta e convincente, ele conseguia se dedicar inteiramente para concretizá-la e mostrar sua capacidade: foi uma descoberta que teve.

Como resultado, Tsukuru se mudou de Nagoia para Tóquio e passou a morar sozinho. Enquanto estava em Tóquio, ele ansiava em voltar para sua terra natal o quanto antes, para passar um tempo com os amigos. Esse era o *lugar para onde ele deveria voltar*. Essa vida de ir e vir de um lugar para outro durou pouco mais de um ano. Mas, em certo momento, o ciclo foi interrompido abruptamente.

    Depois, ele ficou sem um lugar para ir e um lugar para voltar. Em Nagoia, ainda havia a sua casa onde o seu quarto fora mantido intacto, e onde sua mãe e sua irmã primogênita moravam. Sua outra irmã mais velha também morava em Nagoia. Ele voltava uma ou duas vezes por ano para cumprir o ritual, e toda vez era recebido calorosamente, mas já não tinha nenhum assunto em especial para conversar com a mãe e as irmãs, e não sentia muita alegria em reencontrá-las. Elas buscavam em Tsukuru a figura que *havia existido* e que ele havia abandonado, considerando-a desnecessária. Para reconstruí-la e fornecê-la a elas, ele precisava interpretar um papel que para ele era um incômodo. A cidade de Nagoia também lhe parecia estranhamente distante e insípida. Tsukuru não encontrava mais em nenhum lugar aquilo que buscava ou do que sentia saudades.

    Por outro lado, Tóquio era um lugar oferecido a ele *acidentalmente*. Antes, era o lugar da sua faculdade, e, hoje, do seu trabalho. Ele pertencia a essa cidade de uma forma profissional, e por nenhum outro motivo. Em Tóquio, Tsukuru levava uma vida regrada e silenciosa, como um exilado perseguido no próprio país que vive cautelosamente no país estrangeiro para não criar confusão, para não causar problemas, para que não lhe seja tomado o visto de permanência. Ele vivia ali como se fosse um exilado da própria vida. E a metrópole chamada Tóquio era o lugar ideal para as pessoas que desejavam viver anonimamente, como ele.

    Ele não tem ninguém que possa ser chamado de amigo próximo. Teve algumas namoradas e terminou com todas elas. Foram namoros tranquilos que acabaram de forma amigável. Nenhuma delas conseguiu chegar à parte íntima do coração dele. Porque ele não buscava esse tipo de relacionamento, e também provavelmente porque elas também não o buscavam tão intensamente. Os dois lados tinham culpa pela situação.

Parece que minha vida parou na época em que eu tinha vinte anos, pensa Tsukuru Tazaki no banco da estação de Shinjuku. Os dias que se seguiram praticamente não tinham o que pudesse ser chamado de peso. O tempo passou em torno dele silenciosamente, como uma brisa tranquila. Sem deixar ferida, sem deixar tristeza, sem lhe provocar fortes emoções, sem deixar uma alegria nem uma recordação marcantes. E ele estava chegando à meia-idade. Não, ainda tinha um pouco mais de tempo para chegar à meia-idade. Mas, pelo menos, não podia mais ser considerado jovem.

Pensando bem, Eri também é, em certo sentido, exilada da própria vida. Ela também ganhou uma profunda ferida no coração e, como resultado, abandonou a terra natal e deixou muitas coisas para trás. Mas ela mesma escolheu a nova terra chamada Finlândia, por iniciativa própria. E hoje tem um marido e duas filhas. Tem um trabalho de ceramista ao qual pode se dedicar com paixão. Tem uma casa de verão à beira do lago e um cão animado. Aprendeu finlandês também. Ela construiu nesse lugar um pequeno universo, com cuidado. Diferente de mim.

Ele olhou o Tag Heuer no pulso esquerdo. Eram oito e cinquenta. Os passageiros já estavam embarcando no trem expresso. As pessoas entravam com suas bagagens uma em seguida da outra e se sentavam no assento indicado. Colocavam a bolsa no compartimento superior, respiravam aliviadas no vagão refrigerado e tomavam uma bebida gelada. Ele via essa cena pelas janelas.

O relógio de pulso que usava era uma das poucas coisas *tangíveis* que herdara de seu pai. Uma bela antiguidade fabricada no início da década de 1960. Se ficasse sem usá-lo por três dias, ficava sem corda e os ponteiros paravam. Mas Tsukuru gostava dele justamente por sua inconveniência. Era um belo e genuíno aparelho mecânico. Não, talvez fosse melhor chamá-lo de obra de arte. Não havia nenhum fragmento de quartzo nem microchip. Funcionava com exatidão graças somente a molas e engrenagens precisas. E, mesmo hoje, depois de trabalhar sem descansar por quase meio século, continuava marcando as horas de forma surpreendentemente correta.

Nenhuma vez na vida Tsukuru comprara um relógio. Sempre usara sem muito interesse algum relógio barato que ganhava de alguém. Bastava saber a hora certa; era isso o que esperava. No dia a dia, o relógio digital mais simples da Casio era suficiente. Por isso, quando herdara do falecido pai esse relógio de aspecto caro, não se sentiu muito comovido. Mas, como precisava dar a corda, passou a usá-lo no dia a dia como se fosse uma obrigação. A partir de então, passou a gostar muito dele: da sensação, do peso, do pequeno ruído mecânico que produzia. Passou a verificar as horas com mais frequência do que antes. E, naqueles momentos, a sombra vaga do pai lhe vinha à mente.

Para falar a verdade, não se lembrava bem dele, nem sentia uma saudade especial. Não se lembra de ter saído com ele ou de ter tido uma conversa íntima com ele, nem na infância nem depois de adulto. Seu pai, para começar, era de falar pouco (pelo menos em casa ele quase não falava), sempre estava bastante atarefado com o trabalho e quase nunca voltava cedo para casa. Pensando agora, provavelmente tinha outra mulher.

Para Tsukuru, ele parecia um parente importante que vinha lhe visitar com frequência, e não um pai. Na prática, Tsukuru fora criado pela mãe e pelas duas irmãs mais velhas. Não sabia praticamente nada da vida que seu pai levara, a opinião ou o senso de valores dele, nem o que fazia concretamente no dia a dia. O pouco que sabia era que nascera na província de Gifu, perdera os pais ainda criança, fora criado pelo tio paterno, um monge budista, concluíra o ensino médio com custo, montara a própria empresa do zero, obtivera um extraordinário sucesso e construíra sua fortuna. O que era raro em pessoas que passaram por dificuldades na vida, não gostava de falar delas. Talvez não quisesse lembrar. De qualquer forma, não se pode negar que ele tinha extraordinária habilidade para os negócios e para conseguir rapidamente as coisas de que precisava e abandonar tudo o que fosse inútil. A irmã primogênita havia herdado parcialmente esse talento para os negócios. A irmã logo acima dele havia herdado, também parcialmente, a personalidade sociável e alegre da mãe. Tsukuru não herdara nenhuma dessas características dos pais.

O pai continuou fumando mais de cinquenta cigarros por dia e morreu de câncer de pulmão. Quando Tsukuru o visitou no hospital universitário na cidade de Nagoia, ele já não conseguia emitir nenhum som. Parecia querer falar algo a Tsukuru, mas não conseguia. Um mês depois, morreu no leito hospitalar. Deixou como herança o apartamento de um quarto em Jiyûgaoka, uma conta bancária em seu nome com um valor considerável e o relógio de corda da Tag Heuer.

Não, ele deixou mais uma coisa. O nome Tsukuru Tazaki.

Quando Tsukuru disse que queria estudar em um instituto tecnológico de Tóquio, o pai ficou desapontado, porque o filho único não demonstrou nenhum interesse em assumir o negócio imobiliário construído por ele. Mas, por outro lado, aprovou a decisão de Tsukuru de cursar engenharia. Se é isso o que você quer, estude em uma faculdade de Tóquio; para isso vou tirar dinheiro do meu bolso com prazer, seu pai disse. De qualquer forma, é bom aprender a técnica e construir coisas que tenham forma. Será útil ao mundo. Estude com afinco e construa quantas estações você quiser. Parecia que o pai estava feliz porque o nome "Tsukuru" que escolhera não fora em vão. Talvez essa tenha sido a primeira e última vez que Tsukuru deixou o pai feliz, ou que o pai demonstrou sua alegria de forma tão visível.

Às nove em ponto, o expresso com destino a Matsumoto deixou a plataforma, conforme o previsto. Sentado no banco, ele continuou olhando até o fim, até que a luz se afastasse no trilho e o trem desaparecesse na noite de verão, ganhando velocidade. Depois que o último vagão desapareceu, houve um vazio súbito à sua volta. Parecia que a luz da própria cidade havia diminuído um grau. Como as luzes que se apagam no palco depois de terminada a peça. Ele se levantou e desceu devagar a escada.

    Ele saiu da estação de Shinjuku, entrou em um pequeno restaurante ali perto e, sentado no balcão, pediu bolo de carne e salada de batata. Deixou ambos pela metade. Não que estivessem ruins; era um restaurante famoso por seu bolo de carne. Ele só não sentia fome. Tomou metade da cerveja, como sempre.

    Em seguida, pegou o trem, voltou ao seu apartamento e tomou uma ducha. Lavou o corpo cuidadosamente com sabonete, tirando o suor. Vestiu um roupão verde-oliva (presente de aniversário de trinta anos que ganhara de sua então namorada), sentou-se na cadeira da sacada e prestou atenção no ruído abafado da cidade, sentindo a brisa noturna. Já eram quase onze da noite, mas não sentia sono.

    Tsukuru se lembrou dos dias em que era estudante universitário, quando só pensava em morrer. Já haviam se passado dezesseis anos desde então. Naquela época, ele tinha a impressão de que o coração pararia de bater naturalmente se ele acompanhasse atento o seu funcionamento. Concentrando firmemente seu espírito e focalizando fortemente em um ponto, o coração sofreria um baque mortal, assim como o papel pega fogo quando os raios solares são concentrados pela lente. Ele esperava que isso acontecesse. Mas, contrariando a sua vontade, o coração não parou de bater mesmo depois de alguns meses. O coração não para tão facilmente assim.

Ele ouviu o barulho distante de um helicóptero. Parecia que se aproximava: o ruído foi aumentando cada vez mais. Ele olhou o céu e procurou a sombra da aeronave. Teve a impressão de que chegava um mensageiro com alguma notícia importante. Mas, sem que ele pudesse avistá-lo, o ruído das hélices foi se distanciando, até que desapareceu no oeste. Restou apenas o som da cidade noturna, suave e indefinido.

Talvez o que Branca buscasse naquele momento fosse desfazer o grupo de cinco. Essa possibilidade surgiu de súbito na cabeça de Tsukuru. Sentado na cadeira da sacada, ele foi gradualmente atribuindo forma concreta àquela possibilidade.

O grupo do ensino médio era tão próximo, tão apegado. Eles aceitavam uns aos outros, entendiam uns aos outros, e cada um deles sentia uma profunda felicidade em fazer parte daquele pequeno grupo. Mas essa bênção não duraria para sempre. O paraíso se perderia um dia. Cada um se desenvolveria em ritmo diferente, e todos seguiriam caminhos diferentes. Com o tempo, surgiria inevitavelmente um desconforto. Surgiria uma fissura sutil. Até que ela aumentasse, não podendo mais ser considerada *sutil*.

Provavelmente o espírito de Branca não suportara a pressão *daquilo que estava por vir*. Talvez sentira que, se não rompesse a conexão espiritual que tinha com o grupo naquela hora, seria fatalmente atingida mais tarde, no momento de seu colapso. Como uma pessoa à deriva que é tragada para o fundo do mar, engolida pelo redemoinho que se forma no rastro do naufrágio.

Tsukuru compreendia até certo ponto essa sensação. Ou melhor, compreendia *agora*. Certamente a tensão causada pela inibição sexual passara a ter um considerável significado naquela hora. É o que Tsukuru imaginava. Provavelmente o sonho erótico realístico que ele passara a ter estava relacionado a essa tensão. Talvez os outros quatro também tivessem recebido *alguma* influência — só que ele não sabia qual.

Branca provavelmente queria fugir daquela situação. Talvez ela não suportasse mais esse relacionamento pessoal íntimo que exigia um controle emocional incessante. Branca era sem dúvida a pessoa mais sensível dentre os cinco, e provavelmente sentiu esse atrito antes de qualquer um dos quatro. Mas ela não podia se livrar desse círculo com a própria força. Ela não era forte o suficiente. Por isso Branca transformou Tsukuru em um apóstata. Tsukuru era o elo mais frágil daquela comunidade, por ser o primeiro membro que tinha saído do círculo. Em outras palavras, ele merecia ser punido. E, quando ela foi estuprada por alguém (provavelmente a pessoa que a violentou e a engravidou e a circunstância em que isso ocorreu fossem para sempre um mistério), em meio à confusão histérica provocada pelo choque ela arrancou com toda a força esse elo frágil, como se puxasse o dispositivo de parada de emergência do trem.

Pensando dessa forma, muitas coisas faziam sentido. Naquele momento, provavelmente seguindo o próprio instinto, ela usou Tsukuru como uma pedra de apoio para saltar sobre as paredes do grupo. Tsukuru Tazaki conseguiria sobreviver sem problemas, à sua maneira, mesmo nessas condições, Branca deve ter intuído. Assim como concluiu Eri, com frieza.

Tsukuru Tazaki mantém o seu ritmo, é calmo e sempre sereno.

Tsukuru se ergueu da cadeira e voltou ao quarto. Pegou a garrafa de Cutty Sark da estante, encheu o copo e, com ele na mão, voltou à sacada. Sentou-se na cadeira e pressionou por um tempo a têmpora com o indicador da mão que não estava ocupada.

Não, não sou sereno nem mantenho sempre o meu ritmo. É só questão de equilíbrio. Por hábito, consigo dividir bem o peso em cada um dos lados. Talvez, aos olhos dos outros, eu pareça uma pessoa tranquila, mas não é uma tarefa nada fácil. Dá mais trabalho do que aparenta. E, mesmo que esteja conseguindo manter o equilíbrio, não significa que o peso total que recai sobre mim tenha ficado leve.

Mesmo assim, ele conseguiu perdoar Branca — Yuzu. Uma vez ferida, ela só queria proteger a si mesma, desesperadamente. Era uma pessoa fraca; não conseguira formar uma carapaça dura o bastante para se proteger. Diante do perigo iminente, estava aflita à procura de um lugar mais seguro, e não tinha condições de escolher os melhores métodos para isso. Quem poderia condená-la? Mas, por mais longe que tivesse fugido, não conseguiu escapar, pois a sombra negra de violência a perseguira persistentemente. O que Eri chamou de "mau espírito". E naquela noite de maio, em que caía uma chuva calma e gelada, esse *algo* batera na porta do apartamento dela, apertara seu belo e delicado pescoço com um cordão, e a sufocara. Provavelmente num lugar e num momento já definidos.

*

Tsukuru voltou ao quarto, pegou o telefone, pressionou a discagem rápida, sem pensar muito no significado daquele ato, e ligou para Sara. Depois de o telefone tocar três vezes, ele voltou a si, pensou melhor e o desligou. Já era tarde. No dia seguinte iria se encontrar com ela. Poderiam conversar pessoalmente. Não deveria falar antes com ela, de forma vacilante; sabia muito bem disso. Mas, antes de tudo, ele queria ouvir a voz de Sara. Foi um desejo que surgiu de dentro dele, naturalmente. Tsukuru não conseguira conter o impulso.

Ele colocou *Anos de peregrinação*, interpretado por Lazar Berman, no prato giratório e abaixou a agulha. E, decidido, prestou atenção na música. Veio-lhe à mente o cenário à beira do lago em Hämeenlinna. A cortina branca rendada da janela oscilando ao vento, e o pequeno bote batendo no cais, sacudido pelas ondas. Os pais ensinando pacientemente o canto aos filhotes na floresta. Os cabelos de Eri exalando um suave perfume cítrico de xampu. Os seios dela macios e fartos, com uma força para continuar vivendo. O velhinho sisudo que lhe mostrou o caminho, cuspindo um catarro grosso no capim de verão. O cão abanando o rabo feliz e saltando para dentro do Renault. Recordando essas cenas, ele foi tomado pela dor no peito que sentira naquele momento.

Tsukuru bebeu o Cutty Sark, saboreando seu aroma. Sentiu um leve calor no fundo do estômago. Do verão ao inverno do segundo ano da faculdade, nos dias em que só pensava em morrer, ele tomava um pequeno copo de uísque toda noite, como agora. Caso contrário, não conseguia dormir direito.

O telefone tocou bruscamente. Ele se levantou do sofá, ergueu com cuidado a agulha do disco e foi até ele. Era quase certo que era Sara. Só ela ligaria àquela hora. Provavelmente notara que Tsukuru havia ligado para ela. O telefone chamou doze vezes, mas Tsukuru permaneceu indeciso se deveria atendê-lo ou não. Ele observou o aparelho telefônico em silêncio, com os lábios firmemente cerrados e prendendo a respiração. Como quem analisa os pormenores de uma fórmula longa e complexa escrita num quadro-negro, de um lugar um pouco afastado, buscando uma pista. Mas não obteve nenhuma. O telefone parou de tocar e seguiu-se um silêncio. Um silêncio profundo, cheio de significados.

Para preencher esse silêncio, Tsukuru baixou a agulha no disco e prestou atenção na continuação da música, voltando ao sofá. Procurou não pensar em nada concreto. Fechou os olhos, esvaziou a cabeça e focou sua consciência na música em si. Como se fossem atraídas pela melodia, várias imagens surgiam uma após a outra por trás das pálpebras, e logo desapareciam. Era uma série de imagens sem significado e sem forma concreta. Elas surgiam na extremidade escura da consciência, vagamente, atravessavam em silêncio o domínio visível e desapareciam sugadas pela outra extremidade. Como micro-organismos com contorno enigmático que atravessam o campo visual do microscópio.

Quinze minutos depois, o telefone tocou novamente, e Tsukuru tampouco o atendeu. Ele nem parou a música e, sentado no sofá, apenas observou o aparelho preto. Não contou o número de chamadas. Até que ele parou de tocar, e passou a ouvir só a música.

Sara, ele pensou. Quero ouvir sua voz. Mais que qualquer outra coisa. Mas agora não posso falar.

Amanhã ela talvez escolha o outro homem, não eu, Tsukuru pensou, deitando-se no sofá e fechando os olhos. Tinha grande chance daquilo acontecer, e para ela talvez fosse a escolha correta.

Tsukuru não tinha como saber como era o outro homem, que tipo de relação os dois tinham, e há quanto tempo estavam juntos. Ele nem queria saber. A única coisa que sabia era que possuía muito pouco para oferecer a Sara naquele momento. Uma quantidade limitada de algo limitado, e o seu conteúdo era insignificante. Será que alguém iria querer isso seriamente?

Sara diz que gosta de mim. Deve ser verdade. Mas no mundo há muitas coisas que não podem ser resolvidas com o simples gostar. A vida é longa e às vezes é cruel. Algumas vezes exige sacrifício, e alguém precisa ser sacrificado. O corpo humano é frágil, vulnerável e, se for ferido, sangra.

De qualquer forma, se amanhã Sara não me escolher, eu devo morrer *de verdade*, ele pensa. Morrer de fato, ou morrer de modo figurado: não faz tanta diferença. Provavelmente, dessa vez, seguramente vou morrer. O incolor Tsukuru Tazaki vai perder completamente sua cor e se retirar sorrateiramente deste mundo. Talvez tudo se reduzirá ao vácuo e só restará um punhado de terra duro e congelado.

Não é tão grave, ele tenta se convencer. Isso quase aconteceu algumas vezes, e não seria uma surpresa se realmente acontecesse agora. Não passa de um simples fenômeno físico. O relógio fica sem corda aos poucos, o momento se aproxima infinitamente do zero, até que a engrenagem interrompe o movimento e os ponteiros param subitamente em um ponto. Cai o silêncio. É só isso.

Ele se deitou na cama antes da meia-noite e apagou a luz da cabeceira. Como seria bom se pudesse sonhar com Sara, Tsukuru pensou. Tanto fazia se fosse erótico ou não. Mas não quero que seja muito triste. Não teria mais nada a desejar, se fosse um sonho em que eu pudesse tocar o corpo dela. Afinal, era apenas um sonho.

Seu coração desejava Sara. Como é maravilhoso poder desejar alguém tão intensamente. Tsukuru sentia aquilo depois de muito tempo. Ou talvez pela primeira vez. Naturalmente, nem tudo era maravilhoso. Havia, ao mesmo tempo, uma dor no peito e uma sensação sufocante. Havia medo e um retrocesso sombrio. Mas até esse *sofrimento* era agora parte importante da afeição. Ele não queria perder esse sentimento que estava tendo agora. Se o perdesse, talvez nunca mais encontrasse esse calor novamente. Preferia perder a si mesmo do que perdê-lo.

Tsukuru, você tem que conquistá-la. Aconteça o que acontecer. Se perdê-la agora, talvez nunca mais consiga conquistar alguém.

Assim disse Eri. Provavelmente ela tem razão. Aconteça o que acontecer, teria que conquistar Sara. Ele também sabe disso. Mas nem é preciso dizer que ele não pode decidir sozinho; a questão envolvia o coração de duas pessoas. Teria que oferecer algo para poder receber algo. De qualquer forma, tudo depende de amanhã. Se Sara me escolher e me aceitar, vou pedi-la em casamento imediatamente, e lhe oferecer tudo o que estiver ao meu alcance. Antes de me perder na floresta e ser apanhado por duendes maus.

"Nem tudo se perdeu no fluxo do tempo." Era isso o que Tsukuru deveria ter dito a Eri na despedida, à beira do lago na Finlândia. Mas não conseguira colocar em palavras. "Naquela época nós acreditávamos em algo, éramos capazes de acreditar fortemente em algo. Esse sentimento não iria desaparecer em vão."

Ele acalmou o coração, fechou os olhos e caiu no sono. A luz do fim da consciência foi diminuindo aos poucos, como o último trem expresso que se afasta aumentando a velocidade, e foi sugada noite adentro. Restou apenas o som do vento soprando entre as bétulas brancas.

1ª EDIÇÃO [2014] 9 reimpressões

ESTA OBRA FOI COMPOSTA PELA ABREU'S SYSTEM EM ADOBE GARAMOND
E IMPRESSA EM OFSETE PELA LIS GRÁFICA SOBRE PAPEL PÓLEN DA
SUZANO S.A. PARA A EDITORA SCHWARCZ EM SETEMBRO DE 2024.

A marca FSC® é a garantia de que a madeira utilizada na fabricação do papel deste livro provém de florestas que foram gerenciadas de maneira ambientalmente correta, socialmente justa e economicamente viável, além de outras fontes de origem controlada.